KB121550

그 여인의 탄원서

그 여인의 탄원서

김동형 중편소설

도화

우크라이나의 전쟁이 그러하듯이 세계사 공산주의가 존재하는 한 지구상에 평화는 없다. 1917년 10월 에르미타주 궁전 러시아 광장에서 임금인상을 요구하는 노동자들을 선동 황제 니콜라이 2세 일가족을 참살하고 러시아 제국을 무너트리면서 공산주의가 드디어 지구상에 입성했다. 이게 이념의 대결장으로 세계가 두 동강으로 갈라지는 결과를 가져왔고 지구촌의 비극이 시작되는 순간이 되었다. '인간의 권리는 저마다 공평하게 누려야한다'는 프랑스의 유물론자 칸트 헤겔의 사회주의 이론을 레닌이 보기 좋게 폭력으로 둔갑시킨 결과다.

상트페테르부르크에서 사회주의를 주창 민중을 선동하다가 수차 투옥도 되었던 레닌의 투쟁전략은 불리하면 필란드 국경으로 숨고 유리하면 공격하는 게렐라 전법으로 투쟁을 하다가 몇 차례 투옥도 되었던 자가 아니던가?

당시 러시아 황제 니콜라이 2세는 네델란드 카이로에서 46개 세계 대표자들을 한자리에 모여 놓고 군사전략 등 2차 만국평화 회의를 개최 중이었다. 여기에 고종황제의 밀명을 받고 일본으로 부터 조선을 독립시켜달라고 호소 청원코자 했지만 '조선은 독립 국가가 아니다'라는 이유로 회원자격이 없다는 일본대표의 방해 를 받아 회의장에 들어가지도 못한 채 문전 박대를 당했다. 이에 울분을 참지 못한 이준 열사가 할복자살로 독립을 호소 일본의 만행을 폭로했지만 주체 국 러시아 니콜라이 2세 황제가 레닌에 게 몰락하는 이변이 생겼으니 무의로 끝날 수밖에 없었다.

　　니콜라이 2세 황제가 만국평화회의를 진행하던 중이었다. 레 닌이 임금인상을 요구하는 노동자들과 합세 폭동을 일으키고 있 다는 급보를 받게 되자 레닌이라는 존재에 늘 스트레스를 받고 있던 리콜라이 2세는 즉각 발포명령을 내렸다. 동시에 레닌을 체 포하라고 명령도 했으나 진압하는 정부군이 오히려 폭도들에게 격퇴를 당하면서 그 여세로 니콜라이 2세 황제가 체포되는 결과 를 가져왔고 참형을 당하면서 나머지 가족들까지 현장에서 참혹 하게 죽임을 맞이했다.

　　이 사건이 바로 전 세계가 두 동강 이념의 대결장으로 갈라지 는 결과를 가져왔고 여기부터 세를 확장하고자 스탈린이 정복전 쟁의 일원으로 동구권을 비롯한 6·25에 이르기까지 무참히 피의 전쟁이 시작되었다. 그 여세로 동구권을 비롯 북한에 이르기까지

40여 개 국가들로 세력을 확장하는 결과를 가져왔다.

거기에 한반도의 분단은 6·25와 함께 5천년 역사 속의 가장 큰 민족적 비극을 가져왔다. 불구하고 그런 분단의 큰 비극이 왜 왔는지 막상 우리국민들은 모르고 있다는 것이다.

세계 제2차 대전에서 전범국 독일을 유엔군이 항복시키면서 단호하게 동, 서독으로 분단을 시켰다. 이유는 세계 1,2차 대전을 도발한 독일을 묶어놓기 위한 전쟁 예방 차원이다. 그렇다면 극동지역에서는 일본이 전쟁을 일으켰으니 일본의 분단은 자명했다. 불구하고 엉뚱하게 한반도를 분단시켰다. 그 중심에는 극동군 사령관이었던 맥아더 장군이 있었고 임시정부 김구 주석도 있었다.

작금에 김정은의 무차별적 도발 행위로 보아 이 같은 분단은 백년이 갈지 천년이 갈지 누가 알랴. 어둡기만 한 통일의 기대는 벌써 80여 년이 흘렀어도 155마일 휴전선은 끄떡도 하지 않고 있다. 세계 제2차 대전의 영웅이요 인천상륙작전의 영웅으로 알고 있는 맥아더 장군에 대하여 분단에 원흉이라는 사실을 우리국민들은 너무 모르고 있다는 것이다.

이제는 우리나라도 세계경제 10위권이요 방산전략은 6위란다. 이만하면 강대국 서열에 우뚝 섰으니 삐뚤어진 우리의 역사를 바로세울 때가 되었다고 본다. 누구 때문에 누구에 의하여 왜 분단이 되었는지 그 진의를 이제는 확실하게 밝혀야할 때가 온 듯하다. 우선 참전국 22개국 대표들을 초청 논의를 해 봄직도 하지 않던가? 이는 역사적으로 국민들의 알 권리가 분명하다.

하여 그 원흉이 밝혀진다면 만천하에 공론을 해서라도 무겁게 그 책임을 물어야 할 것이다. 현존하는 인물들이 아닐지라도 엄중한 차원에서 책임을 물어야 할 것이다. 그런다고 6·25에 희생된 400만 원혼들께 위로가 될까? 약자는 언제든 강자에게 잡혀먹히게 되어 있다.

5백년 조선 왕조의 멸망은 임오군란에서 동학란 그리고 을미사변을 사주한 대원군의 권력욕에서 비롯된 내분들이 아니던가? 생존의 법칙이다. 약자를 잡아먹는 강자의 욕망이 일제침략을 불어드린 결과도 되었다. 요즘 대일청구권 문제로 왈가왈부 정치권에서 논란이 많다. 그 중에 징병, 징용, 그리고 정신대 문제가 핵심이다. 80여 년을 티격태격 했어도 아직 해결을 못보고 있지 않던가? 여기 김순옥의 참혹했던 인생도 일제 침략으로부터 시작된 비극이었다.

이 책의 작품 중 「그 여인의 탄원서」는 일제강점기에 징용의 배경이고, 「NLL은 알고 있다」는 연평도 포격 사건을 배경으로 줄거리를 잡았다. 그리고 「세월의 촉」은 나라 규제법의 부작용을 그렸다.

차례

작가의 말

에필로그

NLL은 알고 있다

후쿠시마 원전 사고

온통 세상을 집어삼킬 듯 세찬 폭풍을 동반한 먹구름이 동, 남쪽 해안을 거쳐 세차게 한반도 내륙으로 막 몰려오고 있다. 천둥 번개를 동반한 사나운 돌풍에 빗줄기까지 지축을 흔들고 있지 않던가. 천지개벽이다. 해일을 동반한 여진餘震까지 가세 태평양 연안을 온통 죽음의 도시로 초토화시키고 있으니 그 태풍의 위력 상상을 초월 한다.

허리케인 노루호다. 그 노루호가 후쿠시마 일대를 무참하게 강타 지금 일본은 사상 초유의 재앙을 맞고 있단다.

2011년 3월 11일이다. 일본 도교에서 동북부 37킬로 떨어진 태평양 연안 후쿠시마 현 도후크 지방을 초속 50미터 강풍에 시간당 60밀리 폭우가 300~500밀리까지 쏟아지는가 하면 규모9,0

이나 되는 대지진이 발생 쓰나미(해일) 현상까지 겹쳐 완전 폐허가 되었다고 뉴스 속보들이 매시간 전해 오고 있다. 따라서 허리케인 노루호가 할퀸 자리엔 부서진 건축물 잔해들로 인한 쓰레기 더미들이 흉물스럽게 흩어져 있어 참혹한 전쟁을 방불케 하고 있단다. 대참사라 벼락이라고 이보다 더 참혹하겠는가?

그렇다. 설은진이 머물고 있는 지역 맞다. 뜻밖의 천지지변에 김진우는 설마 가슴을 조인다. 아까부터 일손이 잡히지 않는 진우는 텔레비전 뉴스에 눈길을 좇는다. 어쨌든 은진에게는 별일이 없어야 할 텐데 그는 놀란 가슴을 쓸어내리며 아까부터 혹 은진의 신변에 무슨 일이나 없을까 염려하고 있다.

해일로 후쿠시마 현에 위치한 제1원자력 발전소가 침수됨으로 무엇보다 전원 및 냉각시스템이 파손됨에 따라 그게 핵 원료로 융용화 됨은 물론 수소 폭발로 이어져 다량의 방사성 물질이 누출되었다니 그 참상이 심상할 리가 있겠는가? 이로 인하여 진양지로부터 인접한 해변에 위치한 제2원자력 발전소와 오키나와 여천女川원자력 발전소에 도카이 동해東海원자력 발전소까지 4개의 부지가 지진과 해일로 직접 또는 간접적인 영향까지 받아 무차별 파손되어 모든 물체들이 흉물처럼 널려있는 상태라니 엄청난 재앙이 아닐 수 없단다.

또 지진이 발생한지 약 52분 만에 높이 14~15미터의 해일이 덮쳐 그 일대의 원전에 비상용 발전기까지 침수 정지됨으로 모든 교류 전원들이 부서된 상태이고 냉각장치까지 작동되지 않아 원자로 노심을 식혀주는 냉각수 유입도 중단되었단다. 실로 가공할만한 사건이 아닐 수 없으며 겹쳐서 핵연료가 용융되고 수소가 발생함으로써 3월 12일 1호기에서 수소 폭발이 일어난데 이어 14일는 3호기 15일은 2호기 외 4호기까지 연달아 폭발하므로 원자로 격변까지 붕괴되었음은 물론 다량의 방사성 물질까지 누출되는 형상이란다.

뿐이랴. 3월 24일에는 3호기 터빈 실 주변에서는 정상적으로 운전할 때의 원자로 노심보다 그 농도가 1만 배 높은 방사성 물질이 검출되는 등 오염 수 처리가 시급해 짐에 따라 일본 정부는 4월 4일에서 10일까지 저 농도 오염수를 바다로 방출할 수밖에 다른 대처방안이 없었단다. 이에 대재앙의 피해는 일본뿐만 아니라 주변 국가들까지 상상을 초월할 거란다. 태평양 연안 일대가 온통 세슘으로 오염될 판이라니 인근 우리나라는 더구나 예외일 수 없는 피해가 예상된단다.

어느 물리학자의 텔레비전 대담이다. 이런 정도의 수위라면 원자력 사고로는 사상최고의 위험 단계, 1986년 구소련에서 발생한 체르노빌 원자력 발전소 사고를 능가하는 등급으로 사상초유의 위험사태라 추정된단다.

따라서 원자력 발전소 부지토양에서 핵무기 원료인 플라토늄까지 검출 주변에서 요오드와 세슘 외에 텔루륨, 루테늄, 란타넘,

바륨코발트, 지로코늄 등 다양하게 방사성 유해 물질들이 연달아 검출되고 있어 이는 핵연료 봉 내 우라늄이 핵분열을 일으킬 때 생기는 핵분열의 생성 물질로 변화하고 있는 현상이라 더욱 위험성이 가중된다는 것이다.

이어서 후쿠시마 토양에서는 골수암을 유발하는 스트론튬까지 검출되는 등 심각한 방사능 오염상태가 나타나고 있으면서 그 위험을 더욱 촉발시키고 있단다. 더군다나 방사성 물질이 편서풍을 타고 상당량 태평양 쪽으로 확산됨으로 육지 생태계에 미치는 영향력도 엄청 클 뿐더러 방사능이 다량 유출된 날의 풍향에 따라서는 원전의 위치 북, 서쪽 지역 오염이 상대적으로 더욱 심하게 검출될 거란 해설이다.

이 사고의 방사능누출로 더구나 한국에서도 요오드 131과 같은 방사성 원료가 대기권에서 검출되고 있어 상태가 심각하게 우려되는바 그 피해야 말로 형언키 어려운 지경이라고 전문가들의 대담의 논리다.

사고 후다. 일본 정부에서는 원전의 반경 20킬로미터 이내의 주민들을 신속하게 대피는 시켰다고 하지만 인명피해와 더불어 경제적 피해를 추정하면 최소 5조5천4십조엔에 육박할 정도라니 이는 우리나라 일 년 정부 예산의 150%에 해당하는 엄청난 액수란다.

아무튼 태풍과 해일과 지진의 쓰나미 현상으로 후쿠시마 도후

현 지방은 완전히 죽음의 땅이 됨에 따라 가옥과 건물들이 무차별적으로 파손되고 무너지고 있으면서 인명피해 1,368여 명과 더불어 재물피해는 상상을 초월하는가 하면 주변 인프라 현상으로서 식수와 전기 그리고 주변 도로들마저 파손되어 더구나 아비규환 완전 죽음의 땅으로 변해버리고 밀았단다.

방사성 물질 오염으로 인한 간접피해로는 농작물도 예외일 수 없는 지경이기에 역사적으로 다시없던 최대의 참사로 일본 열도가 천지개벽에 해당하는 재앙을 맞고 있음으로 인하여 앞으로 일본국에 그 타격은 예상을 초월할 만큼 커질 거란다.

가까운 이웃 일본 후크시마 현에서 이런 엄청난 사고가 발생하고 보니 동해안을 거쳐 몰아치는 태풍을 동반한 폭우는 우리나라 남동쪽 일대에도 시간당 50밀리로 쏟아져 곳곳에서 200밀리에서 300밀리까지 물벼락을 맞고 있는 현상이라서 우리 국민들도 초긴장 상태로 재앙에 대비하고 있음은 사실이 아니던가.

그 지랄 같은 태풍의 위력은 특히 경상도와 강원도 일원을 강타해 곳곳에 산사태를 비롯해서 가로수와 전봇대를 쓰러트리는가 하면 미처 대비를 못 했던 등산객도 계곡 물줄기에 휩쓸려 실종되었다는 등 텔레비전 뉴스가 온종일 보도 방영하며 시청자들의 눈길을 사로잡는다.

우리 국민들에게도 혹시 모를 피해 가능성에 불안을 떨칠 수 없는 처지에서 특히 일식집이나 참치 횟집 같은 경우에도 방사선

물질이 오염되지 않을까 예민한 반응을 보이기에 고객들의 발길이 갑자기 뚝 끊겨 자영업자들의 피해가 벌써부터 심각한 상황으로 나타나는 형편이다.

돌풍이 몰아닥치는 어수선한 밤이 아닌가. 참치 횟집을 경영하고 있는 김진우 역시도 돌연한 일본의 재앙으로 무엇보다 은진에겐 별일 없는지 불안한 마음을 떨치지 못한 채 안절부절하시 못하고 있을 지음이다. 초저녁부터 손님도 없는데 진작 철시를 할까 했지만 늦게 들은 젊은 남 녀 두 명의 손님이 창 쪽 구석 테이블에서 소주잔을 앞에 놓고 한가하게 객쩍은 잡담들을 늘어놓고 있어 짜증스러운 감도 없지 않다. 주섬주섬 설거지를 대충 마친 아내는 일찍 귀가를 했다. 불순한 날씨 탓이다. 서둘러 귀가하는 행인들과 마찬가지 빗길을 헤치는 차량들의 행렬만 과속으로 거리를 누빈다.

그때다. 따르릉 뜨르릉 전화벨이 요란하게 울린다. 일본 재해 상황에 신경을 곤두세우고 있었던지라 여니 때와 달리 음찔 진우는 가슴을 놀랜다. 빠른 걸음으로 진우가 카운터 쪽으로 가서 수화기를 들자

─저 은진이예요?

여니 때와 달리 차분한 은진의 목소리가 아니던가? 그렇지 않아도 일본 열도 재앙에 염려가 되던 참이다. 순간 침통한 은진의

목소리가 예사롭지 않게 느껴지고 있기에

―그래 은진아! 혹시 별일은 없는 거야?

―별일이 없긴, 여기는 난리들이야!

기가 빠져 그랬듯이 은진의 잔뜩 울 먹은 목소리가 아닌가?

―그렇다면?

―여기 사정이 너무 안 좋아….

잠시 머뭇거리던 은진의 무거운 대답이다.

―그래, 거기가 어디야?

―어디긴, 일본이지!

―그럼 후쿠시마?

진우는 다급하게 물었다.

―그래요, 여기 후쿠시마 도후크 현이예요.

―그래 무슨 일이 있었던 거야?

―나라고 별 수 있겠어!

잠시 동안이다. 말을 잊지 못하던 진우가 다시 묻는다.

―그렇다면 은진까지?

―그렇지 않으면…!

―뭐가 어떻게…?

지금 은진이 살던 집이 몽땅 폭풍에 휩쓸렸다고 참담한 은진
의 대답이다. 후쿠시마는 텔레비전 뉴스에 나오는 속보처럼 전쟁
터를 방불케 하고 있단다. 염려했던 대로 은진은 지금 지진과 해

일로 온통 난리를 치루고 있는 후쿠시마현 사고 현장 그 중심에서 머물고 있단다. 그 엄청난 폭풍과 지진 그리고 해일 속에서 은진만은 무사해주길 바랬지만 이는 큰 착각이었나 보다. 그 엄청난 재앙이 은진이라고 피해주지는 않았던 모양이다.

불행은 언제나 겹쳐온다 하더니 은진의 경우가 그렇지 않은가 싶다. 생떼 같은 남편을 잃은 상처가 아직도 가슴속에 생생하게 남아 있거늘 아들까지 나라의 희생물로 받쳤으니 은진에겐 더할 나위없는 그 불운은 생지옥 죽음과 같은 절망이 아니던가? 이 땅이 더 이상은 내 고국이 아니란 생각에 떠나야겠다고 고심하던 중에 있을 때 일본에서 살고 있는 사촌 언니로부터 안부 전화가 왔었다.

－그렇다면 내 옆으로 와.

은진의 아들 소식에 은숙 언니도 많이 상심하던 중 은진이가 이젠 고국이 싫어 졌다고 비관을 하자

－네 심정이 그렇다면 내 곁으로 오지 그래?

은숙이 쾌히 승낙하지 않았던가. 그러자 은진은 잘되었다는 생각에서 부랴부랴 짐을 꾸렸다. 이왕 떠날 거라면 서둘러야겠다고 마음을 다짐하고 홀가분한 기분으로 일본으로 떠났지만 막상 일본에 정착하고 보니 처음 생각과는 사뭇 달랐단다.

일본의 항복 60년이 지났다지만 한일 간의 전후사 대일청구권

을 비롯한 국제적 현안문제 징병과 징용 그리고 위안부 문제들이 하나도 해결된 것 없이 껄끄러운 사이가 아니던가? 국민감정이 그러하듯이 은진도 다르지 않았다. 그런 나라에서 살겠다고 고국을 갑자기 떠나온 은진의 감정이라고 다르지 않을 진데, 너무 경솔한 짓은 아니었나 싶어 편한 기분은 아니었다.

왜 일본은 우리나라를 침략했을까? 단 한번 역사적으로 우리나라는 일본국에게 피해를 준 사실이 없는데 그런데 왜 일본은 우리나라를 침략했고, 그러면서 갖은 악행을 다 저질렀단 말인가? 물론 그들 말대로 조선에 철도를 비롯한 교량 등 일반 기초 생활에 필요한 기계 산업화로 연탄공장이라든지 제재소, 철공장, 정미소, 농수로를 개척하기 위한 저수지 시설 등 많은 투자를 했다. 그 공헌을 대일청구권을 논할 때마다 일본 정부는 앞에 내걸지만 대신에 그들은 우리나라의 곡물 쌀 등과 금을 비롯한 광물들을 착취했다. 그런 사실들이 70여 년이 지난 오늘날까지도 하나도 해결이 되지 않은 양국 간 정치적 문제가 산적해 있다는 사실에 은진의 감정이라고 부담감이 없지 않은 상태에서 큰 결심을 하고 막상 일본에 정착은 하고는 있다만 이런저런 생각들이 꼬리를 물었다. 은진이라고 왜 고국이 그립지 않던가. 그런 외로운 마음에서 가끔 진우에게 전화를 걸어서 고국소식을 전해 듣기도 했었다.

국가 간의 엇갈림과 민족 감정의 묘한 갈등 속에서 나름대로

의 이질감이었을 것이다. 열심히 살고는 있으나 좀처럼 현지 적
응이 안 된다고 자기가 왜 이렇게 살아야 하는지 모르겠다며 은
진은 전화통을 잡고 볼멘소리로 답답한 심정을 털어놓기도 했었
다.

아들을 잃은 후 은진은 삶의 의욕을 잃고 완전 딴사람으로 달
라져 가고 있었다. 낯선 땅에서 누구와 마음을 터놓고 지낼 친구
도 없다 보니 가슴에 실음만 쌓인다고도 했었다. 말 횟수도 눈에
띄게 줄어들었다고 모든 걸 포기하고 사는 양 의욕을 잃고 실없
는 사람처럼 매사 무관심에 젖을 때도 없지 않다고 했다.

은진이가 그랬다. 고국을 떠나겠다고 생각을 했던 근래 감정
은 하루 이틀 일이 아니었다. 은진이가 어느 날 갑자기 일본으로
떠나기 전 이런 말도 했었다. 지금 살고 있는 내 나라 내 땅이 이
젠 싫어졌다고 했다. 어디든 떠나야하고 떠날 거라고 했다. 남편
을 잃고 아들까지 빼앗긴 이 조국은 내가 살 땅이 아니라고 거듭
실망을 하고 있을 때 막상 은진은 갈 곳이 없었다. 언덕이 있어야
비빌 수가 있다 하듯이 목적지도 없이 무작정 타국 만리 낯선 땅
으로 떠날 수도 없었단다. 미국에 사는 친인척들을 손꼽아 보기
도 했다지만 역시 믿을 사람이 없었다. 마음속으로 실망을 하고
있을 무렵 뜻밖에 일본 후쿠시마에서 살고 있는 육촌 언니 은숙
에게서 전화가 왔다.

그 언니는 일본에서 태어난 교포 2세. 43년도 태평양전쟁이

치열할 무렵 징용으로 끌려간 그 언니의 아버지가 후쿠시마 조세이 탄광에서 현장감독을 했었다. 우리나라에서는 그래도 고학력자였던지라 일본말도 잘했고 그래서 관리직이 가능 했던 모양이다. 원래는 보통사람들과 마찬가지 강제로 징용에 끌려갔지만 은숙의 아버지는 일본어 소통에 수월했던지라 용케도 조선 사람으로서 현장감독직을 맡게 되었다.

직급은 보잘것없이 작으나 조선 사람이 일본에 징용으로 끌려가 어느 조직을 망라해서 관리직을 맡는다는 것은 쉽지 않았다. 원래 그의 성품은 온화했었지만 주변여건에 따라 변할 수도 있었다.

탄광에서 현장감독직은 쉬운 일이 아니었기 때문이다. 워낙 탄광일이 힘들어서 잔꾀 부리는 노무자들이 태반이다. 특히 조선 사람들이 그러했다. 부역賦役에서 땀 흘리면 급살 한다는 속담처럼 조선 사람들은 틈만 있으면 꾀를 부렸다. 모든 사안들이 눈치껏이다. 개인적 책임의식이 없어 그러했고, 명분 없는 반일감정이 그러했다. 조선을 까닭 없이 침략 했으니 반일감정이 좋을 리 없기에 목적하는바 맹목적인 태도라 그랬다. 그런 사람들을 통솔하자니 더구나 우리나라 사람들을 데리고 일을 시키자니 본의 아니게 큰 소리가 나왔다. 징용으로 끌려온 사람들에게 호통을 쳐야 마지못해 일을 하는 척한다. 열심히 일해도 하루 목표량을 채우기 어려운 판에 농땡이 짓들이니 현장감독 일이 쉽지 않았다.

하루 목표량을 채우지 못하면 그 책임감은 현장 감독에게 돌아왔다. 그런 현장 사정에서도 고국 사람들에게는 눈치껏 배려했지만 대신에 일본인들에겐 혹독하게 일을 시키기도 했었다. 그랬어도 조선 사람들에게 악질소리를 들었다. 조선인이 일본에 과잉 충성한다고 원성이 높았다.

일본으로서 미국과의 전쟁은 노일전쟁이나 청일 전쟁처럼 쉬운 상대국이 아니었다. 신무기 경쟁에서도 그랬지만 특히 암호 판독과 정보전에서 일본은 언제나 미국에 한 수 떨어졌다. 청나라와 러시아를 항복시켰으니 이어서 미국까지 점령시킨다면 명실공이 천하를 통일시키는 일이라고 원대한 꿈을 키웠지만 이는 어림없는 일본인들의 착각이었다.

일본국의 야망은 원대하였기에 미국과의 전쟁에서는 더구나 총력을 펼쳤지만 무엇보다도 15키로 그램 원자탄의 위력에는 감당할 수가 없었다. 드디어는 히로시마와 나가사키에 두 차례 원자탄 세례를 받고야 말았다. 그래도 일본국이 항복하지 않으면 미국의 다음 폭격 지는 20키로 그램짜리 동경이었다. 재기불능으로 완전 파멸시키겠다는 미국의 야심차고 확고한 작전계획이었다. 독일이나 일본 같은 야만적이고 무모한 전쟁은 지구상에서 다시없어야 한다는 의지도 거기엔 포함하고 있었다.

역시 원자탄에는 천하무적 일본도 견딜 수 없었던지 전의를 상실한 채 결국 항복을 하고야 말았다. 원자폭탄을 맞은 히로시마에서는 13만 명이 죽고 7만 명이 헬리코박터 균이 발생해 암으로 전이되는 후유증까지 겹치는 도시 전체가 불바다가 되었다. 나가사키 역시 7만 명이 죽고 후유증 5만 명이 발생하는 피해로 삽시간에 도시 전체가 불바다로 파멸되었다. 역시 미국의 원자탄 개발은 힘의 원리와 함께 저력과 전략에 세계적인 무기경쟁 차원에서 역사가 크게 요동치는 계기가 되었다.

45년 8월 8일에는 일본의 점령지 만주 일대도 예외 없이 소련군의 선전포고와 더불어 초토화되었다. 버티기 식 전쟁 이념 속에서 최후의 수단까지 동원했지만 승산 없는 전쟁을 지속한다는 것은 희생만 커질 뿐이라고 낙심하면서 전쟁을 더 이상 지속하다가는 동경까지도 불바다가 될 지경이라고 국민적 관심 속에서 일본국은 재기불능 상태로 폭풍 앞에 촛불 신세가 되었다. 더 이상의 전쟁은 멸망을 의미할 뿐이다.

미국의 시카코 대학 아인쉬타인 교수팀에서 제조한 원자탄은 15킬로그램 규모 두개와 20킬로그램 일개를 개발 완성했다. 그중 두 개를 사용하고 미국에 한 개가 더 남아있다. 그 한 개의 포격지는 분명 동경으로 목표가 설정되어 있었다. 동경까지 원자탄 세례를 받으면 재기불능 상태라는 것을 일본정부는 물론 전 국민들까지 모르지 않는다. 동경까지 원자탄을 맞아 폐허화 되어서는 절대 안 된다는 계산이었다. 전후戰後 재기를 위하여도 동경만은 꼭 살려야하는 일본인들의 마지막 보루이기도 했고 작심이기도 했다.

45년 8월 15일 드디어 일본의 천왕이 라디오 방송을 통해서 항복을 선언했다. 그랬다. 전쟁은 이렇게 끝이 났다. 전쟁을 시작한지 3년 8개월 만에 제2차 극동지역 세계대전은 최후 원자탄 두발에 종식되었다. 그랬다. 처음 원자탄은 미국의 시카코 대학에 아인쉬타인 물리학 교수팀 지도아래 하이모 교수일행이 개발했고 미국의 트루먼 대통령의 최후 결단으로 세계최초이자 마지막으로 일본의 히로시마와 나가샤키에 불을 뿜었다. 여기에 일본은 아메리카까지 정복하겠다는 위대한 꿈을 접고 항복을 했지만 극동군 사령관 맥아더 장군의 전술에 항복한 것은 절대 아니다.

학수고대 했던 일본의 항복으로 조선인 모두 광복의 기쁨에 목이 터져라 독립 만세를 외치면서 서둘러 다들 귀국했지만 은진 육촌 언니의 아버지 생각은 달랐다. 고심 끝에 그 언니 네는 귀국을 포기하고 일본에 정착했다.

우리나라가 세계 제2차 대전에서 직접적인 전쟁터는 아니었지만 침략국이었던 조선 역시도 전쟁의 피해는 물론 컸다. 거기에 백성들은 계속되는 흉년까지 겹쳐 식량의 부족으로 때론 초근목피로 연명하는 지경이었다. 일본의 전쟁에 쌀을 비롯한 물자들을 강제로 공출 당했으니 나라 안 경제가 피폐할 대로 피폐한 지경, 고국을 찾아가 봤자 반겨줄 사람 없고 생활의 대책 또한 마련되지 않는 형편에서 무엇 하나 희망을 가져 볼 처지가 아니었단다.

농사터는 은숙의 아버지 형제들이 경작하고 있었으니 귀국해 봤자 그들과 더불어 다툼만 생길 것이 빤한 상태였다.

마침 일본에 정착하고 있었던 은혜로운 조선인을 만났고 그의 도움을 받게 되면서 평상시 그처럼 원했던 학업에도 더 종사할 수 있다는 생각에서 그냥 일본에 정착을 했다. 남들은 일본 유학을 못 해서 안달인데 그런 사람들에 비하여 좋은 기회라 여겨졌다.

이렇게 은숙 언니네는 그 아버지에 그 자녀들까지 3세가 기둥뿌리를 박고 살아왔으니 이젠 일본 사람이 다 된 셈이다. 은진에게 그런 언니가 후쿠시마현에서 살고 있다는 사실을 진우도 최근에 알게 되었다.

—오라버니, 나 이제 한국을 떠날 거야. 아들까지 잃은 내가 이 땅에서 무슨 희망이 있다고 버둥거리며 살겠어? 미련 없이 떠날 거야.

그런 은진을 진우는 끝내 잡질 못했다. 붙잡을 여건도 못되었다. 진우와 은진은 울산의 어느 시골마을 이웃에서 어릴 적에 같이 살았던 때도 있었다. 피는 섞이지 않았다지만 은진은 유달리 진우를 좋아했고 따라다녔던 이유는 유복자로 태어난 은진의 외로움도 있었다. 다섯 살 차이다. 진우도 늘 외톨이리였던 은진에게 동생처럼 늘 다정하지 않았던가? 경우에 따라서는 물이 피보다 진할 수가 있었기에 그 소중함을 느껴오면서 지내왔던 중이었다.

─떠나면 어디로?

─일본에 육촌언니가 살고 있어. 그 언니가 내 처지를 알고는 그렇다면 언제든 오라는 거야.

눈물을 훔치며 마음을 굳히는 은진의 앞에서 진우는 마음뿐 아무것도 해줄 것이 없었다. 다만 세상 어디를 가든 은진의 앞길에 행운이 같이 하기를 빌고 또 빌었을 뿐이다.

그랬디. 떠나던 전날 밤 은진과 진우는 선술집 구석진 따따한 나무의자에 앉아 주거니 받거니 소주잔을 나누며 밤을 새워가며 서로 울기도 했고 위로도 하며 긴 시간을 보낸 적 있었다. 시대가 우리에게 주는 고통스런 삶을 이것저것 들추며 인생 푸념들을 했었다.

남편과 사별한 뒤다. 그래도 아들 형욱이가 잘 자라주어서 다행, 늘 신께 고마움을 느끼며 그동안 은진이가 살아오지 않았던가? 생전에 남편에게 주지 못했던 사랑을 아들 형욱에게 정성을 쏟으면서 살아갈 거라 가슴 깊이 다짐하며 또 결심했었다. 남편을 잃고 절망했던 은진의 마음을 대신 아들이 있어 용기를 받쳐주었으니 그 아들을 의지하며 살겠다고 평상시 희망을 키워왔다는 사실을 진우만은 알고 있었다.

그랬던 그런 아들을 잃은 은진이 의지할 곳이 없다는 것 진우가 모르지 않는다. 은진에게 아들은 더없는 소중한 희망이었다.

졸지에 그런 아들을 잃었으니 그야말로 세상이 무너지는 충격이었을 것이다.

－난 이제 조국이 싫어졌어. 모든 미련 버리고 훌훌 떠날 거야.

연평 해전에서 아들을 잃은 은진은 조국이 싫다고 이렇게 일본으로 떠나갔다. 그야말로 산 설고 물 설은 일본 땅으로 은진은 떠나갔지만 불쌍한 은진에게 도움이 되어 줄 수 있는 것은 아무것도 없었던 진우였다.

더구나 실망스러웠던 것은 국가로부터 형욱의 목숨 값에 보상금으로 고작 3천100만 원을 받아들고 기막혀 눈물을 흘리는 슬픈 은진의 모습을 건너다보고 있을 때 진우의 가슴도 찢어지는 아픔을 느껴야 했다. 신진 젊은 세대로서 세상을 삼킬 듯이 이상을 키워오던 아들 형욱의 몸값이 겨우 3,100만 원이란다. 정말 어의가 없는 일 그걸 돈이라고 받아든 은진은 조국이 싫다고 일본 땅으로 쓸쓸히 떠나고야 말았다. 외줄을 타듯 기구한 운명을 타고 삶에 매달린 은진과 같이 나눌 수 있는 고통은 진우에게 하나도 없었다.

악연

은진이가 중학교를 졸업하던 그해 봄이었다. 가정형편상 은진은 가출할 수밖에 없다고 혼자 결심을 할 때였다. 부모 슬하에서 남들은 모두 예쁜 교복차림과 책가방을 메고 고등학교에 진학할 때 은진은 제 몸 하나 의탁할 곳을 찾기에 고심해야 했고 그래서 엄마 몰래 무작정 가출을 하겠다고 결심을 하고 있었으니 어린 마음에 얼마나 그 슬픔이 컸을 가 싶다. 각박한 세상에서 여자 혼자 산다는 것이 어렵다는 생각에 재혼을 한 엄마 곁에서 더 이상 머물 형편이 아니란 생각에서 은진이가 떠나는 것이 차라리 엄마의 생활에 낳을 것이란 생각을 거듭하고 있을 내나. 그런 은진을 달리 붙잡지 못하고 헤어질 수밖에 없었다지만 진우는 늘 은진의 앞길에 행운이 있어주길 바랬을 뿐 다른 어떤 힘이 되어줄 처지는 아니었다.

이슥한 밤 어느 날이다. 낮부터 추적추적 내리던 비다. 깊은 가을밤이라 그랬던지 바람이 스칠 때마다 창밖에 노오란 은행잎이 맥없이 떨어져 땅바닥에 깔리지 않던가?

가출을 한 은진이가 당장 머문 일자리는 하필 러브호텔이었다. 러브호텔에서 은진이가 할 일이란 주인아줌마 심부름 정도였으니 못 할일은 아닌성 싶었다. 룸 이부자리 등을 세탁하고 청소를 하는 아줌마는 따로 있었기에 어떠랴 하는 생각도 했었다.

그날도 공실이 아직 몇 개 남아있었다. 잠시 아줌마가 내실로 들어가 간 사이다. 303호실의 전화벨이 울린다. 아줌마 대신 카운터를 잠시 지키고 있던 은진이가 그 전화를 받았다.

─여기 맥주 한 병 보내줄래요.

손님이 맥주를 청한다. 고객의 심부름일지라도 룸까지 들어가는 일은 대개가 없다. 투숙객과의 모든 사무는 출입구에서 끝난다. 그날따라 이 투숙객은 맥주를 룸 탁자에 놓고 가라고 시킨다. 최근 몇 차례 단골로 투숙을 했던지라 낯은 조금 익은 고객이었다. 별일은 아니란 안이한 생각에서 은진은 멋도 모르고 맥주를 들고 룸으로 들어갔다. 잠옷 바람으로 침대에 걸쳐 앉아 있던 손님은 은진에게로 다가오더니

─이왕이면 술 한 잔 따라주고 가지?

하자 기겁을 하고 은진이 막 뒤돌아설 때다. 그가 은진의 어깨를 확 잡아챈다. 물론 사생결단 저항을 했다. 허나 우악스럽게 달려드는 그자의 완력을 열일곱 살 은진에겐 비켜날 힘이 없었다. 할 만큼 저항도 했었으나 작정을 하고 덮쳐오는 그자의 육중한 몸뚱이를 밀치기란 역부족이었다.

은진은 기가 막혔다. 누구에게 도움을 청할 처지도 아니고 호소할 사람도 은진에겐 없었다. 죽고 싶은 심정, 갑자기 세상이 캄캄했다. 은진에게도 아버지가 있고 엄마가 옆에 있다면 이런 처참한 꼴을 당하고만 있겠는가? 참담하기 그지없는 일이었다.

온통 하늘이 무너지는 듯 좌절감에 쪼그리고 앉아 서럽게 울고 있을 때 주인아줌마가 매섭게 나섰다.

─성폭력 죄로 당신 당장 경찰에 신고할 거야.

아줌마가 당차게 고객에게 으름장을 놓았다.

─죄송합니다. 순간적으로 오는 충동을 억제하지 못해 큰 잘못을 저질렀습니다. 용서하십시오. 대신 어떠한 경우에서든지 보상하는 쪽으로 책임은 지겠습니다.

그자는 연신 굽실거리며 잘못을 사과한다.

─당신이 어떻게 책임지겠다는 거야. 어린 것을 저렇게 망가뜨려 놓고?

─은진이가 원하는 대로 어떤 경우든 끝까지 책임질 것입니다.

폭력으로 못된 짓은 저질러 놓았다지만 의외로 놈은 진실을 털어놓으며 허리를 굽혔다. 어처구니가 없는 일이었다.

─애 은진아 그만 울어라. 내가라도 가만두지 않을 테니 너무 설어말아라.

─……!

쪼그리고 앉아 울고만 있는 은진을 건너다보며 아줌마는 이렇게 달랬다. 난감해하던 그자도 한숨은 돌렸던지 거듭 간청한다.

─걱정하지 마십시오. 무슨 방법으로든지 본인이 원하는 대로 꼭 책임을 질 것입니다.

─그 약속을 어떻게 믿어요?

─반드시 꼭 지킬 것입니다.

경찰 신고만이 능사는 아닐 듯 아줌마도 그자의 인적 사항과 연락처를 모두 챙긴 다음 일단 현장에서는 그 정도로 마무리 했다.

　─은진아 정말 내가 잘못했어. 그러나 나를 진정으로 믿어줘. 어떻게 해야 될 건지 나도 지금 당장은 대책을 마련할 수 없지만 꼭 다시 찾아올─께!

　과거 보러 가는 선비의 하룻밤 풋사랑처럼 허망한 약속만 남겨놓은 채 그자는 그렇게 떠나가고 또 보낼 수밖에 없었다. 아무리 생각을 해봤자 이왕 저질러 짓 달리 현명한 방법은 없었다. 어떻게 보면 대책 없이 그자는 명암 한 장만 던져놓고 떠났고 보낼 수밖에 다른 방법은 없었다. 정말 어처구니없는 일이었다.

　직업은 건축업자 이름은 엄길준, 그리고 거주지와 연락처가 있었다. 하지만 은진은 그까짓 흔해빠진 명암이 무슨 소용이 있으랴 싶은 생각에 더 이상 기대할 수가 없었다. 아무래도 이곳에서 더 머물 수가 없다는 생각이었다.

　며칠간 고심 끝에 갈 곳은 없지만 달랑 가방 하나 챙겨들고 밖으로 나오는 은진 앞을 아줌마가 가로막고 나선다.

　─애야, 지금 그 몸으로 어딜 간다고 그러니? 갈 데는 있는 거야, 이것아?

　─그렇다고 여기에서 더 머물 수도 없잖아요!

　─잔소리 말어. 혹시 그놈한테서 연락이 올지 모르지만 그게 아니라면 내가 너를 끝까지 지켜주고 챙겨줄 거야, 알겠어? 그놈한테 아직 연락은 없다만 더 두고 볼 일이지 아직 속단하기는 이

르다. 이왕에 이렇게는 되었다지만 너에게 나도 죄책감 없지 않구나. 불상 것….

언제나 그러하듯이 아줌마의 태도는 아주 확고하면서도 분명했다. 그 놈이 어떻게 책임질지 모르지만 자기라도 끝까지 은진을 돌봐주겠다고 다짐한다.

아줌마의 권고를 뿌리치지 못하고 은진은 떠나던 길을 멈추고 발길을 돌렸다. 조금 더 두고 볼일 아직 결단하기는 이른 듯, 은진의 생각도 다르지 않았다.

마음을 고쳐먹은 은진은 아줌마를 도와 업소에 다시 머물면서 기다려보기로 했다. 떠난다고 했을 때 막상 은진은 갈 곳도 없었다. 가출한 처지에 이런 꼴로 다시 엄마한테 가기란 죽기보다 싫었고, 받아주는 엄마도 마음 상할 것이 뻔했다. 딸이 망가졌다는데 어떤 엄마의 마음이 편하겠는가?

인생에 있어 망각이란 때론 필요했나 보다. 또 모든 것을 포기해서 그랬는지는 모르겠다. 슬픔을 잊고 다시 일을 열심히 하다 보니 그날의 악몽도 차츰 기억에서 멀어질 무렵이다.

엄길준 그자가 엉뚱하게 찾아왔다. 같이 서울로 가자는 것이다. 은진의 인생을 어떤 방법이든지 자기가 끝까지 책임지겠단다. 그때 길준의 나이 서른두 살이라 했다. 은진이 보다 열네 살이나 위이었다. 본래는 건축업에 종사하지만 현대 중공업에 다니는 친구를 통해서 부품을 납품해 볼까 몇 차례 울산에 왔었지만 헛된 꿈 포기를 하고 이젠 본연의 건축업에 충실할 거라고 했다. 더는 울산에 볼일은 없다고 했다. 은진이 때문에 일부러 내려왔다고 했다.

엄길준은 진정으로 은진의 인생을 책임지겠단다. 실없는 소리로 은진은 알고 있었지만 그의 태도는 진지했다. 당장 어떤 계획은 말할 수 없지만 은진을 곁에 두고 일생동안 책임지겠단다. 자기를 진정으로 믿어 달라고 했다. 길준의 설득에 성품이 곧고 예리한 아줌마도 의심이 풀렸는지 은진을 달래기까지 했다.

─은진아, 어차피 너는 좋은 사람 만나서 보살핌을 받으며 네 인생 의지하며 살아가는 것이 좋을 듯도 싶다. 말은 낳아서 제주도로 보내고 사람은 서울로 보내란 말이 있듯이 그렇게 해! 대신 무슨 일이 있으면 아줌마에게 연락하던지 찾아 오거라. 기꺼이 내가 너의 보호자가 될 것이다.

아줌마가 가방까지 챙겨주며 등 떠다밀다시피 했다. 그래서 망설이던 은진도 큰맘 먹고 죽기를 각오하고 길준을 따라나섰다. 어릴 때부터 서울은 늘 동경하던 곳 그 호기심이 은진의 마음을 움직였는지도 모른다. 아줌마의 권고도 있어 은진은 엄길준 그자를 따라나섰다.

길준은 개발지를 찾아다니며 단독 주택을 지어서 팔고 사고하는 식으로 사실은 건축업자라기보다는 집 장사였다. 그렇게 몇 차례 재미도 보았다. 5층짜리 서민 빌라도 몇 채 분양했다. 돌다리도 두들겨 보던 그는 매사 신중했다. 크게 욕심도 내지 않고 분수도 지켰다. 처음 만났을 때처럼 그는 불량한 사람은 아니었다.

그렇긴 하지만 그는 홀몸이 아니었다. 기혼자로서 가족이 딸려있었다. 막상 은진을 데리고는 왔지만 당장 취직을 시켜주는 것도 아니고 대책을 마련하고 있는 것도 아니었다. 세 살배기 딸까지 딸려있는 전처가 있었다. 그렇다 보니 한 지붕 아래서 두 여자가 같이 지낼 수는 없었다. 은진에게 방을 하나 얻어주었다. 감당이 안 되는 일이었지만 그런 식으로 책임지겠다고 은진을 데려온 것이다. 아주 무모했던 일이다. 가정을 이룬 자가 어떻게 은진을 책임지겠다는 것인지 너무 엉뚱했다.

막상 따라는 왔지만 상황파악 안 된다고 털고 나설 은진의 주변머리도 아니었다. 거듭 후회스럽지만 당분간만 참아달라고 하니 좀 더 지켜볼 작정이었다. 길준은 상처받은 어린 새를 보살피듯 각별하게 챙겼다. 그래도 은진은 가증스럽다는 생각에 믿음이 갈 턱이 없었다.

호적상으로도 엄연히 부인이 있었고 딸도 하나 있다. 바로 집 근처에 방을 얻어 임시로 살게 했지만 길준의 그런 이중생활은 쉽지 않았다. 은진이가 이 집에 들어오면서 가정불화는 그칠 날이 없었다. 욕설과 구타까지 추악함의 연속이었다. 이런 불안한 생활이 무서워 은진은 보내달라고 울며불며 사정도 해보았지만 그때마다 길준은

—살아서는 절대 내 집을 나갈 수 없어. 너는 이미 나와 살을 댄 입장에서 인생길을 같이 가야 할 것이다. 힘들어도 그때까지 참고 기다려줘. 모두 정리할거야.

이런 식으로 은진의 마음을 안심시켰지만 은진에게 믿음이 가는 것은 아니었다.

—도망갈 생각은 절대 하지 마, 세상을 온통 뒤집어서라도 난 꼭 너를 찾아낼 거야. 너 없이 난 못살 테니 그런 불행은 서로 자초하지 말자.

이런 식으로 다짐도 했다. 본처가 있는 쪽에는 상관하지 않고 저녁이면 꼭 은진이 옆에 있었다. 세상에서 있을 수 없는 일이 지금 은진이 앞에서 펼쳐지고 있는 꼴이다. 악연으로 만났지만 은진을 향한 길준의 사랑은 극진했다. 하지만 가시방석에 앉은 기분으로 은진은 늘 불안했다. 기회가 된다면 떠날 거란 생각뿐이었다. 이왕에 잘못된 일 보상이고 뭐고 다 포기하고 차라리 아줌마 곁으로 가고 싶었다.

한 번은 본처가 들이닥쳤다.

—모두가 너 때문이야. 니가 이 집에 들어오면서부터 풍파가 잘 날이 없잖아. 그러니 니가 나가. 그래야 맞는 거 아냐. 근본도 없이 굴러온 너 때문에 내가 쫓겨날 수는 없잖아?

살림살이가 남아나지 않을 정도로 부서지고 깨지는 행패가 있던 날이었다. 그런 분란을 겪은 은진은 무작정 집을 뛰쳐나왔다.

엄마를 찾아갈까 했지만 공연히 걱정만 끼쳐드릴 것 같고 또 의붓아버지가 누구보다 싫었다.

남들이 부모 슬하에서 가방 메고 고등학교에 다닐 때 엄마 곁을 떠날 수밖에 없었던 은진은 어데 의탁할 곳을 찾기에 고심을 해야 했고 그래서 엄마 몰래 무작정 가출을 해야 했었다. 중학교를 졸업하던 그 해 봄이었다.

도망을 하다싶이 길준의 집을 뛰쳐나온 은진은 생각 끝에 아줌마 영업집으로 발길을 돌렸다. 더는 길준 곁에 머물고 싶지가 않았다. 그 사람 곁만 떠나면 세상 편할 것 같았다. 더 바랄 것도 없었고, 그럴 생각도 이젠 없었다. 지금의 처지로는 그저 길준 곁을 떠나면 훨훨 하늘을 날을 것만 같았다. 모든 걸 포기하겠다는 생각이다.

은진의 마음은 그랬어도 소용이 없었다. 은진이가 가방을 풀어놓을 사이도 없이 득달같이 길준은 쫓아왔다.

―너 없인 난 못살아, 이 칼로 니가 내 목숨을 거둬가.

싫다고 고집하는 은진에게 길준은 과도를 옆에 놓고 밤새껏 실랑이를 했었다.

―저러는 저 사람이 능청부리는 것은 아닌 듯싶구나. 한 번만 더 믿어보렴.

사정이 딱했던지 옆에서 지켜보던 아줌마의 권고도 있었기에 마지못해 다시 따라나선 은진이었다. 더구나 자유롭지 못했던 것은 뱃속에 아이를 잉태하고 있었다. 더는 고집부릴 처지도 아니었다. 자포자기 될 대로 되라는 심정뿐이었다.

귀경을 한 후 본처가 있던 안방으로 은진은 입성했다. 그러기까지는 풍파도 많이 겪었고 험한 꼴도 많이 보았다.

그리고 보면 길준은 이미 본처와의 사랑에 금이 간 상태였다. 혼전에 아내의 과거가 들통 나면서 길준은 헤어질 것을 결심했고 그래서 은진을 선택했다. 그렇다고 그게 쉬운 일은 아니건만 길준은 본처에겐 아파트 한 채를 마련해서 우격다짐으로 살림을 냈다.

-날 보내줘요. 난 정말 여기가 싫다고요!

안방을 비워주었다고 은진의 마음이 풀린 것은 아니었다. 은진은 모두가 싫었다. 세상을 자기 뜻대로 살려는 길준이 너무 무모하다는 생각이었다.

그저 길준의 곁만 떠나면 은진은 세상 편할 것 같았지만 그렇게 일 년이 지나면서 결국 떠나질 못했고 아들 형욱을 얻었다. 혹이 붙었으니 이젠 어깨가 더욱 무거웠다. 창살 없는 감옥에서 그렇게 살아온 것이 십오여 년의 세월이었다. 본처에게서도 더는 말썽이 없었다.

모든 걸 포기하고 억지로 이제껏 살아왔나 싶다. 그렇다고 그동안 마음이 편한 것은 아니었다. 바늘방석에서 정말 견디기 힘든 세상을 살아왔다는 생각뿐이다. 아들 형욱을 낳고서도 내내 보내주길 바랬다. 그럼 넓은 세상 자유롭게 훨훨 날아다니며 살아갈 것 같았다.

아들 형욱을 생각해서라도 이젠 마음을 가다듬어야 한다고 은진의 마음이 차츰 평온을 되찾아갈 무렵이다. 부부란 500년의 긴 세월 동안 엉클리고 설킨 인연들이 쌓이고 쌓여서 이루어진다 했던가?

남편의 주검

나름대로 세상을 자신만만하게 살아가던 길준이 어느 날부터 시름시름 가슴이 아프다고 통증을 호소하기 시작했다. 평상시도 길준은 늘 건강하고 풍채도 좋았었다. 통증을 호소하면서도 남편은 왕성하게 활동하며 집을 짓고 팔고 하는 일에 열중하던 어느 날이다.

–암만 해도 이상해? 병원엘 가봤으면 좋겠어?

설마 하던 길준을 은진이 따라 동네 의원을 찾아갔을 때다. 간단한 검진을 마치자 청하지도 않은 진료의뢰서까지 발급해주며 빨리 큰 병원으로 가야 된다고 등 떠미는 의사의 권고에 큰 병원으로 찾아갔을 때는 이미 늦었단다. 급성 폐암으로 진행되었단다. 서둘러 개복 수술도 했다.

온통 세상을 자기 맘대로 흔들며 살아갈 줄 알았던 그가 폐암으로 지금 무너지고 있는 판이다. 어찌 감당해야 좋을지 남편 앞에서 은진은 비로소 정신이 번쩍 났다.

국내 최고로 좋다는 의료시설과 의료진에게 그이를 꼭 살려달라고 매달려 진료를 받으면서 좋다는 약을 모두 동원했으나 백약이 무효였다. 길준의 몸뚱이는 악성세균의 서식지에서 빠져나오지 못하고 몸은 점점 삐삐 말라가고 있었다. 마지막으로 이식 수술까지도 시도했으나 의료기술이 거기까지는 닿지 못했다. 의료계의 시험대상만 되었을 뿐 마지막 신의 기적도 빌어보았으나 기도발도 먹히지 않은 듯 결국 길준은 절명하고 말았다.

사회활동을 모두 접고 몸져누운 길준의 모습을 보면서 은진은 남편의 소중함을 그때서야 깨닫게 되었고 연민도 느끼게 되었다. 측은지심이라 할까? 사랑한다는 것은 고통을 가져올 수도 있다는 철학적 개념처럼 그동안 때론 원망도 했고 미워도 하면서 살아온 과거를 생각하니 가슴이 찢어지는 느낌이었다. 남편의 신음소리를 들을 때마다 짜릿짜릿 오금이 저려왔다. 통증에 못 견뎌 살려달라고 애원하며 몸부림칠 때 남편의 몰골이라니 어찌 차마 눈을 뜨고 보겠는가. 진작 그가 건강할 때 깨달았어야 할 일이었다. 그동안 너무도 길준을 미워했다는 생각이다. 한 줄기 한 줄기 주마등처럼 그와의 생활이 떠오를 때마다 지원극통 아니 할 수 없었다. 하루에 진통제를 한주먹씩 복용해도 그 고통은 감당이 안 되었다. 죽음은 일종의 고행이라 했던가? 과거 미워했던 마음을 참회하며 마지막까지 정성을 다해 보았지만 모두 허사였다.

　—신이여, 저 사람을 살려 줄 수 있는 방법으로 길을 열어주소서!

　만물의 영장이라 하면서도 신의 존재 앞에서 인간의 능력은 미물에 불과하다는 것일까?

　처음 은진을 성폭행할 때와 달리 길준은 매사 가정생활에서 성실했었다. 저런 사람이 어떻게 그때는 그처럼도 포악했는지 다시 생각해 볼 일이기도 했지만, 남자라면 누구나 탐할 정도로 은진의 미모는 뛰어났다. 어디를 가나 은진을 처음 보는 사람들은 남녀 불구 예쁘다고 칭찬들을 아끼지 않았다. 열일곱 살 그때 은진은 꽃보다도 아름다웠다고 길준은 마음껏 표현했었다. 길준은 그때 성폭행이 우연히 아니라 소유의 탐욕이 발동했기 때문이었단다. 그런 소리를 은진은 길준에게서 수없이 들었다.

　그렇다고 자기 욕심대로 살아가는 그런 성격의 소유자 길준을 은진은 용서하지 않았다. 길준이 은진에게 아무리 정성을 쏟아도 한 번 눈에 찍힌 그의 포악성은 언제 다시 그런 야만적 행위가 발동할지 모른다는 선입감에 늘 불안했을 뿐이다.

　통증을 호소하는 길준의 옆을 은진은 잠시도 떠나지 않았다. 그와 아픔을 조금이나마 같이 나눌 수만 있다면 지옥 불인들 못 갈까 싶기도 했다. 남편은 은진의 손을 움켜쥐고 살려달라고 몸부림칠 때마다 길준을 위하는 일이라면 그의 고통을 대신하기 위해서는 신체 부위 어디든 가슴속에 있는 모든 장기를 다 꺼내준들 무엇이 아까울까 싶기도 했다. 겪어보지 않은 사람은 저 고통을 어찌 알랴.

평상시 철저했던 그의 생활 태도는 생명 줄을 놓기 전까지도 느슨함이 없었다. 병실로 고문 변호사를 불러 공증까지 마쳐놓고 그는 안타깝게도 생명 줄을 놓았다. 본처와 그 딸에게는 월세로 살아갈 수 있도록 작은 상가 하나를 물려주면서 그동안 미뤄놓았던 호적까지 정리했다. 은진보다도 길준이 고심 많았던 호적이었다. 생전에 자기가 정리하지 않으면 은진이가 감당하기엔 어려울 것으로 판단, 그런 다툼도 예상해서다.

본처의 이름을 호적에서 파내고 그 자리에 설은진의 이름을 올려놓았다. 설은진 옆 칸 아들 란에는 당당하게 엄형욱이 올라갔다. 이 기록은 이제 법적으로 영구히 보호를 받으면서 누구도 범하지 못할 것이다.

새삼스럽게 은진은 길준의 배려에 고마움을 느꼈다. 저토록 사려 깊은 길준에게 지독한 불신과 미움으로 그동안 지내왔으니 또 한 번 토혈하는 심정으로 은진은 참회했다. 진정으로 사랑한다고 나를 믿어달라고 하소연할 때마다 은진은 입에 발린 위선이라 여겼을 뿐 한 번도 그의 목소리를 진실하게 받아들여 본 적이 없었다.

—형욱은 하나밖에 없는 내 핏줄 잘 지켜줘. 이게 내 마지막 부

탁이야!

　본처와의 관계에서 혹시 모를 문제로 분쟁이 될까 봐 미심쩍은 사안들은 모두 정리해놓고 이 같은 유언을 마지막으로 남편은 눈을 감았다. 내 세상처럼 야심차게 살아오던 그도 생로병사生老病死앞에서는 어쩔 수 없었던지 조용히 승복하며 허망하게 명줄을 놓고 세상을 떠났다. 세상 모든 사람이 몰라 병들고, 몰라 죽는다 했던가?

　아침나절 성튼 몸이 저녁나절 병이 들어 저승길이 멀다더니 대문밖에 저승 일세

　가네 가네 나는 가네 임을 두고 나는 가네 불쌍하고 가련하다 우리 인생 슬프도다.

　명사십리 해당화야 꽃이 진다 서러말아 이제가면 언제 오나 내년 춘삼월에 또다시 올까나

　어허 어허 어허 어허, 어허 어허 어허 어헛……!

　상쇠를 잡고 상여꾼 노량잡이가 을러대는 구성진 가락을 한 가닥 한 가닥 가슴에 새기면서 꽃상여를 따라가던 은진은 인생무상의 애절함을 새삼 깨달으며 가슴을 찢고 찢었다.

　눈물 속에 그리움을 담으며 은진은 참회하고 참회하며 슬픔을 안았다. 생전에 깨닫지 못한 남편의 사랑을 미움으로 받아들였던

후회와 속죄하는 마음으로 은진은 남편의 명복을 빌고 또 빌었다.

참회하는 진실한 마음으로 앞으로의 인생을 살아가겠다고 다짐도 했다. 남편이 떠난 뒤에 찾아오는 후회와 외로움을 통감하며 살아가겠다고 은진은 울면서 꽃상여 뒤를 따라갔다.

고통 없는 주검이 어디 있으랴만 한 치 앞도 못 보는 덧없는 인생. 자기만은 천 년 만 년을 누리며 살 것처럼 발버둥치는 인생의 어리석음을 은진은 남편의 주검으로 하여금 똑똑히 보았고 느꼈다. 그리고 이제야 깨닫고 후회하는 마음으로 앞으로의 인생을 고통과 함께 살아가겠다고 다짐도 했다.

남편이 세상을 떠나던 해 아들 형욱은 초등학교 5학년이었다. 수십억 재산을 남편은 은진에게 남겨주고 떠나기도 했다. 거기엔 형욱을 위한 배려도 포함되어 있다는 것을 은진은 알고 있었다.

방황

생떼 같은 남편을 잃고 미친 듯이 세상을 헤집고 다닌 지 6년쯤이 지나서였다. 아들 형욱은 Y대학의 합격통지서를 받았다. 주먹구구 손바닥 지식으로 건축업에 종사했던 아버지의 유지를 받들어 형욱은 건축학과를 지망했다. 형욱의 합격을 저승에 있는 남편에게 전할 수 있어 다행이었고 보답도 되었으리라는 생각에 은진은 다소 위로가 되었다.

뚝딱거리는 엉터리 지식으로 아버지는 건축업에 종사를 했었다. 이를 형욱이가 모른다 할 수는 없었다. 아버지의 유지다. 형욱이가 건축학과를 지망할 때의 의지는 로마 전성시대의 신비로운 고대 건축물 양식을 현대식 감각으로 창안해서 예술적 혼을 불어넣어 새 시대에 걸맞은 건축물을 창조할 것이라고 장래의 희망을 서슴없이 털어놓기도 했었다.

남편의 성폭력으로 열여덟 살에 출산한 형욱이가 이렇게 자랑스럽게 성장을 했다니 지난 세월이 꿈같기도 했고 한편 신기하기도 했다. 아버지도 없는 홀 엄마를 의지하고 형욱이 여기까지 꿋꿋하게 자라왔다는 것도 대견했다.

대학합격통지서를 받던 이튿날이다. 은진은 아들 형욱을 데리고 남편을 찾아갔다.

─여보, 이제 내 여생도 얼마 남지 않았다는 사실 내가 모르지 않아! 그동안 너무 당신을 억압하며 살아온 과거 이젠 후회뿐 저 어린 형욱을 당신에게 맡기고 막상 떠난다고 하니 내 가슴이 찢어지는 듯 아파. 형욱이와 열심히 살아줘!

남편의 마지막 음성이다. 그동안 은진이 소중하게 간직해 오던 녹음테이프를 작동시켜놓고 평상시 그가 좋아했던 국화꽃도 올린 다음 은진은 형욱과 함께 술잔을 올리고 절을 하면서 벅찬 설움을 눈물로 쏟아냈다.

사회생활에서 그냥 얻어지는 지혜는 아니었다. 남편의 뜻이었다고 하겠지만 숙맥처럼 외출 따위는 아예 포기하고 집안에서만 살아와서 그랬던지, 밖에서 일어나는 사회생활 모든 것들이 은진에겐 낯설기만 했다.

생활필수품까지 남편이 알아서 한꺼번에 구입했고 사철마다 신선한 과일 종류도 남편이 퇴근길에 짝으로 들여왔기에 은진이가 할 수 있는 일이란 집안에서 밥이나 짓고, 청소 그리고 세탁기 돌리는 정도여서 세상 돌아가는 물정을 알 턱이 없었다. 모처럼 외출할 일이 생기면 남편이 승용차를 이용해 주었으니 누구 말마따나 버스 요금이 얼마인지조차 몰랐었다. 숙맥같이 그 동안 살아왔음을 은진 자신도 모르지 않고, 그렇게 순박하게 살아 주기를 남편도 바랐었다.

남편이 떠났다고 집안에서 마냥 청승만 떨며 곶감 따먹기나 할 수는 없었고 따라서 좌절만 하고 있을 수는 없었다.

남편이 남겨준 재산으로 아들 공부시키면서 두 식구 살아가는 데는 별걱정 없었지만 그렇다고 소일거리 없이 재산을 까먹을 수는 없다는 생각이었다.

거리에 나서고 보니 거리마다 호화찬란한 자영업 간판들이 천태만상 헤아릴 수 없이 많기도 했다. 그중 한 가지를 찾고 선택해야 한다는 생각이었다. 마땅한 종류를 찾아보았지만 모두 넘치고

쳐졌다. 경험 없이 투자한다는 것도 조심스럽다 보니 은진이가 할 만한 마땅한 업종이 없었다. 요식업 종류도 생각해 봤지만 허드레 일도 많고 음식 만드는 일이 너무 어려워 식당은 엄두가 나질 않았다. 음식에는 맛을 내는 절대적 기술이 필요했다.

캐주얼 의상 대리점도 해보았고, 화장품 가게도 해보았으며, 제과점도 오픈했지만 내 기술 없이 운영한다는 것이 수월치 않았다. 당나귀 귀 떼고 꼬리 떼고 X 떼면 남는 것 없다 하듯이 자영업을 하다 보니 그러했다. 섣불리 아무나 할 일은 아니었다.

내일 주겠다고 사정하는 이웃집 여자를 믿고 빌려준 돈도 일단 은진의 손을 거쳐 한번 나간 돈이기에 다시 돌아올 줄 몰랐다. 그럭저럭 남편의 유산도 많이 까먹은 상태다. 그물만 잘 쳐놓으면 고기떼들은 저절로 모여들게 마련, 고객들도 마찬가지로 목만 잘 만들어 놓으면 저절로 돈은 날아들게 마련이라 하지만 그물을 어느 곳 어느 자리에 펼쳐놓아야 할지 쉽지 않은 일이다. 거기엔 절대적 능력이 필요했다. 모든 서비스 업종도 마찬가지다. 적을 모르고 전쟁터에 뛰어드는 것은 백전백패. 섣불리 자영업에 뛰어들었다가 한강에 돌 던지고 빈손으로 빠져나오기 일쑤다. 곰곰이 생각을 짜 봐도 마땅한 게 없었다. 말이 쉬워 자영업이지 만만한 곳은 어디에도 없었다. 또한 영업을 하자면 당국의 허가도 받아야 한다. 그게 또한 쉽지 않다. 허가조건을 맞춘다는 것이 은진에겐 그토록 어렵기도 했다. 허가조건이 까다롭다. 제반여건을 법

테두리 안에 묶어놓고 사사건건 당국에서 통제를 하겠다는 것이 정부 규제법이고, 이게 정부의 통치방법이다.

허가장엔 제반 규정이 나뭇가지에 매달린 이파리만큼이나 많고 까다롭다. 대중이 이용하는 업소라면 안전을 위하여 소방, 전기, 소음, 간판, 썬팅 등 각종 안전기준시설에서부터 예방까지 모두 갖추는데, 그 규정에 의한 시설들이 그렇게 많았다. 하나하나 요건을 맞추자면 각 해당 기관 해당 부서를 찾아다니면서 퍼즐 맞추듯 해야 한다. 법령에 따른 자질구레한 조건들을 줄줄이 거쳐야 한다. 그중 하나라도 틀리고 미달 되면 헛손질이다. 쾌적한 문화공간으로 정착하기 위해서 까다로워도 감수할 수밖에 없는 일로 헛손질할 때마다 열심히 맞춰 나갔다. 규제법 앞에는 국민보호법이나 진흥법이 있다. 어찌 보면 법이란 게 병 주고 약 주는 식, 이게 바로 통치수단이다. 우리나라 법을 총괄한다면 기능적으로 3대 국민법으로 나눌 수 있다 할 것이다. 첫째 보호법, 둘째 진흥법, 셋째 규제법이다. 우리 국민 생활에 필요한 모든 기능은 여기에 존재하고 해당한다. 사실은 그게 먼저 우선해야 한다지만 현실은 그렇지가 못하다. 규제법 앞에서 그것들은 눈에 보이지도 않는다. 어쩜 보호법이나 진흥법은 허울뿐이란 생각이 들 정도로 미약하다는 것이다.

예산이 뒤따르는 자영업이기에 자영업이 내 맘대로 하고 싶다고 하는 것은 아니다. 한번 두 번 헛다리짚다 보면 가정이 파산할 경우도 있으니 함부로 접근할 수도 없는 것이 자영업이다. 이것도 안 되고 저것도 안 될 바에야 차라리 손 놓고 더 좀 생각의 기회를 갖는 것이 재산을 지키는 방법이라 여겼다.

국민 생활 질서에 타당치 않아도 만들면 법인 줄로 아는 통치 수단이라니 지킬 수밖에 없다. 이를 어긴다면 처벌하겠다고 코를 꿰다 보니 이것도 나라 법이라고 국민은 끌려갈 수밖에 없는 실정이다. 이게 통치자들의 민주주의라고 말한다.

은진의 친정아버지는 육군 중위로 수도 사단 제26연대(혜산진 부대) 제3중대 부관으로 있을 때 파병했다. 사관학교 출신이 아닌 일반 간부 출신 장교다. 65년도 10월 22일에 인천항을 떠나 월남 퀴논으로 갔다. 젊은 피를 팔아먹는다고 야당과 더불어 학생들까지 극렬한 반대에도 불구하고 파병된 역전의 용사다. 파병 주둔지는 월남 퀴논이다. 소대장의 임무로 42명의 부하 병사들을 데리고 수색 작전을 나갔다가 적의 기습을 받아 치열한 백병전 끝에 장렬하게 전사한 역전의 용사다.

은진이가 엄마의 뱃속에 있을 때 아버지가 파병을 했다. 유복자로 태어났고 부녀간에 단 한 번도 상면한 일 없으니 아버지의 얼굴을 기억할 리가 없었다. 은진이 세 살 때의 일이다. 다만 아버지의 생일이나 현충일 국군의 날 같은 때에는 엄마를 따라 월남파병 용사들이 잠든 동작동 국군묘지를 찾아 엄마가 시키는 대로 아버지 묘지 앞에 술잔도 올리고 절을 하며 엄마 따라 울기도 하면서 명복을 빌었다.

　그렇게 남편을 잃은 엄마가 꼭 생활고 때문만은 아니었다. 무엇보다도 딸 은진의 교육비 감당이 어렵다는 생각에 재혼을 결심했다. 하나밖에 없는 딸 은진이 만큼은 공부를 많이 시켜 잘 키워보겠다는 희망으로 고심 끝에 사별한 어떤 남자를 소개받았다. 자녀들 교육비 정도 감당할 능력은 있는 사람이었다. 엄마는 어린 은진을 데리고 재혼을 하면서 아빠 생각에 많이 울었다. 은진을 잘 키워보겠다는 대리만족에 희망을 걸며 다짐도 했었다. 그러나 세상은 엄마 뜻대로 가는 것이 아니었다. 재혼한 남자에게는 전처의 자녀가 두 명 있었다. 딸은 은진과 동갑이지만 아들 태성이가 은진보다 세 살이나 위였다. 이 녀석이 항상 말썽을 피우며 은진을 괴롭혔다. 장난한다면서 툭툭 때리고 장난감이나 학용품 같은 것을 빼앗고 울리고 했다. 간섭을 하다보면 이게 가정불화로 비화되지 않던가? 이 때문에 엄마까지 속상할 때 많았으니 모든 가정불화는 은진을 미워하는 태성으로부터 시작되었다. 그럴 때마다 엄마는 은진을 껴안고 소리 없이 재혼녀의 가슴을 찢고 찢었다.

　중학교를 졸업하면서 그 가정에서 더 못 견디고 은진은 엄마 몰래 가출을 했다. 그렇다고 은진의 생각이 옳았던 것은 아니었다. 러브호텔에서 심부름을 하게 된 것도 가출하면서부터다. 진우와 헤어진 것도 그때 일이다. 무작정 가출한 은진이가 우선 러브호텔에 있기까지는 주인아줌마의 심부름이나 해주며 밥이나 얻어먹자는 조건이었다. 고객 호실에 물그릇 심부름도 하고 홑이불을 걷어다 세탁소에 맡기고 청소도 하면서 잔심부름을 해주는 게 은진이가 할 일이다.

진우와 은진와의 관계는 고향 초등학교 오 년 차 선후배 사이이기도 하고, 한마을에서 태어나 자랐다. 어릴 때부터 유난히도 은진이가 진우를 따르게 된 이유가 있다. 은진이 중학교 다닐 때다. 불량 남학생들에게 희롱을 당하고 있을 때 마침 진우가 목격하고 편들다 보니 싸움판이 벌어졌다. 세 놈을 상대로 진우도 많이 맞았지만 끝내는 놈들을 물리쳤다. 그런 후로 은진은 진우를 오빠라고 불렀고, 같이 따라다니며 공부도 했다.

그런 그들이 각자 헤어진 후 복잡한 서울 신림동 길바닥에서 몇 십 년 만에 다시 만나게 된 것은 기적이었다. 숨어 못산다는 말이 실감 날 정도였다. 은진이 남편과 가정을 꾸리고 있을 무렵이었다.

특히 은진이가 더 반가워했고, 남부끄러운 줄 모르고 길바닥에서 진우의 가슴에 얼굴을 묻고 한참을 울고 나서야 진정했다. 후미진 산속에 핀 도라지꽃처럼 애잔하게 자란 은진의 모습을 바라볼 때마다 진우는 늘 연민을 느껴 왔었다. 은진 역시 피붙이처럼 진우를 따르던 사이였는데 이렇게 극적으로 만나게 되었다. 은진이 월남 참전 용사의 유복자로 태어난 것을 진우는 알고 있기에 각별하게 은진을 연민도 느꼈다.

NLL 설정

은진은 순조롭지 못한 악연으로 남편 길준을 만났지만 대신 아들 형욱을 얻었다. 처음 그 아이가 뱃속에서 거룩한 생명으로 탄생하기 위하여 몸 트림을 하고 있었기에 어쩔 수없이 길준의 곁을 떠나지 못한 이유가 아니던가? 그 아들이 다행히도 훌륭하게 자라주었고, 이젠 국민의 3대 의무인 병역문제로 고민을 할 때가 되었다.

―엄마, 어차피 치러야 할 일이라면 일찍이 다녀왔으면 해서요.

―때가 되면 입영 통지서가 나올 텐데 서둘 필요가 있는 거야?

―그건 육군이구요.

―그럼?

해군을 지원하겠다는 형욱의 말에 은진은 펄쩍 뛰었다. 해군은 바다에 떠다니는 부초 같은 신세로 좁은 공간 함정에서 감옥살이 하듯 생활한다는 것이 상상만 해도 답답한 일이 아니겠느냐고 설득도 했었다. 그리고 육군이라면 엄마가 차를 끌고 다니고 있으니 너를 보고 싶으면 언제 어디든 찾아갈 수도 있지만 해군은 아니 잖느냐? 지원이라면 의무경찰도 있다. 또 의무경찰은 근무처가 서울이고 보면 외출 외박도 타군보다 자유롭고 엄마가 찾아가기도 쉬우니 여러 가지로 편리하다는 은진의 나름대로 권고였다.

─엄마! 군 생활은 어딜 가나 마찬가지야. 최전방 깊은 산속 DMZ에 들어가 밤낮 가리지 않고 눈 부릅뜨고 적과 대치하는 초병 생활도 쉽지만은 않다는 거야, 엄마! 의무경찰도 그래요. 무지막지한 쇠파이프가 난무하는 시위현장 최 일선 선두에서 시위대와 맞서 싸우는 것도 위험하기는 마찬가지예요. 군 생활 어딜 가나 쉬운 데가 어딧어요. 엄마. 이왕이면 망망대해 푸른 물결이 넘실대는 낭만의 바다에서 사나이라면 파도를 헤치며 긍지를 펼치는 것도 인생 경험에 좋다는 생각도 들어요. 이 기회에 엄마를 떠나 고생도 해보는 것도 좋구요? 자신의 의지를 키우는데 때론 고생도 필요하다는 생각이 예요. 엄마, 걱정 말아요. 이렇게 엄마의 아들 건강하잖아요.

팔뚝을 걷어붙이는 형욱은 아주 자신만만했다. 남편이 없어서 그랬을 것이다. 은진은 언제나 형욱을 애지중지하면서 어린애 취급을 해오지 않았던가. 오늘따라 그 아들이 크게 보이는 것이 신기했다.

─그래 네 뜻대로 해 보거라.

아들이 무사히 병영 생활을 마치고 돌아오기만을 은진은 빌 뿐 더 이상 형욱의 고집을 꺾질 않았다. 그랬던 아들이 진해에서 기본 훈련을 마치고 인천 제2함대로 특명을 받았다. 주둔지는 평택 항 근처에 위치하고 있었다. 관할은 서쪽 해상 서해북방한계선(NLL)이다. 위험성을 내포하고 있지만 군인이라면 감수해야 했다. 동해안이나 남해안보다 집이 가까우니 다소 위안은 되었다.

NLL은 6·25 남북전쟁 후 당시 이승만 대통령에 의하여 연합군과 설정된 서해안 군사분계선이다.

서해군사분계선 NLL은 북한이 주장하듯이 공평치 못하게 설정이 되었다는 것은 사실이다. 북한 당국으로서는 많은 아쉬움과 더불어 억울하다고 생각하는 경계선이다. 옹진반도와 백령도 연안에서 황해도 근해까지 우리 해군이 점령하고 있지 않는가? 휴전선은 강화도 변두리를 끼고서해로 흐르는 임진강이 휴전경계선이다. 그래서 북한에서는 공평치 못하게 나눠진 서해군사분계선에 대하여 늘 불만을 갖고 생트집을 하고 있는 것이다. 북한 쪽에서도 어획량을 비롯한 군사적 요충지로 절대적으로 필요한 지역이 아니던가? 서해안 휴전선 NLL은 북한으로서는 턱밑에 걸린 가시처럼 항상 위협과 더불어 불편까지 느끼는 판이다. 북한에는 서해안에 바다가 남한에 비해 그 면적이 절대적으로 적기 때문이다. 그래서 NLL 군사분계선은 동해안의 군사분계선과 달리 말썽의 요지가 많이 생기는 원인이다. 그런 만큼 군사적 충돌도 그칠 날이 없었다.

서해 NLL군사 분계선은 어고魚庫와 군사요충지로서 국가적 차원에서 절대적 가치를 지니고 있는 지역이다. 즉 육상에서의 휴전선은 강화도 휘감고 흐르는 임진강과 한강의 일부까지가 분계선이다. 그런데 NLL 서해군사분계선은 옹진반도를 지나 황해도 일대까지 남한에서 점령하고 있으니 그게 서해안 일대 80%까지 점령한 셈이다. 이는 휴전협정에서 이승만 대통령의 절대적 성과요 업적이지만 반면에 김일성의 북한은 현재까지도 휴전협정 중에서 발등을 찧어가며 후회하고 아쉬워하는 대상이 바로 NLL 서해군사분계선이라 했다. 휴전 당시 이 같은 성과는 그냥 얻어진 게 아니었다. 특히 4·19세대에 의하여 무참하게 무너졌던 이승만 대통령의 정치적 능력에서 얻어진 성과요 공로라 할 것이다. 보상이나 바라고 목소리 높이는 4·19세대 반성의 여지가 있지 않겠는가?

역사적으로 처음이자 마지막이다. 원자탄은 핵분열에 성공한 시카코 대학에 물리학자 아인쉬타인 교수지도 아래 로버트 하이모 교수팀이 개발을 해냈다.

재래식 무기로 일본을 항복시킨다는 것이 불가능 하다고 생각한 루즈벨트 대통령이 고심 끝에 핵무기를 개발토록 명령을 내렸다. 원자로에서 핵을 분리하는 과정에서 플루토늄을 축출해 만들어진 15킬로그램 급 원자탄이다. 1차 세 개를 미국에서 개발했다. 트루먼 대통령의 결단이다. 45년 8월 6일 드디어 히로시마에 원자탄이 투하되었다. 그 위력은 상상을 초월했다. 그 조마한 15키로 그램짜리 폭탄이 그렇게 당당했던 일본을 단 한방에 무너트린 꼴이 되었다. 여기에 힘입어 45년 8월 8일에는 공산주의자들의 속내가 그러하듯이 기회를 노리던 소련이 참전했다. 만주 일대와 한반도의 북부지방 평안도 일대, 함경도 일대에서 주둔하고 있던 일본군을 정규군 대병력으로 단번에 초토화했다. 8월 9일는 나가사키에 제2의 원자탄이 투하되었다. 더불어 도시 전체가 불바다가 되는 광대廣大한 전화戰禍의 현장이 되었다.

여기에서 일본은 전쟁의 능력을 상실했다. 승산 없는 전쟁이라는 것을 비로소 깨닫는다. 루즈벨트 대통령은 개발만 해놓고 서거하자 부통령이었던 대행 트루먼 대통령의 결단으로 핵폭탄을 사용했다는 것은 시기적절한 선택이었다.

사태를 관망만 하던 소련까지 선전포고를 하면서 일본은 전의를 완전 상실했다. 소련이 노일전쟁당시 일본과 맺었던 불가침조약을 일방적으로 파기 선전포고를 하고, 동시다발적으로 공격을 감행했으니 어떤 대책도 없었다 할 것이다. 정예군을 투입한 소련군은 폭풍노도와 같은 여세를 몰아 겨우 치안 질서만 유지하고 있던 일본군 헌병부대를 단번에 초토화했다. 만주 일대와 더불어 평안북도와 함경북도 일대까지 포함되었다. 히로시마에 원자탄을 맞고 비틀거리던 일본군은 전의를 상실할 수밖에 없었다. 세계의 질서가 새롭게 짜여 지는 순간이다.

무능한 장군은 적장보다 무섭고, 무능한 가장은 도둑보다 무섭다고 했다. 그랬다. 전세戰勢는 태풍의 눈처럼 급박하게 돌아가는 판에 막상 중국 서북부 중경에 주둔하고 있는 대한제국 임시정부만 안일하게 전쟁놀이를 구경하듯 팔짱만 끼고 있었다. 김구는 미 육군의 점령군이 일본 본토에 입성하기만을 꼬박이 기다리고 있었다는 것이다. 그러나 미 육군이 본토에 입성도 하기 전에 일본은 항복했다. 아주 중대하고 적절한 시기에서 참전의 기회를 놓친 것이다. 그래서 분단의 원흉을 가져온 결과를 낳기도 하지 않았던가? 이것이 바로 김일성에게 남침의 기회를 주기도 했던 비극의 6·25를 불러온 원인이기도 했다.

임시정부도 엄연히 대한제국을 대표하는 국가 최고의 기관이었다. 작은 정부일망정 모든 제도에 따라 책임과 의무를 다 하는 입장에서 전쟁에 임해야 마땅했고, 국가로서의 명맥을 지켜야 옳았다. 그러기에 국민들은 있는 돈 없는 돈 어렵게 독립자금을 마련하여 임시정부에 바쳤고 또 지켜왔다. 심지어는 강제모금까지도 서슴지 않았다. 야밤에 권총을 들고 들어가 협박까지 하면서 독립자금을 마련했으니 과연 옳은 짓이었을까 되짚어 볼 일이다. 물론 임시정부는 그 독립자금으로 먹고 살며 운영했다. 그렇다면 그 운영에 있어 당연히 책임과 의무도 따라야 했다. 임시정부 대표는 김구 주석이었다. 그가 임시정부를 통치하고 있었던 터다.

45년 8월 6일 제1원자탄이 히로시마에 투하되던 시점이다. 광복군을 이끌고 있던 김홍일, 지청천 장군이 서둘러 임시정부 주석 김구를 찾아가 '우리도 그동안 전투준비를 하고 있었으니 이쯤 해서 선전포고를 하자'고 요청했다. 광복군도 임시정부 산하에 있었으니 당연히 대한제국의 대표성을 가지고 있는 터라 김구 주석의 허락을 받아야 했다. 만약에 김구가 우리나라를 대표하는 인물이 아니었다면, 그에게 허락을 받을 이유도 또한 그에게 선전포고를 요청하지도 않았을 것이다.

─일본의 패전으로 전쟁은 곧 끝이 납니다. 일본이 항복하기 전에 우리나라도 빨리 선전포고를 해야 합니다. 대한제국이 존재하고 있다는 사실을 세계만방에서 지켜보도록 떳떳하게 선포를 해야 합니다. 그래야 국가의 존재로 우리나라 광복군도 유엔군에 당당하게 입성할 수가 있습니다. 지금같이 독립국가로 인정받지 못하고 취급을 당하다 보면 국민은 떠돌이 난민 신세를 면치 못할 뿐만 아니라 비운의 참극으로 추락할 수도 있습니다. 국제적인 차원에서 국가로 인정을 받을 수 없다면 또 정부도 수립할 수도 없습니다.

─어서 선전포고를 하시지요. 현 상태로 보아 중경에는 일본군 전투 병력이 없을뿐더러 무방비 상태입니다. 절호의 기회로 촉각을 다투는 일입니다.

강력하게 요청을 하였으나 김구는 전황을 아는지 모르는지 광복군을 출전시켜 일본군 헌병초소나 경찰서 한 군데만이라도 점령 선전포고를 하자는 김홍일과 지청천 장군의 간청을 끝내 거절했다.

—미 육군 점령군이 일본 본토에 입성한 뒤에 선전포고를 해도 늦지 않을 터이니 걱정을 마시오. 아직은 때가 아닙니다. 공연히 선전포고를 했다가 일본군의 반격을 당하면 그럴 땐 우리 아군의 피해만 커질 뿐입니다.

김구 주석의 답변이었다.

이런 소극적인 태도에서 미군이 일본 본토에 입성한 뒤 더 확실한 기회를 기다리던 김구는 때를 놓치고 후회하는 무능한 지도자가 되었다. 사실 정치적 입지도 상실하는 계기도 되었다. 조국과 민족은 혼란한 역사적 탁류에 맥없이 휩쓸리는 결과를 가져오게 된 것이다.

8월 15일 드디어 일본이 항복을 했다. 맥아더 장군 앞에서 일본국을 대표한 시게마르 미르쵸 외무대신이 드디어 항복문서에 조인을 했다. 시게마르 미르쵸는 중국의 홍구 공원에서 윤봉길의 폭탄투척 세례 때 그 현장에 있다가 구사일생으로 살아남았지만 다리에 치명적 불구가 된 인물이었다. 일본이 항복을 하고 따라서 일본국으로부터 침략을 당했던 우리나라는 해방이 되었다고는 하나 빛 좋은 개살구로 자주권을 모두 잃은 채 오히려 이리 떼 피하려다 호랑이를 만난 꼴이 되었다. 우리에게 돌아온 대가는 무능한 지도자 뒤에 분단과 6·25의 비극이 기다리고 있었다는 사실이다.

비로소 깨닫는 바이지만 우리나라 지도자 김구가 얼마나 무능하고 무책임하였는가를 가히 짐작이 가는 대목이다. 차려놓은 밥상도 챙기지 못한 결과를 가져온 것이다. 임시정부라고 정부가 아니었던가? 김구 주석은 정부를 대표한 지도자였다. 선전포고를 하지 못한 실수로 민족의 비극 분단과 6·25의 비극을 가져왔으니 김구의 도의적 책임은 영원한 역사의 죄인으로 그 죄를 면치 못할 것이다. 주석이란 용어는 공산당이 쓰는 권력의 상징이다. 김구는 왜 그 용어로 국가를 대표한 권력을 상징했는지 의문이다. 하긴 장개석의 정치적 노선을 따르기 위한 조치였다 여겨질 뿐이다.

임시정부에서도 광복군을 지휘하고 있는 김홍일과 지청천 같은 유능한 장군이 있었다. 국민당 장개석 군의 중장 계급까지 오른 유능한 장군이다. 규모는 작지만 조국을 위해서 언제든지 목숨을 바칠 일당백 광복군 정예부대를 갖고 있었다. 그런 광복군을 동원 선전포고와 함께 일본국의 경찰서나 헌병초소 하나만이라도 공격 점령했다면 우리 군도 유엔군의 일원으로 당당하게 입성할 수 있었다. 그렇다면 누가 감히 조선분단을 주장했겠는가? 분단이 없었다면 물론 6·25전쟁도 없었을 것이 아니던가? 국가의 명운이 걸려있는 중차대한 역사의 물줄기가 6·25 소용돌이

속으로 휘말리는 대사건 앞에서 그들은 임시정부 청사에 앉아 갑론을박 논쟁만 하고 있었다니 어찌 통탄 아니 할 일이던가? 해방이 되었다고 삼천만 민족이 태극기를 흔들며 환희의 기쁨을 누릴 때 실정을 거듭한 김구만 그때야 낙담, 후회하고 있었다 하니 무능한 지도자의 후환이 아니던가? 그래서 해방이 되었다지만 그 잘난 임시정부는 해체의 운명을 가져왔고 빈 몸으로 귀국할 수밖에 없었던 처량한 신세가 된 것이다. 그 실정을 우리 국민은 모르지 않는다. 이 처참한 꼴을 어찌 잊으랴?

일본 천왕이 항복문서를 낭독할 때서야 절호의 기회를 놓쳤다고 가슴을 치며 김구는 후회를 했단다. 그렇게 정세政勢판단이 어두웠던 김구 주석이 과연 이 나라 독립을 위하여 공헌한 바가 무엇인지 물어봐야 할 일이다. 국민당의 장개석에게 매달리면 무엇이든지 이루어질 것으로 믿었으니 이는 엄청난 착각이 아니었나 싶다. 대만으로 쫓겨난 패장 장개석을 김구는 그토록 신뢰하였다하니 닭 쫓던 개 신세가 아니던가? 김구는 일본에게 점령당한 패전국의 대표자일 뿐 더 이상의 존재는 아니었다. 아무런 실권이 없는 존재로 귀국했을 뿐이다. 패전한 장개석에게 매달렸으니 상대를 잘못 선택한 꼴이 아니던가? 바람에 운명이 걸린 촛불 앞에서와 마찬가지로 나라의 운명이 간데없는 순간에 나라를 지키겠다고 나선 사람들이, 나라를 지킬 책임을 가진 자들이 방관했으니 나라가 두 동강으로 갈라지는 비운의 꼴이 되지 않았던가? 천

오백 년 전 역사를 재현한 분단의 꼴이 되었다.

　이로 인해 분단을 면치 못한 민족의 수난은, 우리 땅 우리민족끼리의 민족적 자결권으로 독립 국가를 수립할 능력을 상실한 채 도마 위에서 난도질을 당해야만 했다. 일본은 망한다는 것을 세상 사람들이 다 아는 사실 앞에서 김구 주석만 몰라서 선전포고를 못했다면 이게 구실과 변명이 될까?

　김구는 누구보다도 국토분단에 가장 책임을 져야 할 정치지도자로 사태파악도 못 하고 있었으니 무능한 지도자 아니냐고 국민으로부터 손가락질을 받으며 정치생명을 잃는 불행한 정치인이 되었다는 것이다. 만약의 경우 임시정부가 선전포고를 했고 그래서 일본이 항복을 했다면 임시정부 김구는 화려하게 승리의 깃발을 들고 귀국을 했을 것이다. 그랬다면 초대 대통령으로 누구도 김구의 권위에 도전할 수 없었을 것이다. 이승만의 존재는 물론 김일성의 존재도 마찬가지 김구의 뚝심을 당해내지를 못했을 것이란다.

　한반도가 분단되면서 북한에는 소련군이 주둔을 하였고, 남한에는 미군이 주둔해 모든 전후처리에 간섭하였으니 그들 지배적 목적은 드디어 성사를 이룬 셈이 되었다. 점령군 사령관으로 소련의 로만렝코 중장이 북한을 장악했고. 이남에는 미 8군사령관 하지 장군이 부임하면서 사사건건 정치적 간섭을 하였다. 웃기는 일이 하나 또 있다. 한반도는 외세에 의해 해방이 되었는가 하면 외세에 의해 분단이 되었다. 그런 위기 상황에서 김구는 조국 해방에는 아무런 역할도 하지 못한 처지에서 김일성과 협력하면 통일정부를 수립할 수 있다고 월북을 했으니 너무 엉뚱하지 않았던가. 어차피 분단이 되었으니 단독정부라도 수립을 해야겠다는 이승만 정치노선에 정면으로 충돌해 심술을 부린 꼴이 아니던가?

김구는 백발이 성성한 노구를 이끌고 이시영, 조소항 등 한독당의 중추적인 인물들을 수행원으로 대동하고 월북해 주석궁 내빈 실에서 김일성과 마주앉았다.

─무슨 일로 오셨습니까?

김일성이 김구를 몰라서 묻는 것은 아니었다. 방문한 목적 또한 모르지 않다. 의연하기 이를 데 없는 김일성은 김구에게 이렇게 물었다.

─결단코 우리의 민족적 자결권으로 통일정부를 수립해야겠다는 생각으로 이렇게 찾아왔소이다.

김구 역시도 젊은 김일성을 앞에 놓고 협상을 하는데 어려울 것 없다는 식에서 자유롭게 의사를 소통하고자 했으나 이는 사태 파악과 너무나 동떨어진 착각이었다.

─지금 정세情勢가 어떻게 돌아가고 있는지 당신들 알고나 하는 말입니까? 아니면 몽상을 하고 있는 겁니까?

─지금도 늦지 않았소이다. 정치지도자들끼리 우리 서로 협력하면 안 될 일이 어디 있겠소.

김구 주석이 김일성에게 간청했지만, 김일성은 시늉도 하지 않았다.

―나라를 이 지경으로 만들어 놓은 사람들이 누군데, 무슨 염치로 무슨 헛소리를 합니까. 주제파악도 못하면서, 영어를 할 줄 알면 맥아더 장군한테 가서 분단의 이유를 물어 보슈. 분단은 왜 되었고, 통일정부는 왜 아니 되는지? 맥아더 장군 입에서 무슨 말이 나올까 나도 궁금하오. 그러니 당치도 않은 소리 그만하고 당장 돌아들 가시오.

우람한 체격에 걸걸한 김일성의 목소리에 김구는 위압을 느꼈는지 할 말을 잃었다. 비아냥도 아니고 호통에 가까운 그는 더 이상 대꾸할 가치도 없다는 듯

―헤이 최헌, 이 사람들 당장 내 보내라구.

갑자기 분위기가 살벌했다. 가당찮게 망신만 당한 김구 일행은 김일성 앞을 빠져나오는데도 위협을 느낄 만큼 긴급한 지경에서 그만큼으로 회합이 끝난 것을 다행으로 여길 수밖에 없었단다.

김일성이가 그토록 위협적인 인물인 줄 김구는 미처 몰랐다는 뒷이야기이고, 국민들의 웃음거리가 되어 정치생명을 잃은 채 경교장에서 숙고할 수밖에 없었다.

45년 8월 15일 일본의 항복으로 유엔에서는 일본을 분단시키느냐 아니면 조선을 분단시키느냐, 숨 가쁘게 돌아가는 판에 국

가의 대표성을 가지고 있는 임시정부가 아무런 역할도 하지 못한 채 자격을 박탈당하고 말았으니 강대국의 먹잇감 앞에서 무방비 상태가 되지 않았던가?

오랜 세월 동안 항일 투쟁으로 희생한 보람도 없이 민족의 염원은 하루아침에 물거품이 되었으니 이런 원통한 일이 어디 있던가? 김구는 임시정부가 해체된 채 빈 몸으로 귀국했다. 분단은 이미 예고된 바와 다름없었다. 유엔으로부터 얻은 광복의 선물이 고작 분단의 결과를 가져온 것이다. 너무도 엄청난 대가가 아니던가?

무능한 정치인들 때문에 국가와 국민이 겪어야 했던 비극과 상실감은 너무도 컸다. 분단에 이어 6·25전쟁으로 민족의 참화가 그러했듯이 통일의 기회는 멀어져 간 비극적인 상황에서 김일성 김정일에 이어지는 김정은의 무력통일 야욕에서 우리 국민은 핵무기에 대한 공포를 느끼며 살아야 할 신세가 되고 말았다.

우리 땅에서 우리 민족끼리 민족자결권으로 정부를 수립하는 데도 외세의 승낙을 받아야만 한다니 이런 억울한 정치적 사정은 갈수록 태산이었다. 국가에 충성하고 민족을 사랑한다는 입에 발린 그 빈말 누군들 못하겠는가? 정치를 사랑방의 잡담으로 김구는 착각했던 모양이다. 민족적 자결권을 박탈당했으니 이게 국치 國恥가 아니고 무엇이며 얼마나 원통할 일이던가?

통일에의 꿈은 언감생심 유엔의 문턱 역시 태산보다 높았다.

유엔의 승인 없이는 정부수립도 절대 불가능했다. 반드시 유엔의 승인을 받아야만 정부 수립이 가능할 만큼 국권은 상실된 상태다.

일본이 항복한 지 벌써 3년이란 세월이 흘렀지만 정부 수립도 못 한 채 혼란을 거듭할 즈음 소련의 사주를 받은 북한은 이미 정부를 수립할 단계로 총집결하고 있지 않던가? 그러나 우리나라 형편은 박헌영의 남로당 세력들에 의하여 정판정 위조지폐 사건과 용산 철도청 파업을 포함, 불순세력들의 난립으로 제주 4·3사태와 여수순천 반란사건까지 내란을 거듭하고 있지 않은가? 더이상 미룰 수도 혼란을 거듭할 수도 없는 나라 안 사정에서 서둘러 단독정부라도 세워야 할 급박한 사정이었다. 그러자면 유엔의 승인을 받아야 한다. 우리가 정부를 세우겠다고 스스로 할 수 있는 일이 아니다. 반드시 유엔의 승인을 얻어야만 국가를 건립할 수 있었다.

감시단 유엔의 대표는 인도의 메론 장군이었다. 그의 허락과 더불어 18개국 유엔 대표들의 승락을 얻어내야 대한민국 정부 수립이 가능했다. 그렇다고 유엔 회원국이 되는 것도 아니다. 다만 무정부 상태에서 국가로 인정만 받을 뿐이다. 그들의 설득은 불가피했다. 그들의 승인을 받지 못한다면 국가가 없는 민족이 된다는 것이다. 그렇다면 정부를 수립한 북한에 흡수될 수도 있는 형편이 되고 만다. 이 기회에 우리 민족은 반듯이 유엔의 승인을 얻어야만 할 긴박한 사정이다. 그들을 설득하기 위하여 우리 정부에서는 교섭단체를 구성해 활동을 개시할 수밖에 없었다.

먼저 설득해야 할 사람은 유엔 대표인 인도의 메론 장군이었다. 그의 설득은 「렌의 애가」로 독자들의 심금을 울렸고, 국제 펜클럽 한국본부를 설립하는데 주요 역할을 했던 모윤숙 선생님이 담당했다. 지상명령과도 같은 이승만 박사의 임무를 부여받았으니 책임도 막중했다. 모윤숙 선생님은 기어코 메론 장군의 승인을 받아냈고, 각국 대표들의 승인도 얻어냈다. 이는 대한민국이 탄생할 수 있었던 역사적 사건이다. 그런 인도와의 국가적 인연으로 국호를 대한민국으로 건국했고 메론 장군의 초청을 받아 모윤숙 선생님이 국빈으로 인도를 방문한 사실도 있었다니 그 공헌은 영원히 역사적 사건으로 기록되었을 것이다.

48년도 7월 17일 드디어 헌법을 공포하였고, 48년 8월 15일 이승만 대통령에 의하여 국헌을 선포하면서 대한민국 정부가 탄생했다. 반쪽짜리 정부일망정 정부가 탄생했다는 것은 우여곡절을 겪은 만큼의 대가로 민족의 염원이었으며 기적이었다.

이북에는 갑산파 김일성이가 민족의 대표 조만식 선생과 연안파 김두봉, 남로당 박헌영, 팔로군 삼성장군 김무정 등 기라성 같은 인물들을 제치고 소련 스탈린의 적극적 지원을 받아 건국을 했다. 38선을 경계선으로 두 동강의 정부가 탄생한 셈이다. 어쩔 수 없는 사태가 결국 국토와 민족이 찢기고 찢어지는 분단의 결과를 가져오게 된 것이다. 천추의 한 비운의 역사의 물줄기가 깊은 소용돌이 파고 속에서 한바탕 뒤틀리는 결과라 할 것이다.

그렇다. 국토와 민족이 두 동강으로 갈라졌다고 해서 여기서 비극이 끝나는 것도 아니었다. 분단이 되었으니 통일의 과제는 그대로 남아 있지 않은가? 협상이든 무력이든 통일은 언젠가 해야 한다. 그렇다고 이념이 다르고 권력이 다른 두 정부가 통일을 가져온다는 것이 순탄할 수가 있을까? 3국의 신라 ,백제 고구려의 통일은 800여 년의 긴 세월을 요구했다. 그것도 반쪽짜리 국토가 아니던가?

통일의 과제를 앞에 둔 분단의 현실은 너무도 참혹하지 않았던가? 일차적으로 김일성의 6·25남침과 그 전쟁 속에 400만 명의 목숨을 바쳐야 했고, 재산피해는 당시 화폐로 미국의 지원금 1천억 달러를 화마 속 잿더미로 쏟아 부어야 했다. 소련 스탈린의 사주를 받아 무력으로 적화통일을 하겠다고 전쟁을 일으킨 김일성이 가져온 비극이다.

분단 72년이다. 핵무기 제조에 혈안이 되어 있는 김정은에 의하여 앞으로도 어떤 사태가 어떻게 우리의 국운과 더불어 생명을 위협할지 아무도 예측할 수 없는 현실이다. 그때엔 핵무기 전쟁으로 갈 것이 예측된다. 그렇다면 그 전쟁은 6·25전쟁보다도 더 큰 민족적 참화가 될지도 모른다. 우리 민족은 반드시 통일의 대가를 치러야만 통일을 가져올 수 있을 것이란다. 최대의 국가적 운명을 맞고 있는 형편이니 거기엔 국민적 비운이 뒤따를 수밖에 없을 것이다. 분단만큼 더 큰 국가적 비운이 또 어디 있단 말인가?

일촉즉발의 불운한 민족의 위기 속에서 말끝마다 서울을 불바다로 만들겠다고 위협하는 김정은의 핵무기에 재래식 무기 따위로 핵 공격을 막아 내겠다고, 선제공격하면 우리도 승산이 있다고 헛소리하는 우리 군 수뇌부의 호언이 황당하지 않던가? 핵무기를 보유한다는 것은 국가와 민족을 위하여 필수 조건일진데 아직도 망설이고 있다니 답답할 노릇이 아니겠는가.

6·25 때도 그랬다. 전선은 이상이 없느냐고 우려하는 이승만 대통령에게 국방장관 신성모와 육군참모총장 채병덕은 점심은 평양에서 저녁은 신의주에서 먹겠다고 호언장담을 했듯이, 오늘날도 국방정책이 국민의 가슴을 허탈하게 한다. 그때나 지금이나 우리의 국방은 철두철미하다는 국방부의 헛된 공언만 난무할 뿐이다.

동시다발적으로 쏘아대는 김정은의 핵무기가 언제 어느 때 서울을 불바다로 만들지 예측할 수 없는 긴박한 상황이다. 속수무책으로 끝나버릴 전쟁에서 노무현 정부나 문재인 정부에서는 평화통일이나 찾고, 군 수뇌부는 재래식 무기로 선제타격을 하면 승산이 있다고 가당치도 않은 허무맹랑한 논리로 국민을 현혹하는 행위 자체가 6·25 당시나 지금이나 다를 바 없다. 전시작전권

을 찾아오겠다고 주장하는 현 정부가 과연 옳은 판단인지도 따져
볼 일이다.

전시작전권은

무방비 상태에서 6·25전쟁을 맞은 우리 군은 파죽지세로 몰려
오는 인민군의 전세를 감당할 수가 없었다. 기상천외奇想天外한
남침은 3일 만에 수도 서울을 점령했고 점령당했다. 인민군들은
충청도 일대와 호남 일대를 완전 점령하고 나서 낙동강 다부동
전투에 이르기까지 승승장구 남진했다. 인민군의 화력은 대단한
전술이었다. 부산까지 적의 수중에 떨어진다는 것은 순간이었다.
팔로군 모택동에게 굴복한 국민당 장개석 주석이 30만 대군을 이
끌고 대만으로 쫓겨 가듯이 제주도로 이승만 정부가 쫓겨 갈 그
런 위기 상황이었다.

그러했다. 제이차 대전에 극동군 사령관이었던 맥아더 장군의
선봉으로 유엔군이 전면대응으로 김일성의 남침이 발발한 지 3
일 만에 북한군에 신속 대응했다지만 당장 인민군들의 전세를 꺾
기란 쉬운 전황이 아니었다. 전세는 낙동강까지 밀리는 고전 끝
에 인천 상륙작전으로 북진은 했으나 중공군이 개입한다는 사실
조차도 예측하지 못한 상황이었고 사전준비 없이 전쟁에 개입해
한국전에 휘말린 미국이었던지라 고전을 면치 못하고 많은 희생

만을 남긴 채 휴전으로 끝냈지만, 사실상 한국전도 월남전과 마찬가지 미국이 패한 전쟁이었다. 그 전쟁에서 400만 명의 희생자를 냈다니 단군 건국이레 가장 큰 전쟁으로서 잔인하면서 비극을 남긴 전쟁이었다.

물론 적화는 되지 않은 것만으로 다행이었던 전쟁이라지만 9·28 인천상륙작전에 이어 압록강과 혜산진까지 북진, 전세를 완전히 뒤집었다는 것은 이승만 대통령의 대응과 맥아더 장군의 전략이 중요했다. 그러나 이는 밀고 밀리는 전세일 뿐 한반도 통일에는 아무런 도움도 없는 소모전으로 비극만 남긴 전쟁이었을 뿐이다.

그랬다. 낙동강까지 단숨에 밀고 내려오자 김일성과 괴뢰군들은 곧 적화통일이 되는 것으로 착각했듯이 압록강과 혜산진까지 북진하자 이승만 대통령을 비롯한 국민들까지 곧 통일이 올 것으로 기대를 했지만 예상치 못했던 중공군의 개입으로 1·4후퇴를 맞이하면서 잠시나마 가졌던 통일의 꿈은 산산이 부서지고 말았다.

혜산진까지 북진했던 수도 사단 맹호부대 26연대(혜산진까지 북진했다하여 혜산진 부대로 호칭)가 중공군의 인해전술 앞에는 속수무책이었고, 장진호 후퇴작전에서 유엔군의 흥남 철수작전까지 패전에 패전 그야말로 아비규환이 아니었던가?

수도 서울이 다시 적의 수중에 떨어지는 전세戰勢에서 별다른 대책이 없자 이때 맥아더 장군은 만주 폭격을 꺼내 들었다. 핵무기를 사용하자는 주장으로 이 기회에 한반도 통일까지 가자는 이승만 대통령과 일맥상통하는 의견이었다. 그랬다 맥아더는 기회에 한반도를 통일시켜주겠다고 다짐을 했다. 일본분단을 반대했던 자기 때문에 한반도가 분단이 되는 결과를 가져왔고 또 전쟁을 불어오는 결과를 가져오지 않았던가? 이왕에 전쟁이 일어났으니 통일까지 가야한다는 신념은 이승만 대통령과 일맥상통하고 있었다. 비록 미국에서 망명생활은 하고 있을망정 맥아더는 이승만을 개인적으로도 매우 존경도 했다. 나이도 다섯 살 위이기도 하려니와 형님과 가까운 친구이기도 했다. 그랬던 그들이 세계 제 이차대전과 6·25 전쟁에서 다시 만나게 되었으니 어떻게 보면 기이한 인연이기도 했다. 이승만도 유엔군 사령관 맥아더 역시도 이승만을 믿었다. 기회에 통일을 시켜줘야 한다고 이승만이 맥아더에게 다짐까지 했고 맥아더 역시 반듯이 한반도 통일은 자기가 시켜주어야 분단의 책임을 완수하는 것이라 약속을 하기도 했다. 맥아더에겐 역지사지易地思之가 아니었던가?

그러나 이는 미국의 대통령 트루먼의 의견과는 너무나도 상충되는 주장이었다. 6·25전쟁은 그 양상이 일본과의 전쟁과는 너무나도 달랐다. 핵무기를 보유하고 있는 소련이 6·25남침을 사주한 세력이고 만고의 독재자요 인간 백정인 스탈린 수상이 장본인이었으니 만약의 경우 맥아더 장군의 주장대로 만주를 폭격

한다면 남침을 사주한 소련의 스탈린이 좌시하고만 있을 것인가 의문이었고, 세계 3차 대전이 발발할 가능성도 없지는 않았던가. 그럼 핵무기 전쟁이 일어나는 것은 불을 보듯 빤한 상황이라고 트루먼 대통령이 보는 전황이었다. 핵무기 전쟁으로 확전한다면 이는 한반도는 물론 미국도 소련도 핵전쟁에 무사치 못할 것을 트루먼 대통령은 염려했던 사안이다.

이 전쟁을 슬기롭게 마무리 못한 채 핵전쟁으로 간다면 지구촌 어디도 무사할 수가 없는 최대의 위기를 초래하는 위험의 존재가 예고되고 있는 판이었다. 그 위기는 모든 생물 존재까지 완전 지구촌이 파멸할 것으로 예상도 되었다.

이렇게 위기로 치닫는 전쟁을 조기에 수습하자면 휴전밖에 다른 방법은 없다는 트루먼 미국 대통령과 유엔 측의 입장이요 더욱이 미국국민들의 여망이었다. 확전일로 중공군이 개입으로 이 전쟁에서 승전은 요원했다. 또한 종전도 쉬운 일은 아니었다. 강대국들의 이해관계가 깊게 깔려있는 입장에서 휴전도 전쟁도 판단이 어려웠던 상황이건만 이런 복잡한 입장에서 우리나라가 분단이 되었다는 것이다. 말이 쉬워 분단이지 국가의 분단은 그리 간단한 문제가 아닐 진데 우리나라는 급박하게 돌아가는 세계 전세 속에서 갈팡질팡하다가 어느 칼에 어떻게 죽어가는 지도 모른 채 그토록 쉽게 분단이 되는 결과를 가져왔다. 먼저 땅이 두 동강으로 갈라졌다. 거기에 정부가 갈라지면서 동족끼리도 갈라지게 되었다. 같은 민족끼리 이념도 갈라진다. 국토가 갈라지면서 주인도 바뀌고 가족끼리도 갈라져야 했다. 거기엔 권력도 바뀐다. 그러니 이건 보통 일이 아니다. 그런데 분단이 되었으니 얼마나 국가와 국민적인 입장에서 비극적이면서 원통한 일이었던가?

그랬다. 분단이 되었으니 언젠가 통일은 꼭 해야 한다. 그런 문제점을 놓고 김일성은 무엇보다는 동족끼리 평화적으로 타협이 안 되니 무력으로라도 통일을 시켜야 한다고 전쟁을 선택했고 전쟁을 일으킨 것이다. 뒤에서 소련의 스탈린이 사주를 하고 있지 않았던가. 또 스탈린에 의하여 김일성이 북한을 통치하는 기회를 얻지 않았던가?

이왕에 전쟁을 일으켰으니 통일은 해야겠다는 김일성의 의지와는 다르게 세계정세는 극변하지 않았던가? 이 전쟁에서 미국을 비롯한 유엔 16개국이 군사지원으로 참전했고 의료지원단 5개국이 참전하므로 김일성 뜻대로 쉽게 승리를 가져올 수는 없었다. 유엔에서도 마찬가지다. 아군에서 16개국 유엔군이 참전했지만 중공군의 개입으로 전쟁의 양상은 극도로 달아졌다.

전쟁이 장기전으로 가면서 인명피해와 재산피해가 상상을 초월했다. 이때 연합군 사령관 맥아더 장군은 전쟁에서 이기고 끝내려면 핵무기를 사용해야 한다고 최후에 결론을 내렸고 주장을 했다. 그러나 전쟁의 총책임자 트루먼 대통령의 의견이 달랐다. 그래서 만주 폭격을 주장하는 맥아더 장군을 즉각 본국으로 소환

조치 하므로 말썽의 불은 일단 껐지만, 전쟁 당사국 대한민국의 대통령 이승만까지 공감케 하기는 쉽지 않았다. 이왕에 통일 전쟁을 했으니 통일까지 가야 한다는 것이다. 휴전은 또 다른 전쟁의 불씨를 살려두는 꼴, 그렇다면 이 강산에서 또 전쟁이 일어나는 비극을 또다시 겪어야 한다니 생각만 해도 엄청난 비극이 아닐 수 없었다. 6·25 같은 전쟁은 또다시 불러올 수 없다는 절대적 신념이 이승만 대통령의 의지를 확고하게 굳혔다.

1951년도부터 시작된 휴전협정 테이블에 이승만 대통령의 휴전 반대 고집은 꺾일 태도가 절대 아니었다.

이 전쟁으로 전 국토가 초토화되었는데 통일도 이루지 못한 채 휴전이 된다면 또 다른 전쟁을 불러들이는 꼴이 된다는 이승만 대통령의 신념이다. 그렇다면 미국의 입장에서는 뚜렷한 명분도 없는 전쟁에서 미국은 또다시 깊은 수렁에 빠질 수밖에 없을 것이란 계산이다. 그런 경우에서다. 미국은 골칫거리 한국을 일본의 세력권에 편입시켜 놓고 에치슨 나인처럼 슬그머니 빠져나갈지도 모른다는 위기감도 또한 없지 않았다. 그럼 대한민국은 이 땅에서 영원히 사라질 위기라고, 그래서 이승만 대통령 역시도 휴전을 결사적으로 반대할 수만은 없다는 생각도 한편 있었다. 이 땅에서 또다시 전쟁을 치를 수 없다는 의지에서 이왕에 저질러진 전쟁, 어떠한 희생을 치루는 한이 있더라도 통일까지 가자는 단호한 이승만의 고집이었지만 한편 미국이 전쟁을 포기하고 떠난다면 북한군, 중공군, 소련군에 의하여 적화통일로 갈 것은 뻔한 이치기도 했다.

이런 처지에서 이승만 대통령도 나름대로 고심을 해본다. 한국전쟁에서 유엔군도 5만 명이나 희생되었다. 미국의 재산피해는 당시 화폐로 따져 1천억 달러가 된단다. 여기에 휴전이 되지 않고 핵전쟁으로 간다면 그 피해는 상상을 초월할 것으로 미국 국민들의 반대도 당연했다. 더불어 미국이 공연히 한국전쟁에 개입했다는 불만의 여론도 들끓고 있었다. 거기엔 분단의 원흉 맥아더 장군도 자유롭지 못했다.

맥아더 장군은 1952년도 미국 대통령 선거 공화당 후보경선에서 미 육군사관학교 후배인 아이젠하워에게 패하면서 그토록 염원하던 대통령의 꿈도 접어야 했다.

이승만 대통령의 휴전 반대로 전쟁의 피해는 미국도 마찬가지 점점 커지는 판에 52년도 미국의 대통령 선거는 한국전쟁으로 인하여 민주당의 표가 가을 낙엽처럼 대책 없이 떨어지는 판에 트루만 대통령 역시 정치적 입지에서 고심 아니할 수 없는 처지가 되었다. 전쟁 중에는 장군을 바꾸지 말라고 했지만 민주당 후보 트루만 대통령이라고 고심 아니할 수 없었기에 다른 선택은 없었다. 불구하고 한국전쟁에서 맥아더를 소환하면서 트루만의 인기는 저점이 없을 정도로 곤두박질쳤다. 또한 기회에 한반도를 반듯이 통일 시켜주겠다는 신념도 접어야 했다. 자기가 한국을 분단시켰으니 자기 손으로 통일을 시켜준다는 것은 얼마나 보람된 일이 되겠는가? 세계사 전쟁 영웅이 되겠다는 꿈도 접어야 했다. 한국전에서 아쉬움만 남긴 채 트루만의 소환명령에 쓸쓸히 옷을 벗고 본국으로 가야했다. 한국전은 만주폭격이 아니라면 휴전은 불가피한 조건이었다. 맥아더도 그걸 알고 있었다. 아무튼 본국으로 소환되면서 맥아더도 국민들의 인기에서 뚝 떨어졌다. 때문에 공화당 후보 경선에서 맥아더 장군을 이겨 상승무도를 탔던 아이젠하워후보는 본선에서도 그 인기를 유지하게 되자 투르만도 아이젠하워 후보와의 표 대결에서 싸움을 치러 봤자 그 결과는 참패라 짐작을 하고는 아예 선거전에 사전 포기하는 것도 미덕이라 생각한 나머지 결론이다. 고심 끝내 투르만은 포기를 하고 말았다. 한편 아이젠하워는 미국선거 역사상 무투표로 당선되는 영광을 가져오게 되었다. 투르만과 맥아더의 갈등 속에서 어부지리로 대통령에 당선이 되었다. 역시 미국에서 그처럼도 인가가 좋았던 맥아더를 공화당 경선에서 이기고 올라온 아이젠하워가 아니던가? 또 아이젠하워는 선거 공약에서 한국전은 반듯이 자기가 끝을 내겠다고 호언도 서슴없이 했었다. 전쟁을 주장하는 맥아더에 평화를 주장했던 아이젠하워의 선거공약이 먹혀들어 갔는가 하면 그 많은 선거 공약 중 한국전을 자기가 반듯이 종식시키겠다는 공약이야말로 미국국민들이 가장 바라고 있던 공약이기도 했었다. 그래서 공화당 경선에서 전쟁을 주장하는 맥아더를 이기고 올라온 아이젠하워 후보이기도 했다. 아이젠하워는 맥아더의 육사 후배이기도 하다. 초급장교 시절에는 맥아더의 참모 노릇도 했던 아이젠하워가 후보경선에서 뛰어 오른 것이다. 한국전을 조기에 종식시키겠다는 공약이 결정적으로 승리의 요인이 되었다. 반면에 만주 폭격을 주장했던 맥아더는 후보경선에서 아이젠하워에게 패한 꼴이 되었다.

드디어 아이젠하워가 대통령이 되었다고 승리에 깃발을 드높이 올린만큼 대통령의 길은 순탄하질 못했다. 거기엔 통일을 열망하는 이승만이 버티고 있었기 때문이다.

한국전을 조기에 끝내겠다는 아이젠하워의 공약은 공연불이 될 판이다. 그게 바로 아이젠하워가 정책을 실현해 나가는데 이승만으로부터 첫 번째 발목을 잡혔다. 1953년 5월부터 7월까지의 일이다. 아이젠하워 대통령 정부가 들어서고 3개월 동안이나 휴전 관계로 이승만 대통령과의 갈등구조는 극에 달했다. 빨리 휴전을 성사시켜야한다는 것은 미국 국민의 성화와 기대가 아니던가? 중공군의 참가로 승패를 가름할 수 없는 한국전쟁에서 휴전문제로 이승만 대통령을 다각적으로 설득하고자 했지만 이승만의 의지는 태산이었다. 미국의 힘으로 일본의 영향권에서 벗어나는 났지만 그래서 건국이 되었을망정 이승만은 미국을 고맙게 여기지도 않았고, 존중도 하지 않았다. 왜? 미국이 한반도를 분단을 시켰음을 알고 있었기 때문이다.

미국과 맥아더 장군이 한국분단에 어떤 짓을 했는지 이승만 대통령은 심중에 뻔히 꿰고 있었기에 미국이 무책임하게 한국전쟁에서 빠져나갈 수 없다는 것을 모르지 않았다. 이처럼 그릇된 미국의 행위에 분단의 대통령 이승만은 기회에 끝까지 책임을 물을 것이고, 최대한 미국을 붙잡고 이용하겠다는 굳은 속셈이었다. 미국 국민들은 그까짓 대한민국쯤 버리는 한이 있더라도 하루 빨리 휴전을 시키라고 부글 부들 속을 끓이는 국민들의 울화에서 마침내 무능하다고 그 아우성은 고스란히 아이젠하워 대통령에게 돌아갔다. 휴전을 주장하는 아이젠하워의 설득에 이승만의 의지는 요지부동이었다. 트루만 후보와의 선거전에서 평화의 기치를 높이 들고 당당하게 무투표로 미국 대통령에 무혈입성은 했을망정 6·25 한국전쟁은 그리 만만한 정책이 아니었다. 다각적으로 이승만에게 접근을 해봤지만 그럴 때마다 '너의 미국이 너희들 욕심으로 한반도를 분단 시켰고 그래서 우리나라가 이런 전쟁에서 엄청난 희생을 치루는 마당에 이제 와서 휴전이란 명분으로 책임도 없이 빠져나간다고, 이젠 절대 너희들 마음대로 대한민국은 끌려 다니지는 않을 것이다'라고 이승만은 굳은 의지와 각오에 주먹을 불끈 쥔다.

결국 설득이 불가능하다고 본 미국 측은 최후 수단으로 작전명 에버-레디(EVER-READY)를 수립 이승만을 제거하자는 무서운 계획까지 세우게 되었다. 이승만 때문에 휴전이 불가능하다면 이승만을 제거하는 방법밖에 없지 않느냐는 작전명이다. 냉혹하고 흉악한 미국의 비밀 작전이었다. 말을 안 들으면 죽이는 미국의 수법이다. 그러나 이승만의 의지는 강대국들의 이권 놀음에서 희생되는 약소민족인 우리나라가 살아남는 최후의 수단은 휴전 반대밖에 없다는 이승만 대통령의 독단적 주장은 미국 측 아이젠하워 대통령에게 커다란 장해물이 되면서 대통령직 수행에 승패의 걸림돌로 자물쇠가 되었다.

그렇다. 정치적으로 타협이 안 되면 암살을 해서라도 상대를 제압하겠다는 것이 미국의 전용적인 수법이다. 그 예로 핵탄과 미사일을 제조 사사건건 간섭하는 미국에 당당히 맞서겠다는 박정희 대통령에게 김재규를 시켜 10·26 사태를 가져와 기여고 한국의 핵무기제조를 막아 냈는가 하면 제이차 대전에서 패망 쑥대밭이 되어버린 일본국이 경제를 미국의 도움과 더불어 한반도의 6·25전쟁으로 살려준 미국에게까지 도전해 오자 이를 괘심하게 생각한 미국이 90년도 무렵 기축경제 환률 작전인 달러로 일본의 엔 가치를 수입가격은 높이고 수출가격은 내리는 방법으로 일본경제를 콱 찍어 내리지 않았던가? 그런 타격으로 불황을 겪게 된 일본경제가 잃어버린 30년으로 곤두박질을 하게 된 원인도 미국의 에버레디 작전과 같은 그런 식에 수법이었듯이 에버 레디(EVER−READY)작전으로 휴전을 반대하는 이승만을 제거하고

자 암살계획을 꾸몄지만 결코 이승만에겐 그게 통하지 않았다. 예측할 수 없는 한국전쟁에서 이승만까지 죽였을 때 그 후유증을 누가 어떻게 해결할 것이냐 일부 측 반대도 컸다. 그렇다면 결국 이승만의 요구를 다 들어줄 수밖에 없는 결과를 가져오지 않았던가? 미국의 작전이 쉽게 이승만에게는 먹혀들지 않았다는 결과다. 비록 이승만은 약소국가의 지도자일망정 미국에서나 유럽 강대국들이 그리 만만하게 깐 볼만한 인물이 아니었다. 이승만은 세계 우수대학 13개 대학교 중 죠지워싱톤 대학에서 정치학 학위를 첫 번째 받았고 두 번째는 하버드 대학에서 경제학을 학위를 받는가 하면 프린스톤 대학에서는 철학으로 박사학위를 받지 않았던가? 맥아더 장군 같은 경우는 미국의 육군사관학교를 졸업한 것이 학력의 전부다. 루즈벨트 대통령도 이승만의 학력에 대하여 존경을 했다는 것이다. 유엔에서의 이승만의 유창한 영어실력과 연설은 미국뿐만이 아니라 유럽의 강대국들도 인정 해주었단다. 이승만은 절대 미국에서도 만만한 인물이 아니었다. 그래서 에버 레디 작전을 세웠다가도 일부 측의 반대로 취소를 하고 이승만의 요구대로 6·25전쟁에 휴전을 했다는 것이다. 이승만의 학력은 세계적으로도 인정과 존경을 받던 인물이다. 그래서 살아난 인물이기도 하지만 어쨌든 미국은 자기나라에 도전하고 또 걸림돌이 되는 상대를 죽여야 하는 그런 식에서 절대적 우위를 지키는 나라일망정 이승만에게는 그게 먹혀들지 않았다.

점점 희생만 커지는 한국전을 보는 소련도 마찬가지다. 미국을 비롯한 연합군의 참전으로 승산이 없다고 판단한 소련의 피해도 알게 모르게 커져만 갔다. 전쟁에 직접 개입할 수 없는 처지에서 관망이나 할 수밖에 없었던 소련은 전황이 불리해지자 미국측 휴전 제의에 적극적으로 찬성했다. 대신에 중공군이 참여할수밖에 없는 처지에서 전쟁의 양상은 점점 커지는 판에서 협상이난항을 거듭할 즈음인 1953년 3월 스탈 린이 갑자기 죽었다. 스탈린이 죽자 북한도 중공군도 사기가 저하될 수밖에 없는 상황에서 소강상태였던 휴전협정은 또다시 활기를 띠기 시작했다.

그해 4월 22일이다. 휴전협상 안건 중에서 소련의 주장은 이북에 중공군을 주둔시키겠다는 것이었다. 이에 이승만 대통령은 발끈했다. 만약에 중공군이 북한에 주둔하는 식의 휴전 협정이라면우리 한국군은 당장이라도 유엔 연합군에서 탈퇴 독자적으로 적과 싸우겠다고 강경하게 맞섰다. 사실 한국 실정에는 독자적인상태에서 전쟁은 가당치도 않은 상황이었음에도 불구하고 이승만은 그토록 강하게 맞섰다. 전쟁에 필요한 유류가 단 이틀 치밖에 남지 않은 긴박한 상황에서의 최 극단적 선택이었다.

미국 측은 이를 심각하게 받아들일 수밖에 없었던지 클라크주한 유엔군 사령관은 휴전을 극구 반대하는 이승만을 보호 감금하던지 아니면 제거한 다음 임시정부를 수립해서 한 가지씩 현안

문제를 풀어나갈 수밖에 없다고 본국 정부에 타전까지 쳤던 인물이다.

이 안에 미국국무부까지도 즉각적으로 호응해 작전명 에버－레디(EVER－READY)작전 계획을 수립하게 된 일이기도 하다.

이승만의 한·미동맹(상호방위조약 전시작전권)체결에서 중공군의 한국주둔에 절대적으로 반대 주장하자 이승만의 기발한 상황 전개에 또 한 번 아연실색할 수밖에 없었다. 이승만의 미국과의 전시작전권이야 말로 한국에 주둔을 하고자 하는 중공군의 야심을 물리치고 일본의 재침을 막는 유일한 방패로 절묘한 신의 한 수라고 여겼다. 허나 이런 이승만의 주장에 미국에서는 한국과의 동맹은 거론의 가치조차도 없다고 처음엔 단호한 반응을 보였다. 그럴수록 이승만은 그렇다면 너 죽고 나 죽고 같이 공멸하자는 식으로 미국에 포고문을 띄우기도 했고 같은 날 이승만 대통령은 아이젠하워 미국 대통령에게 친서를 보내면서 아래와 같은 조건으로 한·미 동맹을 맺는다면 휴전에 반대하지 않겠다고 유화 전술로 한술 더 떴다.

여기에 아이젠하워 대통령은 동맹이 아닌 미 정부의 한국방어 체계에서의 군사지원협정과 더불어 10억 달러의 경제 원조를 제시했지만 이승만은 일언지하 거절했다. 그런 조건이라면 미국은 소모전으로 계속 지연되는 한국전쟁을 아예 포기하고 언제든지 연합군을 퇴각시킬 것으로 이승만은 예상했기 때문이다. 기회에 전시작전권으로 미국을 단단히 묶어놓지 않으면 분단의 책임도 있으니 언제든 빠져나갈 것이라 짐작을 했기 때문이다,

이렇게 숨 막히는 협상 가운데서 6월 8일에는 유엔군과 공산군 사이에서 포로교환 문제까지 협의가 되고 있지 않던가? 한·미 동맹 협약은 아직도 체결되지 않은 상태였다. 이 상황을 예의주시하던 이승만 대통령은 1953년 6월 18일 3만5천여 명이나 되는 거제도에 수용되고 있는 반공포로를 전격적으로 석방했다. 세계 전사에 전대미문의 사건으로 하늘이 놀라고 땅이 놀랄 일이었다. 그 조치는 누구도 예상치 못했던 이승만 독단적 행동이었으니 미국의 어떠한 압력에도 이승만 대통령의 소신은 꺾이지 않겠다는 그의 용단이요 비책이었다.

그 소식에 미국의 아이젠하워 대통령은 뭐야! 놀란 듯이 외마디 소리를 질렀고 영국의 처칠 수상은 밥 먹던 포크를 떨어뜨렸다는 일화도 있다. 세상 사람들이 다 놀랄 정도의 극약처방으로 상상을 초월한 조치였다. 반공포로들이란 인민군이 남침하면서 점령지마다 젊은이들을 끌어다 강제로 입영시킨 의용군들이었다.

그들의 집과 가족들은 모두 이남에 있었으나 소속은 의용군으로 되었으니 포로교환 대상에 포함될 수도 있다지만 이승만의 의지와는 당치도 않았다. 포로 교환이 된다면 본인들은 내 나라 내

집으로 가야 마땅한데 내 나라 내 집을 두고 적국으로 끌려가야 할 입장에서 당사자들도 청천벽력과 같은 이 소식에 놀라지 않을 수 없었다. 만약의 경우 의용군으로 끌려온 그 당사자들이 포로교환차원에서 이북으로 간다면 그들 운명은 어떻게 되었을까 생각만 해도 아찔했던 순간이다. 이 점에 누구보다도 이승만이 염려를 했던 일이다. 이건 정치적으로 목숨까지 걸어야 할 일이라 생각했다. 더구나 이는 국제문제로서 유엔군사령부와 직접적으로 연결되는 문제로 어떤 파장과 압력을 가져올지 예측 불가능한 일이기에 고심을 했었다. 최후의 경우 정치생명을 걸어야 할 판이다. 포로교환 문제는 유엔 결의에 따라야할 문제이기에 당연한 일 그래서 그들을 이북으로 보낸다고 이승만 대통령에겐 책임질 일은 아니었다. 그러나 나의 책임을 면하고자 그들을 이북으로 보낼 수는 없다는 각오였다. 이런 경우도 세계적으로도 유일무이 唯一無二한 사건이 아니던가? 아무튼 기이한 현상이 아닐 수 없다 하겠지만 이승만 대통령은 반드시 유엔으로부터 책임 문제가 따른다는 것을 감수하고 독단으로 결심했다. 누구도 할 수 없는 정말 엄청난 결단이었다.

휴전회담에 항거하는 의미와 더불어 휴전협정을 무산시키고자 했던 이승만 대통령은 불가피한 선택이라 했지만, 그 원칙을 깬 것은 국운과 이승만 대통령의 정치생명을 건 용단이었다. 한편 중공군의 북한 주둔에 희망을 걸었던 김일성은 이승만에 의하

여 철저하게 무산되자 가슴을 치며 통분을 했고 방공포로 석방에
도 이는 국제간 정전협약에 위배되는 사항이라 강하게 항의도 했
지만 국제협약 기구에서는 별다르게 논의조차도 없이 무산되고
말았다. 만약의 경우 이 문제를 국제협약기구에서 김일성의 항의
를 정식으로 받아드렸다면 이승만의 입지는 더욱 어려웠을 것이
다. 그만큼 국제기구에서도 이승만의 정치행보는 인정을 받으면
서 김일성을 압도하고 있었기 때문이다. 다행한 일이었다.

　미국을 비롯한 유엔에서도 처음 거세게 반발 책임을 추궁코자
했으나 다음 날 이승만 대통령은 주한 미 대사를 통하여 '귀국에
서는 반공포로 석방사건은 이승만의 월권이면서 국제 법에 위반
된다고 주장을 했으나 이 조치는 우리 민족 간에 문제요 어떻게
보면 민족적 내분일수도 있기에 또 민족자주권이기에 불가피한
조건이'라고 주장했다. 따라서 한·미 동맹 없이 휴전이 된다면
우리 민족 한 사람까지 싸우다 죽겠노라고 최후통첩까지 했다.

　아이젠하워 대통령은 이승만을 정신착란자라고 대외적으로
맹렬하게 비난도 했다지만 여기에 이승만은 조금도 굴하지 않았
다.

　한술 더해 한·미 동맹 없는 휴전은 우리민족에는 사형집행과
다름없는 조치라고 아이젠하워 대통령에게 다시 영문으로 친서
를 보냈다. 이승만 대통령의 최후통첩이었다. 7월 9일에는 한·미
군사동맹 조약(한국의 방어는 미국이 책임진다)의 초안을 단독으

로 작성 제시하면서 만약 이 협약만 지켜준다면 휴전에 반대하지 않겠다고 말미를 두었다. 당당한 이승만 대통령의 정치적 판세는 미국 정부를 자유자재로 흔들어 댔다. 미국의 맥아더 장군이 일본과의 비밀협상에서 한반도를 분단시켰다는 사실을 이승만 대통령은 꿰고 있었기 때문이다. 그래야 한반도 전쟁과 정세에 미국이 책임지는 것이 맞은 이야기가 아니냐고 주장했다.

미국 측이 휴전 조약을 계획한 내용 중에는 한국이 어떤 경우에도 외침을 받는다든지 특히 북한으로부터 재침을 받을 때의 비상시에 자동으로 미국이 개입해 막아주겠다는 핵심 부분이 빠져 있었다. 이승만은 대뜸 미국의 특사에게 한일합방과 한반도 분단에 대한 과오를 미국이 당장 인정하라고 강력하게 질타하면서 책임추궁도 했다. 더욱 강력한 발언은 미국이 일본국 대신 한반도를 분단시켰다고 전 세계에 폭로하겠다는 엄포도 했다.

이왕에 휴전을 하려면 어느 한쪽에서 공격하면 다른 쪽에서도 즉각 대응하겠다는 내용을 군사동원령에 수록 행동하자는 조항을 신설하고, 미군을 비롯한 연합군들이 보병 3개 사단 이상을 한국에 주둔할 것도 요구했다.

미군이 한국에 주둔하면서 유사시 미국은 자동으로 전쟁에 개입할 수밖에 없는 이 같은 확고한 방위조약을 성사시켜야 제2의 6·25와 같은 전쟁이 없을 거라고 이승만 대통령은 확신했던 것이다. 즉 당신들이 한반도를 분단을 시켰으니 당신들이 전쟁을 막아주는 것은 당연한 게 아니냐는 것이다.

이를 두고 난감해진 미국 당국에서는 국무부, 국방부, 합참 합동 회의에서 이승만이 분단의 문제를 계속 주장을 한다면 미국의 입장도 자유로울 수가 없다고 격론 끝에 53년 5월 30일 이승만의 요구를 들어주는 것 외에는 다른 방법이 없다는 결론을 내리게 되었다. 하여 전시작전권이 수립되면서 작전명 에버-레디(EVER-READY)가 자동폐기 되어 위기에 처했던 한국의 운명이 되살아난 결정적 순간이 되었다. 이 요구를 미국 측에서는 받아주지 않는다면 한국의 이승만은 어떠한 행동도 불사할 위험인물이라고까지 예측 아이젠하워는 어쩔 수 없다는 듯이 방위조약을 체결할 실무 특사를 한국에 파견했다. 이로 인하여 미국 내에서는 아이젠하워 대통령의 정치능력은 한계가 있다고 비난이 빗발쳤다. 따라서 미국의 역대 대통령 중 가장 인기가 없는 무능한 대통령으로 낙인찍히는 정치적 타격을 받기도 했다. 이승만 대통령과의 힘겨루기에서 아이젠하워 대통령이 참패했다는 미국인들의 여론이었다.

1953년 7월 27일 오랜 협상 끝에 얻어낸 휴전협상이었고, 그해 8월 8일 서울에서 한,미 외교장관이 동맹조약에 서명하므로 우리나라의 안보를 미국이 지켜주겠다는 내용의 전시작권이 수립되었다. 보기 좋은 이승만의 승리였고, 나라를 지키는데 크게 일조한 셈이다.

한·미 군사동맹(전시작전권)은 국민들의 생명을 담보로 한 한 지도자의 필사적 투쟁으로 힘겹게 이루어 낸 결과요 열매였다.

'이 같은 역사적인 한·미동맹은 전쟁으로 폐허가 된 이 땅에 한강의 기적과 더불어 우리 후손들이 여러 대에 걸쳐서 갖가지 혜택을 받게 될 것'이라고 이승만 대통령은 호언장담까지 했다. 그렇다. 그 예상은 적중했다. 손 안 대고 코 푸는 한국의 안보는 이처럼 갖은 역경 속에서 극적으로 이루어졌고, 미군을 비롯한 유엔군이 한국에 주둔하므로 여러모로 경제적 혜택도 컸다.

이승만 대통령이 호언했듯이 한·미 동맹에 의해 미군과 연합 군이 한국에 주둔함으로 수십만 개의 일자리가 생겼고, 그 일자리는 오늘날 대기업에 취업하는 만큼 신분도 보장되었고 급료 역시 우리나라 공무원 급여의 3곱 정도 많았으니 모두가 선호하는 일자리였다. 그뿐이랴. 이태원과 영등포를 비롯한 동두천, 의정부, 인천, 평택, 오산 등 미군들이 주둔한 곳에는 어디든 마찬가지로 지역 경제가 호황을 누리는 혜택도 받았다.

한국전쟁에 왜 연합군들이 5만 명이나 고귀한 생명을 바쳐야 했고 재산 1천 달러를 왜 잿더미 속에 버려야 했는지 다시 한 번 상기해 볼 일이다.

서해안 NLL로 인하여 군사적 우월성과 어획고를 확보한 사실과 더불어 한강의 기적도 한·미 동맹에서 이루어졌다고 봐야 되지 않겠는가? NLL은 북한의 황해도 일대 경계선까지 점령한 획기적인 성과였다.

그랬던 그를 야당을 비롯한 4·19 세대가 3·15 부정선거를 빌미로 독재자로 취급 쫓아냈다. 시대착오적 사건이 아닐 수 없다. 이승만 대통령을 쫓아낸 그 후 민주당 세력들과 4·19 세대들이 국가와 민족을 위하여 무슨 일을 했는지 묻고 싶다. 극한적인 정치투쟁으로 남 탓하기 좋아하는 우리나라 민족성과 야당 세력들이 아니겠는가?

그들 4·19 세력에 무너져 독재자로 낙인찍혀 정치생명이 몰락은 했을망정, 이승만 대통령은 세계적으로 당대의 기라성 같은 루즈벨트, 처칠, 트루먼, 맥아더, 아이젠하워 같은 인물과 맞서 요동치는 정세 속에서 조국 건설에 이바지했다. 그 업적은 언젠가 재조명되어 현재 민주화 세력 좌파가 아닌 새로운 자유민주주의가 오천만의 가슴속에 다시 피어나 이 땅에 빛날 것이다. 4·19가 혁명이라니 당치도 않은 억지 주장이다. 이는 분명 내란이요 폭동이었다. 어부지리로 정권을 얻어낸 민주당 정치인들을 비롯한 많은 혜택을 받고 누린 자들이 만들어 낸 부산물이다.

3·15 부정선거의 누명을 벗어나지 못한 채 순간의 크나큰 실책으로 이승만 대통령은 하와이로 망명을 했고, 이기붕은 가족이 집단으로 자살을 하지 않았던가? 5년여 동안 외로운 망명 생활 끝에 죽음을 맞이한 이승만 대통령의 유해는 다행히 국립현충원에 모셨다지만 이기붕 일가족의 묘는 어디에 있는지 아는 사람들

이 단 한 사람도 없다는 것이다.

민주주의라는 용어와 명분은 요즘 우리나라에서 괴상한 요물이요 어떻게 보면 도깨비방망이로 등장했다. 남들보다 민주주의란 용어만 더 크게 외치면 장관도 되고 대통령도 되는 판이니 그렇게 된다면 태산 같은 권력과 큰 재산이 저절로 굴러들어오니 여기에 욕심 없는 사람이 어디 있던가? 사실 민주주의는 좌파들의 전용물이요 권력의 상징이 아니던가? 시도 때도 없이 민주주의만 더 크게 외치면 만사가 OK, 이게 현실적 이슈라니 웃음거리가 아닌가? 문재인과 더불어 촛불 혁명을 했다는 사람들 말이다. 다시 이야기해서 전시작전권을 환수하겠다는 김대중, 노무현, 문재인을 비롯 좌파들은 공산주의를 외쳐야 신분과 행동에 맞고 또한 격에 맞는 일이라 생각하지 않던가? 우리나라의 좌파들은 분명 북한의 공산주의자들과 이념을 같이 하고 있다. 또한 김정은의 하수인이 아니던가? 그러니까 전시작전권을 환수하고 그럼 미군들이 물러나면 6·25 때와 다름없이 무력으로 북한과 합세해 남침 통일을 하겠다는 속셈이 아닌가? 그런 그들이 민주주의를 외치면서 표를 달라고 한다. 그래서 집권을 한다. 그러면서 전시작전권을 환수하기 위하여 부단하게 국민들을 현혹시킨다. 이 나라 경제가 세계 10위권에 버티고 있으니 망정이지 아니면 김대중때 이미 적화통일이 되었을 나라다. 이 나라를 지탱하는 힘은 대통령이나 정치인들이 아니라 기업인들이라는 사실을 국민들은 알고 있어야 할 일이다. 기업을 흔드는 민주노총들은 작금에 국가 경제를 망치는 사람들로서 정말 각성해야 할 존재들이다. 이나라 기업인들이 5천만 국민들을 먹여 살리고 세계경제 10위권과 방산의 일원으로 현무탄을 개발 전쟁을 막고 있는 것이다. 현무탄 즉 현무 미사일이란 북한전지역을 지하화 전략요새지로 개발 이용하는 북한의 전진기지를 파개하고자 하는 우리나라의 고육지책에서 나온 방산 개발이다.

세계 10위권 우리나라경제가 입으로 하는 정치인들에 의하여 얻어진 경제제가 아니다. 어린 소녀들의 적은 손으로 만든 가발 수출로부터 시작하여 포항제철을 비롯한 거대한 조선업과 울산 현대 자동차 아이폰 등 반도체로 발전 육성했는가 하면 방산 산업으로는 처음 소총을 국산화로 시작하여 대포와 탱크 그리고 KF21 최신예 전투기에서 현무탄까지 개발 군사력 세계 6위까지 성장시켰다는 것이 그냥 얻어진 게 아니질 않는가? 현무탄은 세계 최초로 개발한 무기로서 현무 4, 5호 같은 경우는 지하 200미터 내지 300미터까지 뚫고 들어가 폭발을 하면 그 위력은 지진 9.0에 해당하면서 그 한 개면 평양시내 전체를 폭파 무너트릴 수 있단다. 가공할 만한 전략무기로서 미국에서도 핵무기를 능가할 폭팔력이라고 감탄할 정도로 경계대상이란다. 하거늘 4·19세대와 6,3세대 거기에 좌파세력들 진영논리로 세력 다툼에 권리 행세에서 기업이 벌어놓은 나라 돈에 먼저 보는 놈이 임자 부정부

패나 일삼고 있는가 하면 방산 산업에서는 인도적 차원이라고 북한에 경제지원으로 핵무기 제조에 일조를 했으니 이게 바로 반국가적 역적 행위들이 아니던가? 세계 10위권 경제와 세계 6위권 방산산업이 버티는 한 세계적 탕아 김정은도 이제는 함부로 도발은 못 할 것으로 여겨지는바 조국의 평화는 이렇게 지켜질 것이다. 민주주의를 부르짖던 김영삼이 그랬듯이 대통령을 두 명이나 구속시키고 또 현직대통령을 촛불집회 내란으로 경제공동체라는 없는 말도 만들어 부정을 했다고 강제로 끌어내려 대통령 자리도 탈취하는 좌파세력들의 폭력은 정말 대단했기에 그 야만적 행위를 외국인들이 수입해 가는 천인공노할 일이 아니던가? 특히 버마가 그러했고 이란이나 우크라이나 같은 나라들이 우리나라 민주주의 운동을 배워가고 또 그들에게 수출을 한다지 않던가?

재조명하는 차원이라 하겠지만 전시작전권을 비롯한 반공포로 석방 같은 사건들은 세계사 전무후무한 정책들로서 당시 이승만 대통령이 아니면 누구도 해낼 수 없는 국가와 민족적 대 사건이면서 상상하기조차 어려웠던 독보적인 존재였다. 또 NLL 군사분계선으로 인하여 국토가 공평치 못하게 나눠진 사실에 불만을 품고 연달아 도발하는 북한이 저지른 연평해전 같은 경우는 언제든 발생할 수 있다.

이승만은 건국 대통령으로서 첫째로 단군 이래 오천년을 이어져 내려오던 왕권 제도를 미국식 헌법을 도입 새로운 자유민주주의 국가로 건국을 했다. 둘째로 수천 년 동안 관행처럼 지켜온 양반과 천민의 신분재도를 타파했다. 셋째로 토지개혁을 단행했다. 지주(양반)들의 소유 토지를 국가가 몰수 소작인들에게 재 분양을 한 것이다. 그리고 80%가 문맹인 국민적 무지를 초등학교 일망정 의무교육을 시작했고, 그토록 국제적으로 말썽이 되었던 반공포로도 석방했고, 더불어 이왕에 벌이진 6·25전쟁을 그래도 슬기롭게 남침 김일성의 야욕을 저지했다는 업적을 누가 모른다 외면하겠는가? 그런 이승만을 몰아낸 4·19세력들 지금이라도 각성을 하고 또 사과를 해야 할 일이 아닌가? 4·19기념탑을 비롯 4·19 묘지는 부관참시 해야 마당할 일이다. 또 그들에게 내려주는 보상금도 회수 내지는 지급을 금지해야할 것이다.

가장 중요한 대목이다. 4·19세대들이 그토록 소리 높여 부정부패했다고 부르짖던 이승만 대통령의 재산과 땅이 한 평이라도 어디에 있다는 것이고 이기붕의 재산 또한 어디에 있다는 것이냐? 일가족 사체가 4구씩이나 쓰러져 있는 이기붕의 집을 습격한 4·19 세대들이 4월인데도 냉장고에 수박이 있었고 거실에는 호피 가죽이 깔려있었다고 신문마다 이렇게 많이 부정을 했다고 대서특필을 하지 않았던가? 현대사 그런 그들에게 부정부패를 했다고 누가 감이 손가락질을 한다는 것이냐. 4·19세대 깊이 반성해야할 것이다. 3·15부정선거. 사사오입을 부정했다고 주장하나 부정선거 없는 시대가 어디 있었다는 것이냐. 오늘날 선거는 '사전투표'를 가지고 투개표 과정에서 부정 조작을 한다지 않느냐? 이번 강서구청장 투개표에서 69대 31로 민주당이 이겼다고는 하나 이는 대선 때도 서울에서 그러 비율로 민주당이 이겼다고 하지 않던가? 지난 4·15총선에서 서울, 경기, 인천 등에서 모든 투표구 개표결과마다 민주당 63% 민주통합당(국민의 힘 전신)은 36% 비율로 똑 같은 표의 숫자가 나왔으니 이는 통계학 적으로 불가능한 원천적인 부정선거가 아니고서야 어떻게 그런 판박이로 숫자가 나왔느냐는 것이다. 이 이야기는 2023년 10월 20일 14시 30분 프레스센타 19층 매화홀에서 '대한언론인회 장석영 회장' 주최 세미나 주제발표 '22대 총선과 공정보도'에서 나온 이야기다.

우리나라 정부기구에서 선거관리 위원회가 가장 권력이 세단다. 가장 권력이 세다는 국회의원들도 선거관리 위원회에서 종사하는 말단 9급 직원들 앞에서는 쩔쩔 맨다니 이게 어찌된 일이든가요? '대통령 직속기구'라고 선거관리 위원회에서는 감사원 감사도 거부한다지요? 아무리 부정선거를 했어도 선거관리 위원회에서 아니라고 하면 그게 정답이요 법이란다. 울산시장 부정 선거에 문재인 대통령이 직접 개입했다는 그래서 검찰에서 수사를 착수했다더니 그건 지금 어떻게 진행되고 있는지 요즘 말이 없는가 하면 이재명사건 역시도 그렇다. 이재명과 그 일당들의 4대사건에서 부정하게 도둑질한 돈이 대충 따져 봐도 수조원에 달 한다. 불구하고 도둑질은 분명 했다고 인정되나 처벌할 수는 없다는 일개 판사 따위 논리가 정치권을 뒤집어 놓지 않았던가? 이게 권력을 찬탈하고 그리하여 수조 원씩 통 크게 부정을 하는 것이 그들의 민주주의란다. 당장 먹고살 돈이 없어 남에 돈을 채용했다가 제 떼에 값지 못했다고 1. 값을 능력이 있으냐? 2. 값을 의사가 있느냐? 3. 거짓말을 했느냐를 따져 가차 없이 구속시키는 마당에 이재명 일당이 부정한 수 조원의 돈의 가치는 우리나라 5천 민족이 1년 동안을 먹고 살아도 될 돈을 몇 명이 작당을 하고 도둑질을 했는데 처벌할 수는 없다니 이게 이언령 비언령으로 민주주의를 외치는 자들의 뻔뻔스런 수법이란 말인가?

유엔 가입

어렵사리 휴전은 했지만, 정부 차원에서 유엔 가입까지는 요원한 꿈이었다. 정부에서 외교채널을 놓고 다각적으로 방법을 모색했으나 그때마다 소련 연방과 중공의 반대로 무산되지 않았던가? 제5공화국 2기 노태우 정부 때 일이다. 소련의 고르바초프가 독일을 통일시켜 준 다음 우리나라를 방문해 노태우 대통령과 제주도에서 정상회담을 가졌다. 그때 소련의 고르바초프는 경제협력으로 차관을 얻기 위해 3개의 선물을 가지고 왔었다. 하나는 통일, 둘은 유엔가입, 셋은 중국과의 교류였다.

자유경제 체재와 더불어 대통령제 민주주의로 정부 체재를 개혁하려고 단행했던 고르바쵸바 대통령이 경제의 큰 산을 넘지 못하고 국가경제는 물론 시민경제까지 실패를 하자 이를 극복하기 위한 방법으로 먼저 서독 헬무트 콜 총리를 찾아갔다. 세계 제이차 대전에서 패망과 더불어 독일은 분단된 나라다. 그 전쟁으로 인하여 경제로 독일은 비참한 국가로 몰락했을 때 걸쭉한 아데나워라는 인물이 나타나 총리가 되면서 세계경제 상위권으로 부흥시킨 나라가 아니던가?

고르바쵸프 러시아 대통령은 그런 서독 정부 헬무트 콜 총리를 찾아가서 통일에 대한 조건으로 100억 달러를 요구했다. 그러자 서독의 콜 총리는 이를 즉석에서 쾌히 승낙 협상을 성공했다. 드디어 독일은 평화적으로 통일을 이루어 냈다. 분단된 국가 중에서 독일만이 유일하게 평화통일을 이룩한 기적이고 자랑스러운 국가로 역사를 일궈내지 않았던가? 중국의 장개석이 그러했고 베트남이 그러했으며 캄보디아가 그러했듯이 분단된 국가들이 모두 공산주의자들의 피의 전쟁 끝에 통일을 했지만 유일하게 독일만 자유민주주의 체재로 평화적 통일을 이룩한 위대한 국가다.

고르바초프는 노태우 대통령에게도 서독과 같은 조건을 요구했으나 노태우는 이를 받아주지 안했다. 당시 우리나라는 외환 560억 달러를 보유하고 있었다. 여력은 충분했다. 모두 기업들이

이 벌어드린 달러다. 고르바초프 역시 독일처럼 한국도 충분히 능력이 있다고 확신을 했기에 노태우에게 제의했다. 그런데 노태우는 아니었다. 물론 뒤에서 김영삼이 극구 반대했다지만 대통령으로서의 재량권으로 반대 아닌 반대나 일삼는 김영삼 따위는 얼마든지 무시 과감하게 단행할 수도 있었다.

통일을 선물로 준다는데 더 이상 망설일 필요 있었던가? 우리 국민 모두 통일보다 더 긴박한 역사적인 정치 사안이 어디 있다더냐. 과감하게 받아들였어야 마땅했거늘 노태우 대통령은 그런 인물이 못 되었던 모양이다. 하늘이 우리민족에게 준 평화통일의 기회를 노태우 대통령이 망쳐 버린 것이다. 이런 기회 앞에서 노태우 대통령의 무능이 잘 나타나고 있었다. 그런 인물이 대한민국을 대표한 대통령이었다니 이는 조국의 불행이요 민족의 불행이 아니던가? 노태우는 진실로 대통령 깜이 아니었다. 하나회 사조직에서 전임 대통령 전두환의 후원으로 대통령까지 올랐을 뿐 자기능력이 아니었다.

노태우는 30억 달러를 제시했다. 그것도 유상이다. 여기에 몹시도 실망했던 고르바초프는 하는 수 없다는 입장에서 통일 선물은 꺼내지 않고 대신 유엔가입과 중국과의 국제적 교류를 선물로 내놓았다. 아주 크게 밑지는 거래를 하고 고르바쵸프는 쓸쓸하게 돌아갔다. 아주 비겁하기는 했을망정 위기에 몰린 고르바초프를 이용해 드디어 대한민국이 국제사회에서 유엔회원국의 일

원으로 입성을 했다. 허나 그런 귀중한 값진 선물을 받는 냈을
망정 이건 국제사회에서 너무도 공평치 못한 행위였다. 고르바초
프는 지구상에서 공산주의 제도는 꼭 타파해야 된다는 의지였지
만 경제 때문에 실패를 하고 말았다. 정치생명까지 잃게 된 불운
한 정치인이 되었다. 꼭 성공하리라는 보장은 없었지만 고르바초
프의 의지를 묵살한 노태우의 비협조적인 태도에도 원인은 있었
다 할 것이매 지구상에서 없어졌어야 할 공산주의가 되살아난 꼴
이다. 노태우의 무능으로 공산주의가 되살아났고 또 북한에는 김
정은 같은 인물이 또다시 탄생하는 결과를 가져왔다. 월남 전쟁
이 그렇고 푸틴에 의한 우크라이나 전쟁이 그러하듯이 공산주의
자들은 기회만 있으면 전쟁을 일으키는 시대의 광들이다. 미국이
보호하고 있으니 망정이지 중국이 언제 대만을 침공할지 예측 불
허하지만 한반도의 전쟁도 안전지대는 결코 아니다. 핵무기를 개
발한 김정은이 만만한 인물이 아니듯이 언젠가 통일을 하겠다고
핵무기를 사용할지 정말 예측 불허의 인물이다. 공산주의가 지구
상에 존재하는 한 세계의 평화는 없을 것이다. 현재로는 강력한
미국이 공산주의자들을 억제하고 있어 그나마 세계 질서를 유지
하고는 있다지만, 그 질서가 언제 깨질지 아무도 예측할 수 없는
세계평화다. 세력 대결에서 공산주의자들을 이겨 내기란 불가능
하단다. 언제나처럼 노동자 농민들과 더불어 정부 불만세력들을
몰고 다니며 거짓 선동으로 폭동을 일으킨 다음 정세가 유리하다

할 때는 가차 없이 기습공격 정권을 탈취하는 공산주의자들의 수법에는 누가 막아낼 수 있다는 것인가? 이렇게 체재에 성공하면 그때부터는 대학살로 들어간다. 아무튼 월맹의 호치민이가 그러했고 러시아 니콜라이 2세 황제가 그들에 의하여 몰락했는가 하면 중국의 장개석이 그러했듯이 호시탐탐 기회를 노리다가 불시에 기습적으로 공격하는 그들을 막아내기란 사실 불가능했다. 러시아의 니콜라이 2세나 장개석 같은 인물은 시대의 영웅이 아니었든가? 그런 인물들도 설마 하다가 공산주의들부터 무참하게 꺾기고 말았다. 헌데 오로지 독일만이 분단의 위기에서 그들을 통일시켰다면 그게 기적이 아니던가? 하긴 서독에는 걸출한 아데나워 같은 인물이 있었는가 하면 지혜로운 헬무트 콜 총리 같은 인물이 있었기에 통일이 가능했다.

대한민국의 이승만 대통령 역시도 그런 공산주의 침략에서 통일은 못 시켰을망정 김일성의 6·25 남침에서 그래도 조국을 지켰다는 것은 천만다행이라 여겨도 과언은 아닐 진데 김일성의 침략을 막아냈다는 것은 오로지 이승만의 뛰어난 지략이요 능력이었다. 당대의 세계적 영웅 미국의 루즈벨트와 투르만, 영국의 처칠, 아이젠하워 대통령과 맥아더 장군 같은 호걸들과 러시아의 스탈린 중공의 모택동 등과 직, 간접적인 등거리 외교협상에서 얻을 것은 얻어내고 줄 것은 주면서 김일성의 침략에서 나라를 지켰다는 것은 아주 크나큰 외교적 성과다. 16개국의 지상군 투입과 더불어 5개국의 물자지원을 받아냈기에 나라의 위기를 막아낼 수 있었다는 것도 부인할 수 없는 일이 잖는가? 다시 이야기를 하지만 러시아 니콜라이 2세가 그랬고 중국의 장개석이 그러했으며 월맹의 호지명이 그러했듯이 분단된 나라들로부터 공산침략을 받고 국토와 나라를 지킨 인물이 세계에서 어느 나라가 있다하더냐? 대한민국에는 이승만이란 인물이 있었기에 가능했다는 것이다.

그런데 그런 시대적 위기상황을 막상 우리 국민은 실감을 못하고 있다는 것이 유감스럽다는 것이다. 우리나라 경제가 세계 10위권이라 하겠지만 핵전쟁 앞에서 이는 모래성에 불과하지 않겠는가? 김정은의 핵무기가 서울 한 복판에 떨어졌다고 가상을 해보자. 그런 상황에서 누가 살아남을 수 있다는 것인가? 현대 국민들의 문화생활에서 중요시설물로서는 변전소가 폭파된다던지 아니면 수도 국이 폭파된다고 봤을 때 누가 견딜 수 있겠는가를 왜 국민들은 실감 못 하는지 안타까울 뿐이다. 전쟁 불감증이 어떤 큰 사태를 가져올 수도 있으련만 정말 염려 아니 될 수 없다는 안보 상황이다.

일본의 침략으로부터 5천년 사조가 무너졌다가 48년 7월 17일 비로서 건국은 했다지만 유엔 회원국이 된다는 것은 요원한 꿈이었고, 국제사회에서 우리는 비공인 국가로 취급을 받을 수밖에 없던 시대적 상황이었다. 부단한 노력도 했다지만 공산권 국가들의 반대로 역시 무산되는 판에서 그토록 염원했던 유엔가입은 사실 쉬운 일은 아니었지만 정부 수립 후 43년 만에 161번째로 100% 러시아의 고르바쵸프 대통령이 준 값비싼 선물이었다. 1991년 9월 17일 46차 유엔총회에서 러시아에 이어 중국과 동구권 나라들이 찬성하면서 만장일치로 비록 반쪽 정부일망정 드디어 대한민국이 국제적 차원에서 유일한 합법 정부로 인정을 받게 되었다. 덩달아 북한도 유엔의 일원 국으로 가입하게 되었다. 러시아와 중국이 북한도 가입시켜주어야 된다는 조건에서 승인이 되었다. 우리국민은 은인 고르바쵸프 러시아 대통령께 진심으로 고마워할 일이다. 어부지리로 북한은 유엔에 가입되었다.

제2연평해전

제2차 연평도 해전은 2002년 6월 29일 오전 10시 25분 서해북방 한계선 남쪽 3마일 연평도 서쪽 14마일 해상에서 일어난 남북한의 해상전투다. 1999년 6월 5일 오전에 발생한 제1연평 해전 후 3년 만에 같은 지역에서 남북한 함정 사이에 벌어진 전쟁이다. 김대중 정부에서는 서해교전으로 불렀으나 2008년 4월에 제2연평해전으로 이명박 정부가 격상시켰다.

서해해전은 북방한계선에서 꽃게잡이 어선을 경계하던 북한 함정 2척이 남쪽 NLL 북방한계선을 침범 계속 남하를 했다. 이에 우리 해군 참수리 357호와 358호 그리고 쾌속정 2대까지 출동해 초계와 동시에 경고 방송으로 즉시 퇴거 명령을 내렸다.

여기에 북한 경비정이 선제기습 포격을 감행, 해군 고속정 참수리 357호 조타실이 순식간에 화염에 휩싸이면서 전투가 시작되었다. 곧바로 인근 해역에 있던 우리 해군 고속정과 초계정들이 출동 대응하므로 남, 북한 함정 사이에서 전투가 벌어진 것이다. 25분간의 짧은 시간이지만 함정끼리 맞대놓고 포사격으로 전투를 했으니 큰 싸움이었다. 북한 경비정 1척도 포탄에 맞아 화염에 싸이자 남은 1척이 즉시 퇴각하면서 전투는 끝났지만 우리 해군의 피해는 컸다. 6명이 전사하였고, 19명이 부상을 당한 참사였다. 윤영하 소령, 한상국 상사, 조천형 중사, 황도현 중사, 서후원 중사, 박동혁 병장 등이 현장에서 전사했다.

교전 직후 국방부는 북한의 행위가 명백한 정전협정위반이기에 묵고 할 수 없는 무력도발로 규정하고 북한 측의 사과와 책임자 처벌 등 재발 방지를 강력하게 요구했지만 언제나 그러했듯이 북한 측은 무응답으로 일관했다.

같은 시기 제17회 월드컵 축구경기가 전 세계인의 축제 분위기로 진행되고 있었다. 스포츠 경기로는 세계올림픽대회 다음으로 큰 경기이면서 인기 종목이다. 그 경기를 한국과 일본이 공동 개최했었다. 개막식은 한국에서 결승전은 폐막식과 함께 일본에서 개최키로 애초부터 FIFA에서 합의된 사항이다.

세계인들의 시선이 온통 월드컵 경기장으로 쏠리고 있을 때를 즈음하여 북한에서는 연평도 해전을 도발했다. 그날이 2002년 6월 30일 동경에서 월드컵 결승전을 하루 앞둔 날이다. 이때 김대중 대통령은, 한바탕 남북 간 전쟁이 발생하므로 우리 해군이 큰 피해를 당했는데도 사고수습은커녕 '더 이상 북한이 공격하지 않는 한 우리 측도 더 이상 싸움을 중단하고 따라서 북한을 자극하는 발언을 삼가라'고 명령하고는 대통령 김대중은 일본으로 월드컵 결승전 구경을 갔다.

또 있다. 대통령은 북한을 자극하지 않는 차원에서 괴뢰집단으로 부르던 호칭을 국가로 격상, 북한으로 바꿔 부르도록 했다. 공격을 자제하라는 이 같은 명령에 국방부 관계자들은 어리둥절했다. 특히 유가족들과 부상자 가족들은 대통령의 미온적 태도에 실망을 거듭했다. 엉뚱한 대통령의 처사에 국민 모두는 숨을 죽이며 사태를 지켜 볼 수밖에 없었다. 여기에 세월호 사건은 국가와 아무런 관련도 없는데 왜 책임을 정부가 져야했고 대통령까지 책임을 물어 탄핵 구속까지 시켰단 말인가? 막대한 예산으로 거액의 보상과 더불어 기념일까지 제정한다니 기가 찰 일이다.

너무도 끔찍한 연평 해전과 함께 아들 엄형욱의 소식에 설은 진은 아연실색 하늘이 무너지는 느낌이었다. 화염에 휩싸인 참수리 357호는 형욱이가 소속된 함정이다. 형욱은 19명의 부상자 속에 포함되어 있었다.

은진은 아들의 부상 소식에 황급히 국군수도통합병원을 찾아 갔다. 불행하게도 두부에 파편을 맞은 형욱은 치명상을 입고 뇌 사상태에 빠져있었다. 엄마가 찾아왔지만 미동조차 못 하고 있었 다. 뇌경 막하 출혈로 인하여 뇌부종, 뇌헤르니아에 의한 뇌간 손 상으로 뇌사상태란다. 수술을 집도했던 주치의는 파편은 제거했 지만 결과는 좀 지켜봐야 한다고 얼버무렸다. 세상에 이런 날벼 락도 있나 참담하기 그지없는 일이었다. 남편이 죽어가는 마당에 서 모든 것을 은진에게 올인 한 까닭은 형욱을 잘 키워주길 바램 으로 가능했다. 그런 형욱이가 지금 이런 꼴로 주검을 앞두고 있 다니 온통 세상이 무너지는 듯했다.

형욱의 주특기는 사퐁이었다. 육군으로 말하면 보병이다. 졸 병이었으니 물론 부사수였다. 교전 당시다. 북쪽 경비정을 향하 여 형욱은 정신없이 함포를 쏘아댔다. 그 와중에 적의 포탄도 계 속해서 날아들었고 명중한 그 포탄에 형욱이가 파편을 맞았고 두 부 치명상을 입게 된 것이다.

끝내 형욱은 엄마 곁을 떠났다. 분명한 것은 은진의 아들 형욱 은 대한민국에 자랑스런 해군이었다. 형욱은 국가수호를 위하여 적과 싸우다 전사를 했다. 생떼 같은 자식이 한순간에 적의 포탄 에 맞아 죽었다. 거룩한 주검이었다.

생사를 같이 했던 전우야 정말 그립고나 그리워, 총알이 빗발치던 전쟁터 정말 용감했던 전우다, 조국을 위해 목숨을 바친 정의에 사나이가, 마지막 남긴 그 한마디가 가슴을 찌릅니다,

이 몸은 죽어서도 조국을 정말 지키겠노라고

전우가 못다 했던 그 소망 내가 이루고야 말겠지, 전우가 뿌려놓은 밑거름 지금 싹이 트고 있다 네, 우리도 같이 전우를 따라 그 뜻을 이룩하리, 마지막 남긴 그 한마디가 아직도 쟁쟁한데, 이 몸은 흙이 되도 조국을 정말 사랑하겠노라고 ……

전우가 남긴 한마디. 정오승작사 작곡 허승희 노래다. 유족들에겐 정말가슴 쓰린 영령들의 얼을 담은 노래다. 남편이 그랬던 것처럼 조국을 위하여 목숨을 바친 그런 남편을 엄마는 무척 존경도 하고 사모思慕도 했었지만 한편 자랑스럽게도 여겼다. 그런데 그 아들까지 나라에 바친 꼴이다.

그렇다고 국가에서 별다른 조치도 없다. 개죽음 당하는 꼴로 유가족들은 두 번 죽는 아픔에서 아연실색 통탄을 했다. 대통령은 국가가 위기에 처했을 때 국민의 안전 앞에서 제일 먼저 적의 총탄을 가슴으로 막아야 할 사람이다. 국민 없는 대통령이 어떻게 존재할 것이며 안보 없는 대통령이 어떻게 자리보전을 할 수 있단 말인가. 국정을 다스리는 대통령은 국민안보를 최우선 지표로 삼아야 하며 그게 안 되면 퇴출당해 마땅할 것이다.

전쟁이 발생했다면 군 통수권자인 대통령은 마땅히 청와대 안보상황실 컨트롤타워에서 전쟁을 진두지휘했어야 옳았다. 그런데 대통령 김대중은 연평 해전으로 병사들이 죽어가는 판에 사태수습은커녕 월드컵 축구경기를 관람하겠다고 일본으로 출국을 했다니 너무도 엉뚱하지 않았던가? 국가위기 도발에 작동을 해야할 컨트올 타워가 공백상태였으니 누가 지휘를 할 수 있었겠느냐는 것이다. 그 자리는 대통령이 지키고 있으면서 위기 상황에서 진두진위를 해야 하는 나라의 운명을 지켜야할 자리다. 그런데 막중한 책임을 갖고 있는 대통령이 위기상황을 모면코자 핑계 삼아 일본의 월드컴 경기장으로 갔으니 이게 대통령으로서 정당한 직무였을까? 그러고도 대통령은 1차 2차 연평 해전에서 승리했다고 장병들에게 찬사를 보냈다니 그게 맞는 소리인지 국민들은 아리송했다.

쿠데타가 발생했는데도 불구하고 위기에 처한 국민과 더불어 나라까지 져버린 채 자기만 살자고 꽁지가 빠지게 칼멜 수녀원으로 도망가 수녀들의 치마폭 속에 숨어 지냈던 민주당의 장면 총리와 무엇이 다르다는 것인가.

대통령은 최우선으로 국민의 안전을 비롯해 정치, 경제, 군사면에서 막중한 책임과 의무를 가져야 하고, 그 책임을 다해야 할 것이다.

그토록 막중한 대사건에서 대통령은 당연히 전후처리로 전사자와 부상자들을 직접 챙겨야 했다. 불구하고 전쟁 상황에 대하여 사후처리는커녕 북한을 자극하는 발언을 삼가 하라는 지시를 내리고 다음 날 일본으로 월드컵 축구경기 구경을 갔다니 이 조치가 과연 마땅했나 은진은 묻고 있다.

국가보상금 제도

연평해전 후 아들을 국가에 바친 은진은 보상금이라고 3,100만 원을 호훈처로부터 받았다. 윤영하 소령은 6,500만 원 최고 많이 받은 액수란다. 그 나머지 하사관급은 3,100만 원에서 6,500만 원 사이 계급에 따라 차등 지급되었단다. 너무 기막힌 일이 아닐 수 없다. 생때같은 자식을 나라에 바쳤는데 유가족들에게 이것도 댓가 라고 지급을 했다. 국가수호를 위하여 장렬하게 전사한 젊은 병사들에게 국가의 보답은 고작 이것뿐이었다. 6·25 참전 용사와 월남 참전 용사들은 1인당 매월 원호금으로 18만 원이 지급된단다. 여기에 비해 세월호 사건관련자는 8억5천만 원에서 15억 원까지 보상을 해주었고, 5·18사건 관련자는 1인당 6억에서 12억까지 보상을 해주었으며, 민청학련 관련자는 6억에서 25억까지 보상해주었다 하니 그렇다면 이들의 존재는 무엇이란 말인가? 민청학련 사건으로 제일 많이 보상을 받은 사람은 민주당 대표까지 지낸 민주투사 전 국회의원 김근태다. 김지하 시인도 25억을 받았단다. 목소리 큰 사람들에게 더 많이 지급되었다.

5·18사건 그리고 민청학련 같은 사건은 국가 반체제 운동을 한 세력들이다. 국가 수호에는 아무런 관계도 없는 세력들에게 그토록 크게 우대해 준 까닭이 무엇인지 모를 일이다. 그리고 세월호 사건은 국가나 국민에게 아무런 상관도 없는 사건일 뿐이다. 문재인 정부가 준 나라 돈이란다. 역사는 승자의 것이라 하지만 나라 돈도 승자의 것이라 그들은 생각하고 있었던 모양이다. 공금 유용은 범죄행위가 아니던가? 그렇지 않아도 거룩하다고 불어대는 5·18 혁명 사건은 그 진실이 어떠했는지는 몰라도 말도 많고 탈도 많지 않던가?

제37광수 박승원 상장 탈북 망명에 대하여 현재 정부합동 수사기관에서 조사까지 완료했다.

제37광수 박승원 상장은 황장엽 이후 최대 거물로 알려진바 북한의 박승원 상장의 귀순이 거의 확실한 것으로 동아일보 등 국내 언론들이 다투어 보도하고 있은데 최근에는 이 박승원 상장이 제3광수(제37광수는 5,18당시 광주폭동에 참가한 광주 북한 특수 군을 말함) 소속으로 알려지고 있어 더욱 주목을 받고 있다.

또 보도된 "박승원 상장의 귀순발표와 함께 공개기자 회견까지 고려중이라는데 일부언론 보도에 대한 국민적이 관심이 매우 커지고 있다. 최근 아시아뉴스 전문 저널 아시아 엔(ASIAN)은 탈북 망명한 제37광수 박승원 인민군 상장에' 대하여 이미 한국에 도착한 후' 정보기관에서 조사를 받고 있는 것으로 6일 알려져 있다. 박승원 상장은 지난 4월 탈북 이후 주 러시아 한국대사관을 통해 망명을 신청해 현재 국내 정보기관에서 신문을 받고 있단다. 6일 박승원 상장은 이미 합심(정부기관 합동조사 신문)을 거쳐 부처별로 개별 조사를 받고 있다"며 국정원의 조사를 토대로 국방부등 관련 조사를 진행하고 있다고 밝혀졌다.

이 관계자는 "박상원의 경우 김정은 체재의 핵심인물로 현재 북한 권력구도의 변화에 대해 구체적인 조사가 상당히 진척되고 있는 것으로 안다"며 특히 국방부, 정보본부, 국군정보사령부 및 통일 관련부서의 조사 등이 모두 이루어지려면 더 시일이 걸릴 것으로 보인다고 보도했다.

또 최근 지만원 박사와 뉴스 타운이 5·18 역사 전쟁을 통해 연구 분석발표 및 보도된 '광수(5·18 광주 북한 특수군, 현재 90명이라 발표) 중 최근 러시아를 통해 탈북 망명한 제37광수 박승원 인민군 상장에 대하여 제37광수 박승원이 1980년 5월 18일 광주에 현역군인으로서 직접 참여했다는 증인 및 보도와 함께 현재는 한국에 안전하게 도착하여 국내 정보기관에서 이미 위장 탈북 등을 점검하는 합심(정보기관 합동심문)을 거쳐 부처별 개별 조사를 받고 있다'고 알려지고 있다는 것이다.

또한 제37광수 박승원 인민군 상장에 대한 정부의 조사가 모두 끝나면 조만간 공식적으로 공개 기자회견이 예상되고 있어 박승원 상장이 북한에서 가지고 온 비밀정보 내용에 따라 한반도는 물론 전 세계에 큰 충격파가 예상될 것이란다.

기자회견하면 세계적으로 충격을 많이 주는 북한 전문지 프리엔케이(free nk)에 의하면 최근 탈북 망명한 제37광수 박승원 상장에 대하여 "1980. 5. 18 광주사태시 북한군 대남 연락소 전투원 소속으로 남파되어 5·18사태에 시민군으로 참여한 경력도 가지고 있단다.

또한 1988년 10월 평양에서 열린 대남 영웅대회(인민군 문화궁전 지상에서 열렸고 지하에서도 대남 영웅대회가 열렸음)에 토론자로 출현하여 5·18 광주사태 참전의 위훈 담을 증언한 적도 있단다.

그리고 5·18 광주사태 참전 '대남 영웅들'을 기리기 위해 김정일의 지시로 제작된 '무등산 진달래'란 노래 제작에도 기여한 인물이라고 보도했다.

그동안 지만원 박사가 12년간 연구하여 발표하고 뉴스타운지가 보도한 5·18 광주 북한특수군 600명 참전 내용과 제37광수 박승원 상장이 5·18 광주 북한 특수군이란 것을 구체적으로 증명했다는 것이다.

지난 7월 3일과 4일 채널 A와 동아일보가 보도한 제37광수 박승원 상장의 탈북 망명과 신원들에 대한 내용을 모두 기정사실화했음으로 그 무렵 6월 30일 박근혜대통령이 국정원을 비공개로 방문한 것도 이 사건과 관련이 있다는 것이다.

북한 측은 박승원 상장의 탈북 망명 보도에 대해 7월 9일자로 북한이 대대적으로 나서서 남한의 보도가 샛빨간 거짓말이며 북한에 대한 모략이라고 발끈하며 박 상장은 지금도 마식령 스키장 건설을 지휘하고 있다면서 강력히 반발하고 있으나 이는 신빈 성 없는 날조라 한다.

위와 같이 북한이 제37광수 박승원 인민군 상장의 탈북 망명 사실을 반발 부정하는 이유는 그가 5·18에 대하여 이미 지만원 박사와 뉴스타운이 발표한 내용에 대하여 5·18은 전라도와 북한이 손을 잡고 일으킨 국가전복 내란의 폭동이었다는 사실이 모두 밝혀지기 때문인 것으로 국내 언론은 분석하고 있다.

만약 5·18 광주의 진실이 밝혀지고 한발 더 나아가 그동안 북한의 모든 대남적화 공작의 내용과 진실이 광주에 왔었던 북한군 현역 장성인 제37광수 박승원에 의하여 진실이 밝혀진다면 그 충격은 세계전체를 핵폭탄처럼 강타 할 것이다.

북한은 지금 이 사실을 무척 겁내고 있기 때문이다. 이렇게 되면 북한 김정은 국제형사재판소에 서게 되는 수준을 넘어 북한 현역군인 600명의 반란군 5·18 광주에 선전포고도 없이 비밀 침투를 해서 무고한 시민들 수백 명을 학살했으므로 이는 엄격한 국제법 위반으로 1급 전쟁범죄로 국제적 처벌을 받아야할 입장에 처하게 된다니 그렇다면 5,18혁명은 위장된 사실로 북한과 이적행위를 했다는 사실과 함께 폭동이요 내란이 아니겠는가? 이는 본문이 아닌 카톡에서 나온 이야기를 첨부했음을 밝힌다.

그렇다. 6·25 참전 용사나 연평 해전에서 적과 싸우다 적의 포탄에 맞아 국가를 위하여 죽은 병사들과 시위현장에서 쇠파이프에 맞아 죽는 전투경찰이나 의무경찰들까지 모두 그렇게 국가의 소모품인생으로 마구 취급되었어야 하는 건지 묻고 있다. 과연 그들은 위정자들에 의하여 쓰고 버리는 소모품 인생이던가? 그래서 아무도 모르게 왔다가 아무도 모르게 죽어야 한다는 것인가? 또 문재인 대통령을 비롯한 위정자들은 언제까지 세월호 사건에 노란 리본을 달고 다닐 것인가? 도대체 그들은 지금 무슨 생각을 하고 있는지 모르겠다. 국가수호를 위하여 적과 싸우다 목숨을 바친 전사자는 소모품 인생으로 취급하고, 반체제 운동에 참가했거나 세월호 사건 같은 경우는 국가가 책임질 이유가 없는데도 불구하고 막대한 국가 예산으로 보상차원애서 최고의 배상금을 지불해야 하는 등 영웅적 열사대우로 왜 예우를 해야 했는지, 이게 국가를 운영하는 방법에서 공평했다는 것인가 은진은 묻고 있다. 이는 모두가 국민의 혈세다. 혈세는 특정인 몇 명들이 인심 쓸 돈이 아니다. 국민의 혈세로 운영하는 국가가 엉뚱한 짓거리를 하고 있다는 것은 국가 예산 유용 죄에 해당한다. 이는 이적

행위이기도 하다. 민주주의는 안보보다 절대 상위 할 수 없고, 국민경제보다도 상위 할 수 없다. 이건 기득권자들의 권력을 지키기 위한 월권행위에 뿐이다. 촛불 집회로 대통령이 되었다고 자칭하는 문재인 대통령 같은 경우는 세월호를 추모하는 노란 리본을 3년여 동안이나 가슴에 달고 공식석상을 다니며 조의를 표했다. 당신의 부모들이 돌아가셨을 때도 과연 그랬을까 국민들은 묻고 있다? 국민의 분노를 유발시키는 행위에 대통령이 앞장섰다는 것이다. 박근혜 대통령을 구속하고 정부를 전복시켰던 사건에 국민들로부터 정당한 일이었다고 인정을 받기 위함이었을까 아니면 국민들을 사랑하는 마음이 이토록 간절하다는 마음을 전달하기 위함이었을까? 그런다고 세월호 리본을 이용했다는 사실 누가 모른다 할까? 경제공동체란 듣도 보도 못한 용어로 법을 만들어 역대 51%지지율로 당선 된 박근혜 대통령을 탄핵 구속시키고 대통령 자리를 강제로 탈취하지 않았던가? 김영삼 대통령이 두 명의 대통령을 구속 세계사 없었던 역사를 만들더니 문재인 대통령이 두 명의 대통령들을 구속시켜 세계사 역사를 기록했다. 이게 대한민국에서 그처럼도 민주주의와 인권을 외치는 사람들이 행한 투사들의 역사다. 민주주의 운동이었으니 이런 일련의 사건들은 폭거는 아니란 거지요? 그들이 독재자로 규탄하는 공화당 정부나 5공에 정부에서도 그런 짓은 아니 했다는 사실 그들은 모른다 할까?

연평 해전에 아들을 잃은 은진의 탄원이다. 연평해전은 북한을 의식한 대통령의 굴욕적인 조치였었다고 말이다. 북한의 김정일에 대한 배려로 비위를 거스르지 않는 눈치작전도 포함한다. 이렇게 타당치 않은 정부의 굴욕적인 태도는 유가족들을 두 번 울리는 꼴이 아니던가요?

정부가 국가수호를 위하여 꽃다운 젊은이들을 강제로 징집 전선에 투입해 총알받이로 세워놓고 전쟁에서 적과 싸우다 죽으면 아무런 예우도 없이 전사 처리로 외면해 버리는가 하면 부상자는 의병제대를 시켜 각자 자비로 치료를 하란다. 국가의 무관심과 냉대는 여기에서 끝나지 않았다. 연평 해전에 참가했던 대부분 부상자들은 승진심사에도 탈락해 일부 전역처리가 되었단다. 그 후유증으로 고생하는 그들은 의가사로 제대해 현재도 사비로 치료를 받고 있다고 하니 이런 불공평이 민주주의를 구호로 외치는 대한민국 정부에서 공공연히 자행하고 있다는 것이다.

국가의 운명은 군이 지킨다는 사실을 정부는 왜곡하고 있다. 군이 없는 국가가 어떻게 존재한다는 건지 그들만이 아는 다른 무엇이 있기 때문일까? 6·25 때는 나라가 가난해서 그랬다지만 현 정부에서도 전쟁에서 부상당한 군인들을 의병제대 시켰다. 집으로 가서 각자 병을 치료하라는 조치였다. 6·25 때는 국가 예산이 없었으니 그런 조치를 취할 수밖에 없었으나 지금도 그런 행태가 계속되면서 각자 책임지라는 것이다. 나라에서 책임을 안

지겠다는 것이다. 그렇게 정부예산을 알뜰하게 아낀 돈이 먼저 보는 자의 몫으로 부정이 이루어지고 있다니 정말 어처구니없는 세상이 만들어지고 있는 꼴이다.

6·25 때 포탄을 맞은 국방부 시계는 아직도 멈추어 있다는 것인가? 다른 모든 분야는 하루가 다르게 진화하고 있는데 고장 난 국방부 시계는 그때나 지금이나 변한 것이 하나도 없다는 것이 황당하지 않던가?

적에게 포탄을 맞은 해군 참수리 357호는 심한 파손으로 끝내 회복 불가능한 채 평택에 주둔한 해군 제2함대사령부에 전시물로 남아 참혹했던 제2의 연평 해전의 상흔을 말해주고 있다. 여기에 분노한 중사 한상국의 부인 김모 씨는 이런 몰염치한 국가에서 태어난 사실을 자탄하며 더는 모국인 대한민국이 싫다고 미국으로 이민을 갔다고 했었다.

그 후 어쩐 일인지는 몰라도 그녀는 현재 경기도 의왕시 지방공무원으로 재직 중에 있다니 그 경로는 모른다. 언론에서 떠들고 있으니 민주당 정부에서 수습 차원으로 뒤늦게 우는 아이에게 젖을 준 게 아닌가 싶다. 여론을 잠재우기 위하여 사탕발림으로 그랬는지도 모를 일이라는 뒷말도 들린다. 그렇다면 다른 유가족들은 어쩌란 말 개털이란 말인가?

5·18 사건이 그러하듯이 세월호 특별법도 만든다고 한다. 1.국가 추념일 지정. 2.추모공원 지정. 3.추모비 건립. 4.의사상

자 지정. 5.공무원 시험 가산 점 5~10%. 6.피해학생 전원 대입 특례 및 전형. 7.수업료 면제. 8.형제자매 전원 대입 특례 전형 및 수업료 면제. 9.유가족들 주기적으로 무료로 정신적 치료 평생지원. 10.유가족 평생 생활안정 보장. 11.텔레비전 수신료 감면 등의 내용을 담아 법으로 지정해 달라는 요청에 정부에서 어떻게 처리할 것인지 국민들의 관심이 뜨고 있다. 그렇다면 삼풍백화점 붕괴사고와 성수대교 붕괴사고 대구 지하철 사고 같은 문제는 또 어떻게 처리할 것인지 주목되는 바다. 너무도 속 보이는 민주정치를 위장한 땜방 처리가 아닌가 싶다. 동학란이 재조명되는 판에 87년 11월 29일 중동의 바그다드에서 858 KAL비행기가 한국의 근로자 95명과 승무원 20명 등 도합 115명을 태우고 우리나라로 들어오던 중 태국 뱅골만 상공에서 북괴의 공작원 신이치와 마유미(김형희) 두 명의 폭탄테러 사건에 희생된 유족들은 또 어쩔 것인가? 그때의 유가족들은 너무나도 허망했었다. 희생자들의 시신은 고사하고 유품하나도 건져내지 못한 채 슬픈 세월을 보내고 있는 실정일진데 세월호 같은 희생자들에게는 보상과 더불어 영웅취급을 해주고 누구는 개죽음으로 취급 외면한다면 이건 공평치 못한 처사가 아닌가? 정부 불만세력들이 데모만 하면 영웅 취급하는 좌파정부의 선심은 그렇던가?

  기회에 858 KAL기 폭파사건을 살펴본다. 당시 우리나라는 마침 제13대 대통령 선거를 치울 무렵이다. 후보로 5공 민정당 에서는 노태우가 출마를 했고 공화당에서는 김종필. 민주당에서는 김영삼, 평화 민주당에서는 김대중이가 출마를 했다. 개표결과 후보 난립으로 선거에서 진 야당 김영삼이나 김대중 후보는 김현희 KAL 폭파사건은 여당이 꾸민 선거용이었고 그래서 졌다고 이처럼 악랄하게 나팔을 불었다. 뿐만이랴. 공화당 3선대통령 선거 때 김대중은 공화당 후보 박정희 대통령에게 95만 표 차이로 낙선했다. 그때 김대중은 선거에서는 이겼는데 개표에서 졌다고 극렬하게 부정선거를 했다고 나팔을 불었다. 또 있다. 김대중을 태운 승용차가 광주에서 목포로 가는 도중 트럭과 충돌 김대중이 죽을 고비를 다행히 넘기고 다리를 다친 사건이다. 그때도 김대중 측에서는 공화당 정부에서 김대중을 죽이기 위하여 일부러 교통사고를 조작했다고 요란하게 나팔을 불고 다녔다. 가당치도 않은 트집이었다. 또 자유당 정권 때 일이다. 선거 도중에 신익희 후보가 호남 목포행 열차에서 갑자기 급사를 했다. 또 선거도중에 조병옥이가 폐암으로 미국의 육군병원에서 가서 수술을 받고 죽었다. 분명 이는 의료 사고였다. 그때도 야당 측에서는 이승만 정부가 그들을 암살했다고 악랄하게 소문을 크게 퍼트렸다.

망명

은진은 피를 토하는 심정으로 주치의에게 아들 형욱을 살려달라고 애원했고 죽은 뒤의 보훈처리 문제 등에 대해서도 관계기관을 찾아다니며 탄원도 해봤지만 국가의 무관심, 미온적인 태도로 얻는 것은 절망뿐이다. 찾아다니는 부처와 만나는 사람마다 '법이 그런 것을 어찌하겠느냐고 자기들은 상부에서 시키는 대로 법대로 집행할 뿐이라'고 앵무새 합창만 되풀이했다. 국방부로 찾아가면 원호 청을 찾아가 보라는 식으로 냉대 부처 간에 책임을 회피하기 위하여 타부서로 미루기 작전에 아무리 쏘다녀도 실망만 커질 뿐이다. 차라리 활복 자살을 한다면 한상국 중사 부인처럼 민주당 정부에서 보는 눈이 달라 질수도 있겠지만 내 목숨이라고 왜 소중하지 않겠는가. 이런 나라꼴이 결코 어디로 가는 가 지켜보고자 하는 오기도 가슴 속에 응고되어있다 할까.

은진의 친정아버지가 월남전에서 전사했듯이 아들 형욱도 연평해전에서 전사했다. 재혼한 엄마 역시도 형욱의 소식을 듣고 삭발을 하고는 세속을 떠나지 않았던가? 국가와 민족의 수호를 위하여 아버지도 아들도 목숨을 바쳤다. 그렇다고 남들보다 우대해달라는 억지스러운 탐욕 따위 추호도 없다. 다만 공평했으면 바랄 뿐이다. 그런데 현실은 그렇지 못해 억울하다는 것이다.

민주주의 운동이 무엇이고 반체제 운동이 무엇인지 은진은 모른다. 목소리 크다고 모든 사례가 옳은 것은 아닐 것이다. 또한 진영논리 패당 정치를 한다고 국가 발전에 기여하는 것도 아니다. 군은 국가수호를 위하여 존재한다. 국방에 의무를 가진 우리나라 젊은이 들은 국가가 부르면 언제든지 목숨 바칠 각오를 하고 있다. 국가수호의 단순하고 순수한 정신이다. 그런 판에서 민주주의가 무엇이기에 국가를 위하여 목숨을 바친 용사들보다 더 크게 우대를 한단 말인가? 그들에게 우대해주는 까닭이 법이 있어 그런다 하더냐. 분명 정부타도를 외치는 민주주의 운동이 나라를 지키기 위하여 적과 싸우는 군의 정신을 상위 할 수 있다는 것이냐? 특별법이 기본법을 상위 할 수 있다는 것이냐? 그래서 4·19가 그렇고 6·3세대가 그러했으며 5·18이 그러하고 386세대 들이 그렇다는 것이냐? 그렇다면 그들 세력이 바로 정권을 농단하고 세를 구축하고 있는 것은 아닌가? 심지어 군의 위상을 손상시키고 역사를 왜곡시키는 행위는 아니란 것이냐? 민주주의를 위장하는 좌파 세력들에게 묻는다. 조국을 위하여 군인은 명령에 죽고 명령에 국방의무 맡고 있는 그들에게는 위대한 군인의 정신이요 사명이 아니란 말인가?

당파싸움으로 일관했던 조선 오백년 역사와 민주주의를 외치는 오늘날의 정치 행태도 다를 바 없는 판국이다. 5년마다 바뀌는 정권이 민주주의를 외치는 세력들에게 짓밟혀 순수한 국민이 부당하게 피해를 보는 사례 너무나도 많지 않은가?

공관 병에게 갑질 했다는 이유로 오로지 국가수호를 위하여 한평생을 바친 4성 장군이 하루 아침에 죄를 뒤 집어 쓰고 감옥에 가는 판이다. 성폭행도 아니고 명령에 죽고 사는 군대에서 갑질이라니 당치도 않다.

어디를 봐도 이 땅에는 은진이가 머물 공평한 자리는 없는 듯 싶다. 은진은 고국이 싫어졌다. 이제 어디로든 떠나야겠다는 생각뿐이다. 그런데 막상 갈 곳이 없다. 남들은 미국에 친인척들도 많아 수시로 왕래하건만 은진에게는 그럴만한 사람이 눈을 씻고 찾아보아도 없다. 이 넓은 세상에서 한낱 미물에 불과한 내 작은 몸도 편히 머물 곳이 없다는 생각이다.

은진이 잠을 못 이루고 시름을 하고 있을 때다. 난데없이 따르릉 따르릉 전화벨이 울린다.

ㅡ여보세요?

시름이 깊은 은진인지라 전화가 와도 시큰둥할 뿐 의욕을 잃어 세상이 모두 싫어졌을 때다.

ㅡ은진이냐? 여기 일본이야.

은숙 언니! 너무도 뜻밖이다. 평상시도 가끔 생각나면 전화가 왔었다. 은진에게 외국에서 살고 있는 친인척은 오직 육촌 언니 은숙이 뿐이다. 가까운 피붙이 은숙 언니와 은진은 가끔 안부전화로 그동안 수다를 떨기도 했었다.

형욱이가 연평 해전에서 죽었다고 하니까 은숙 언니도 깜짝 놀란다. 은진에게 형욱이가 희망이었다는 사실 은숙 언니가 왜 모른다 할까? 뜻밖의 소식에 은숙 언니도 무척 가슴 아파했다. 청천벽력이 따로 있는 것이 아니었다.

은숙 언니 전화를 받고부터다. 은진은 왜 진작 은숙 언니를 생각을 못 했나 무릎을 쳤다. 은진에게 갈 곳이 생긴 듯싶다. 은숙 언니도 네 처지가 그렇다면 언제든지 찾아오라고 하지 않던가? 떠날 곳을 찾기 위하여 고심 많이 했었는데 참으로 잘되었다 싶다.

─오라버니! 나 곧 떠날 거야. 일본 후쿠시마에 육촌 언니 은숙이 살고 있다는 생각을 왜 진작 못 했는지 모르겠어. 정말 다행스럽다는 생각이 드네요…!

은숙의 청에 따라 이렇게 은진이가 고국을 떠났다. 평상시 은진은 일본을 싫어했었다. 일본인들의 야심은 자기들의 이익을 위한 일이라면 부당한 행위도 서슴지 않는다는 사실 은진이 모르지 않는다. 제 버릇 남 주지 못하고 미국을 넘보다 패망까지 하지 않았던가. 그 악령은 언제 또 되살아날지 아무도 모른다. 우리나라를 수도 없이 침략했던 나라이기도 했다. 일본은 침략만 했지 한 번도 침략을 당해본 국가가 아니다. 침략만을 일삼는 그런 일본을 세계적 야만국가로 취급 은진은 평상시도 맹렬하게 비난도 퍼부었다.

그랬던 은진이가 지금 일본으로 떠났다. 떠날 때 은진은 옷깃에 얼굴을 묻고 그토록 간절하게 많이 슬퍼했다. 설자리가 없어 고국을 떠난다 하니 왜 아니 슬프겠는가? 다시는 고국에 돌아오지 않겠다고 다짐을 하고 떠났다. 그런 은진의 손을 맞잡고 진우도 무척 가슴이 찢어지는 아픔을 느꼈다. 그때 진우의 오직 한 가지 바램이 라면 어디를 가든 이왕에 떠나는 은진에게 제발 신의 가호가 있기를 기대할 뿐이었다. 다른 어떤 무엇도 힘이 되어 줄 길이 없었으니 안타까움뿐이었다.

그렇게 떠난 은진이가 지금 태풍 노루호 쓰나미 사태로 후쿠시마에서 벼락을 맞고 있단다. 겨우 몸만 빠져나온 삶의 터전은 무섭게 몰아닥친 해일로 모두 죽음의 땅이 되었단다. 태풍과 해일이 휩쓴 삶의 터전에는 온통 건축물 잔해들만 여기저기 부서지고 꺾어지고 깨진 채 볼썽사납게 재기 불능상태로 생지옥이 되었단다.

─그렇다면 그냥 들어와야 되는 거 아니겠어?

진우는 진심으로 은진에게 물었다.

─싫어! 아무리 힘들어도 부도덕한 정치인들로 질서와 도덕이 무너진 잔인한 그 땅엔 엄마의 품속 같은 내 조국이라 할지라도 다시는 안 갈 거야.

─감당이 안 되는 세상과 맞서 버틴다고 견딜 수 있다면 모를까 그게 아니라면 자신을 자학하는 무모한 행위는 삼가야 되지 않겠어?

─아냐. 원자번호55, 기호Cs, 원자량132, 905등의 세슘이 내 목덜미를 틀어쥐고 있어 내 몸을 갉아 먹는다 해도 그리하여 내 생명 줄이 끊어진다 해도 또 내가 서 있는 땅이 일본이라 할지라

도 그냥 여기서 견딜 거야.

이처럼 지구상의 미아로 부초같이 떠도는 은진에게 진우는 할 말을 잊는다. 무슨 이야기를 한다고 은진에게 위로가 될까?

─정신이 혼미해 지네요. 오라버니 이만 전화 끊을 께요.

수화기를 내려놓는 은진과의 대화는 아쉽게도 이렇게 끝이 났다. 은진은 지금 오염된 세슘으로 몸속에 세포가 뭉텅이로 죽어 가고 있단다. 불쌍한 사람, 은진은 처음부터 불운한 운명을 가지고 태어난 가녀린 여인이었을까?

낯선 하늘 아래 낯선 땅에서 정처 없이 떠돌고 있을 은진의 남은 생애에 제발 신의 가호가 함께하기를 오로지 바랄 뿐이다.

그 여인의 탄원서

백겁百劫에(eternity) 무한無限의 공전이다. 이는 그 무엇과도 대결이 될 수없는 광음가석光陰可惜의 광대廣大한 순환循環이 아니던가? 낮과 밤으로 공전空轉하는 태양계의 범주範疇에서 지구의 탄생은 45억6천만 년이고 거기에서 인간의 탄생은 4백여만 년이라 한다. 이 같은 변화무쌍變化無雙한 대자연의 계도에 따라 조화롭게 얽혀지는 만물의 생성은 치열한 생生과 사死의 경지와 더불어 연속 진화하는 영겁회귀永劫 回歸의 매서운 세월 속에서 2021년 4월 21일 저녁 9시 50분 허승규의 인생 속에 그 운명運命의 화살이 관통하는 순간이다.

사건의 현장

꺾일 줄 모르는 무더위가 연일 기승을 부리던 하루다. 쉬쉬 헛바람만 뿜어내는 에어콘도 지친 듯 찜통더위를 식히기엔 역부족이다. 온종일 작동을 했으니 무뎌진 성능을 탓할 일은 아니겠지. 인천 J경찰서 강력계 수사팀이다. 늘 그렇듯이 잊혀질만하면 강력사건이 발생하고 있으니 역시 반갑지 않은 불청객이다. 규제가 강하다고 꼭 범죄를 예방하는 것은 아닌 듯싶다. 범죄를 쫓다 보면 별별 사건을 다 만날 수 있다지만 더러는 엽기적인 사건을 만나 수사에 곤욕을 치루는 일도 없지 않다. 작은 불씨가 큰 산을 태우듯 사소한 다툼이 큰 사건을 불러오지 않았던가? 예외라 아니할 수 없다만 이번만큼 기이했던 사건도 흔치 않았나 싶다.

불황에 코로나 질병까지 겹치다보니 사회경기가 저점을 모르고 곤두박질하는 판에 노래연습장이라고 비켜 가겠는가. 노래연습장을 찾는 고객은 1차 먹고 2차 마시고 난 다음에 흥을 풀고자 찾는 고객들이 아니던가? 그런 까닭이다. 꼭 편견만은 아닐 테지만 불황에 먹고 마셨으면 되었지 유난히 노래연습장까지 찾는다 하면 그건 낭비라 여겼기에 고객들의 발길이 뚝 끊기는 듯싶다. 불황은 우리나라뿐만이 아니라 세계적인 추세란다. 어디나 다르지 않지만 요즘의 3고 현상은 너무 심각하다 싶을 정도로 고물가, 고이자, 고환율들이 사회경제 전체를 압박하고 있다지만 인천에서는 제법 큰 먹 거리로 불리는 동네라 그런지 그래도 옆에 고기 집들도 그렇고 술집들은 여전하게 고객들의 발길이 이어지고 있으니 다 같이 불황을 겪은 것은 아니기에 그나마 다행이라 하겠다. 아무리 지방도시라 할지라도 거대 350만의 인구가 들끓는 도시에서의 먹 거리 현상답게 거리에 인파들은 불야성을 이루고 있으니 아직까지는 도시가 살아 움직이고 있음이 아니던가?

코로나 발생 진원지는 중국 우한의 어느 동물 사체 연구소로 밝혀졌다. 장기집권에 돌입한 철권통치자 중국의 시진핑은 극구 변명을 하지만 사실은 미국을 견제하기 위한 군비전쟁에서 세균전으로 대항해 보겠다는 공산주의자들의 끝없는 탐욕에서 유발한 세계적 재앙이다. 동물의 사체에서 유출한 바이러스가 그토록 빠른 번식률과 더불어 임명피해까지 상상을 초월할 만큼 전 세계를 강타 재앙을 불러올 줄 미처 몰랐다 하는 그들도 역시 당황스럽기는 마찬가지인 듯싶다. 전 세계가 몸살을 앓고 있는 현상에서 중국 자기네들 자신도 감당할 수 없으니 내심 당황하고 있지 않던가?

우크라이나 전쟁이 그러하듯이 공산주의가 지구상에 존재하는 한 인류의 평화는 없다. 여기에 우리나라 같은 경우는 화성18호 ICBM 탄도미사일을 시도 때도 없이 발사하며 남침기회를 노리는 김정은의 그런 야심에 더더욱 긴장할 수밖에 없지 않는가? 권력과 통치를 근본으로 하고 있는 공산주의자들의 기본적 이념은 투쟁과 살상이다. 불리하면 뒤로 숨고 유리하면 언제든 공격하는 게릴라 전법이 지구촌 곳곳에서 끊임없이 전개하고 있으니 말이다. 투쟁적 이념이라 할까 코로나 세균까지 생성시켜 재앙을 불러오다니 참으로 기상천외할 도전정신이라 하겠다.

코로나 발생 2년여가 지났건만 감염 율이 좀 체로 꺾이지 않는 상태에서 백신개발은 늦어만 가고 있으니 공산주의자들의 만행에 인류가 언제까지 환란에 고통을 겪어야 할까 긴장 아니 될 수 없다 하겠다. 하루가 급할 지경에서 당장이라도 항생제를 개발 퇴치코자 의학계에서는 온통 비상사태로 돌입했다지만 불길처럼 타오르는 악성바이러스를 퇴출하기까지는 요원하지 않던가? 일본의 독감백신을 아직도 개발하지 못하고 있듯이 코로나도 우리네 일상생활에서 같이 고통을 나누며 살아야 할 존재로 영원할지 모른다는 의학계의 비관적 추측까지 나오는 판이다.

여기에 지구촌의 몸살이라 할까. 근래 예상치 못했던 세계경재가 바닥을 치고 있지 않던가? 아무튼 30여년 만에 최악으로 사회불안을 가중시키고 있음이다. 불황 때마다 따라 붙는 지랄 같은 3고 현상까지 겹치고 있는 판에 자영업자들에게 지출목록 1호 임대 월세와 각종 공과금 등 연체 고지서들은 성난 독수리들처럼 줄줄이 입들을 벌리고 있으니 서민생활의 고충은 한층 가중될 수밖에 항상 겹쳐온다는 불행을 실감케 한다.

노래연습장은 허가조건부터 까다롭게 묶어놓은 영업 규제법 또한 혹독하지 않던가? 허가 조건을 비롯 시설규정을 비롯해서 운영 규제법에 따른 청소년 출입제한 법률 등이 거미줄처럼 촘촘하면서 씨줄 날줄로 얽혀져 있으니 누구도 도망을 할 수 없도록 철창같이 막아놓고 있지 않던가? 뿐 만이랴. 지킬 수 없는 법령도 그중엔 있다. 음주 운전이 그러하듯이 주류에 대하여 반입도 판매도 못하게 하는 음악산업진흥법 제22조 1항3호가 있는가 하면 제22조 1항4호는 남녀 칠세 부동석으로 묶어놓고 위반시 법 제27조 1항 5호로 철퇴를 하고 있지 않던가? 성매매를 하는 것도 아닌데 노래방에서는 남녀 불문하고 접대부를 고용 및 알선을 금한다 했다.

이해관계하고는 상관이 없는 불특정 인물을 다치거나 죽이고자 고의적으로 음주운전을 하는 주객은 어느 누구도 없다. 어느 순간에 긴장을 늦추다 보면 음주를 하게 되고 설마하다 보면 사고가 발생한다. 더구나 우리나라 음주문화는 권하는 맛에 거절하지 못하고 받아 마시다보면 그게 음주운전이 된다. 그러나 노래방에서는 술을 마셨다 해서 성폭력이나 또는 화간도 할 수가 없다. 주위가 모두 노출되어 있기 때문이다. 또 술이 있으면 짝이 있어야 하는 것은 인간 어울림의 문화요 사랑의 문화다. 이는 어떠한 무엇도 상위할 수 없는 개인적 권리이기에 저마다의 사람들은 그 자유보장을 누린다. 이는 누구도 억제할 수 없는 자유이기도 하다. 불구하고 이를 당국에서 억제하는 것은 성매매를 사전 예방하기 위한 방법이란다. 호미로 막을 둑을 가래로 막겠다는 엉뚱한 발상이다. 헌데 좋은 의미에서 음주를 했다 해도 실수로 남에게 해를 가할 수 있고 장소와 분위기 따라 남녀 간에 어울리다 보면 성폭력을 비롯 범죄행위가 이뤄 질 수도 있다지만 노래연습장에선 실수든 고의든 그런 사고는 절대 발생하지 않는다. 그런데 당국에서는 이런 나쁜 규제법을 만들어 놓고 처벌을 일삼는다. 노래방 문화는 일본으로부터 시작되었다. 그럴 진데 우리나라와 같은 규제법은 일본엔 없다. 술도 마실 수 있고 접대부를 고용이나 알선을 자유롭게 자행할 수 있다는데 우리나라 법은 이를 규제하면서 큰 사고가 발생할 수 있도록 위험성을 내포하고 있다.

잔인할 정도 안양에 있었던 노래연습장 살인 사건이 발생했듯이 현실적으로 제2제3에 사고가 계속 이어질 것으로 예상되는 바다. 현실적으로 지켜질 수 없는 규제법이 업주들을 압박하고 있기 때문이다. 그렇다. 예상했던 대로다. 인천의 P노래방에서 발생한 토막살인 같은 사건도 노래연습장 규제법과 무관치 않다.

사건은 단순한 다툼에서 시작되었다지만 토막 살인으로서 엽기적이었다는 것이 사회적 흐름과 맞지 않는 지나친 규제법으로 인한 예상된 사건이었다.

제한 영업시간을 지켰느냐 안 지켰느냐? 또 마스크를 착용했느냐 아니했느냐, 거리두기를 했느냐 안 했느냐 등등, 코로나로 인해 중앙대책본부에서는 강하게 날만 세우면 자연적으로 예방이 되는 것처럼 당국에서는 착각들을 하고 있다. 또한 이것들이 영업을 하는 업주들에게 절대적 위험요소가 되고 있다는 사실을 모르고 있었기에 이와 무관치 않게 P노래방 토막 살인도 발생을 했다. 원인을 찾자면 바로 여기에서 비롯되었다는 것을 모르는 척 하고 있기에 그게 업주들에게 역린逆鱗을 달아주는 꼴이 되었다는 사실을 까마득히 모르고 있다는 것이 유감스럽다. 용의 턱 밑에는 거꾸로 달린 비눌 있다. 용에게 그 비눌은 생명과 같이 소중한 존재요 대신 그 역린은 분노도 가지고 있다. 아무리 순한 용 龍도 그 역린을 건드리는 자에게는 누구든 간에 잔인할 정도로 죽인다고 했다. 한비자에서 나온 이야기로서 노래연습장 업주들이 바로 그 역린들을 목에 지니고 있다 할까. 그게 또한 업주들에게 큰 불행을 자초한다. 누구든 그 역린을 건드리면 노래연습장 업주들은 분노를 터트린다. 이번 사건을 일으킨 허승규가 바로 그 역린의 본보기가 되었다면 과한 표현이라 할까?

규제법이란 통치 수단의 일원이라 어쩔 수 없다며 오히려 당국에서는 칼춤까지 추고 있으니 그 칼날 앞에서 이 같은 강력사건은 앞으로도 속출할 것이다. 거기에 맞장구치는 양아치들이 어설프게 끼어들다보니 역린의 대상은 바로 이자들에게서 발동한다. 양아치들은 생업에 종사하는 업주들에게 항상 기생충 대상이기에 그렇다.

숭어가 뛰니까 망둥이까지 뛰는 꼴 그 규제법에서 언제나 어설픈 양아치들이 한술 더 뜨고 있다. 위 규제법을 들추며 업주들의 위반행위를 경찰 컨트롤타워 112로 신고를 하겠다고 협박하는 행위다. 그럼 업주들은 갑자기 미칠 지경으로 분노가 폭발한다. 그게 업주들의 역린이다. 그런 줄 모르는 양아치들은 밑져야 본전 아니면 말구 식으로 장난도 아닌 행위로 꿩 먹고 알까지 먹자 하니 참으로 목불인견目不忍見이라 하겠다. 도우미와 술을 제공받아 밤새도록 진탕 즐기고 나서 신고하겠다고 업주에게 공갈협박을 하니 이런 행위가 가관이 아니고 무엇이랴. 심지어는 삥땅까지 뜯어간다. 그러니 얼마나 재미 들린 수작이겠는가? 이런 행위가 한 번으로 끝나는 것도 아니고 한번 재미를 보고 나면 상습이 된다. 노래연습장은 시내 곳곳에 얼마든지 많다. 이들에겐 정말 좋은 먹잇감이다. 그렇다고 업주들이 장마다 꼴뚜기는 아니다. 그런 양아치들은 반드시 임자를 만나게 된다. 그게 바로 안양에서 발생했던 엽기적 살인사건이요 이번 인천에서의 P노래방 토막살인 사건이 된다.

죽을 놈이 스스로 무덤을 판다고 했다. 죽을 짓을 해서 죽는다. 얼마나 큰 불행을 자초하는 일이던가? 죽을 만큼 양아치들은 큰 착각을 하고들 있다.

안양에서 사건이 그렇지만 인천의 P노래방 사건도 다르지 않다. 대포 치는 양아치들에게 업주가 주먹이 세면 상황은 달라진

다. 작은 시빗거리가 큰 다툼으로 커진다. 그럴 때의 놈은 죽을
수도 있다. 누구는 그런 사소한 시비로 사람까지 죽였다고 혀를
차겠지만 역린을 가진 업주들의 분노는 죽일 수도 있다는 것이
다. 또 죽을 짓을 한자는 당연히 죽어야 했다고 업주들은 받아들
인다. 행정당국 통치자들이 이를 방관하고 있으니 언젠가는 제2,
제3 사건으로 연달아 발생할 것이란다. 분명 노래연습장에는 잘
못된 규제들이 판을 치고 있다.

그렇다. 인천 P노래방 업주 허승규는 주먹이 있는 자였다. 주
먹은 언제나 법 앞에 있다. 또 주먹은 불의를 참지 못한다. 숱한
폭행사건은 그래서 저질러진다. 때문에 노래방에서 일어나는 이
런 폭행사건들은 당해보지 않은 사람들은 모르지만 업주들은 잘
알고 있다.

2021년 6월 10일이다. 연합뉴스를 비롯 각 신문과 방송국들의
저녁뉴스가 약속이나 한 듯이 일제히 포문을 열어 시청자들의 눈
살을 찌푸리게 했다. 같은 살인사건이라 할지라도, 더구나 취재
진들의 호들갑으로 시청자들은 더욱 경악을 금치 못했던 사건뉴
스였다.

사체를 여섯 토막으로 낸 살인 사건이란다. 뉴스를 보는 시청
자들까지 오싹 소름이 끼치도록 속보로 영상을 온종일 뜨겁게 달
구지 않았던가? 범인은 사건 당사자 P노래방 업주 허승규로 밝혀

졌단다. 사건의 담당자는 인천 J경찰서 형사강력계 김지훈 팀장이 밝혀낸 수사 성과였다.

처음엔 사소한 시비에서 시작된 사건이다. 위기의 순간에서 당사자 간 담배 연기 한 모금 내 뿜을 만큼만 여유를 가졌다면 이런 엄청난 사건은 사전 예방할 수도 있었을 텐데, 당장 폭발하는 분노를 억제하지 못해 일어난 사건으로서 주검을 부르게 되었다. 졸지에 한 사람은 주검을 불어왔고 한 사람은 살인자가 되었다.

사건의 발생은 21년 4월 21일 저녁 9시 50분경 인천시 중구에 위치한 P노래방이다. 코로나 중앙안전대책 본부에서 제정한 임시조치법에 의한 영업 제한 시간은 22시로 당시 정해져 있다. 그 시간 10분 전이었다. 40대 중반으로 보이는 남자 두 명이 업소에 들어오면서 사건이 발단 되었다.

P노래방 업주 허승규는 오후 다섯 시경에 가게 문을 열었는데도 그들이 첫 손님이다. 요즘 따라 고객들의 발길이 뚝 끊긴 상태 그림자도 얼씬거리지 않아 오늘도 공쳐야할 판이었다. 코로나 감염률이 하루 사이에 30만 명을 웃도는 심각한 상황에서 어쩔 수 없는 당국의 시책이 아니던가? 중앙대책본부에서의 시행령에 따라 유흥업소 영업시간을 밤 열시까지 제한하고 있다.

영업주 허승규는 이미 업소에 간판 불까지 끄고 막 철시를 준비하고 있을 무렵이다. 하필 그때서야 40대 중반 남자 고객 2명이 현관문을 밀치고 들어오지 않던가?

－영업시간이 지났습니다. 다음에 오시지요?

업주가 고객들에게 난색을 표명하며 거절을 하자

－10분이나 남았으니 지금부터는 간판 불 끄고 영업하면 되겠네?

영업 방법까지 일러주며 고객들은 거리낌도 없이 고집을 부린다.

－위법행위는 삼가 해야죠?

정부가 발의한 제반 규제법에 복종하는 것은 국민 모두의 사회적 질서다. 업주는 난색을 표명하며 정중하게 거절을 했다. 당연한 처사였다.

－혼자 똥고집을 부린다고 사회질서가 바로 선답니까? 나름대로 다들 눈치껏 영업을 하는 판에 이 업소만 정직한 척 행세를 한다고 사회가 깨끗해지느냐 말입니다.

고객은 빈정거리며 고집을 꺾지 않았다. 그렇기는 하다. 정상적인 영업시간대도 아니라서 이제부턴 제한 시간이니 영업을 끝내야 마땅하지만 고객의 말처럼 혼자 지켜야 할 법은 아니다. 단호하게 거절하지 못한 이유라면 첫 손님이라서 그랬다. 한 팀이라도 받는다면 어제와 같이 공치는 일은 없을 것 같은 아쉬움도 있었다. 고객 스스로가 간판 불을 끄고 영업을 하자는데 업주가 부득이 고집부릴 일은 아닌 듯싶었다. 두려운 감도 없지 않았지만 마음이 흔들린 탓에 그들을 돌려보내지 못했다. 영업시간을

어졌다고 꼭 적발된다는 보장도 없지 않았다. 잠시 망설임 끝에 그들을 받았지만 한편 조심스럽기도 했다. P노래방은 삼 개월 전에 이미 1회 적발된 업소다. 규제법에는 누진 죄가 성립된다. 그게 더 두려운 존재다.

1차 단속 된 그날은 참으로 운수가 나빴었다. 고객들은 저녁 9시에 업소에 방문했었다. 제한시간 10시까지는 한 시간 여유가 있었다. 한 시간만 조용히 놀다 가겠다고 약속해서 안심하고 받았다. 그런데 그런 시간 약속이 영업주의 요구대로 딱딱 끊어지는 게 아니었다. 물론 10시 정각이 되자 약속대로 고객들과 영업은 끝을 냈다. 간판 불은 모두 껐다. 그렇지만 영업장 안에 고객들이 있으니 출입문까지 잠그지는 못했다. 영업주는 고객들과 계산도 끝나지 않았고 또 고객들은 남은 술은 마시고 가겠다고 미적거리고 있을 때다. 도우미들도 손님으로부터 봉사료를 받아야 준다. 이렇게 여러 가지 챙기다보니 어차피 시간은 지연될 수밖에 없었다.

그렇게 우물쭈물하는 사이에 영업시간은 30분이 경과 되었다. 고객들도 도우미들도 모두 영업장 룸에서 늦장을 부릴 때다. 하필 그 시간에 사복단속이 들이닥쳤다. 물론 불시검문이다. 구청 문화예술과 직원 2명과 함께 경찰 합동 단속이다. 업주로서 지금 막 영업은 끝낸 상태라고 변명을 했다지만 단속반원들은 단호했다.

시간외 영업에다 도우미 알선과 주류 판매까지 몽땅 적발하지 않던가? 그중에서 도우미 알선죄만이라도 빠져 보려고 동행 손님이라고 변명도 해보았지만 손님과 도우미들에게 신분증 조사까지 철저했다. 고객들과 도우미들의 성명 등 인적 사항을 확인하는 날선 질문에 즉석에서 거짓말이 들통이 나고 말았다. 공적 업무를 집행하는 단속 반원들에게 서툰 변명이 통할 리가 있었겠는가? 영업 위반으로 여지없이 적발되었다. 그렇지 않아도 업주들이 시간 외 영업을 한다고 경찰들이 불시에 검문 검색하는 장면들을 매시간 뉴스 때마다 TV 영상을 통하여 보여주지 않던가? 아무튼 쫓고 쫓기는 현장에서 전쟁을 방불케 하듯 검거 단속하는 장면들은 시청자들의 눈살을 찌푸리게도 했었다.

시간외 영업과 도우미 알선, 주류 판매까지의 처분 결과는 혹독했다. 검찰에서 과태료 350만 원과 구청 문화예술과에서 45일 영업정지 명령은 법에서 규정하는 바대로 집행되었다. 무엇보다도 영세상인 손실보상금 정부지원 대상에서도 제외될 판이다. 업소로서는 치명타였다.

물론 졸지에 어쩔 수 없었다하겠다지만 당하는 입장에서는 너무 타격이 컸다. 노래연습장에서는 절대 성매매를 해서는 안 된다는 예방법을 적용했기에 규제법이 엄격할 수밖에 없었다고 입법부의 변명이다. 아예 전문적으로 간판 불을 끄고 몰래 영업하자면 미리 준비를 한다지만 서툰 도둑 첫날밤에 들킨다고 P노래방이 그랬다.

그러나 P노래방 영업장은 그들과 같이 미필적 행위가 아닌 우연이었다. 고객들이 늦장을 부리는 바람에 재수 없게 적발된 것이다. 억울하다고 항변도 했다지만 법은 법으로서 존재할 뿐 타협은 없다고 아주 엄격했다.

P노래방 영업주는 이렇게 1차 적발이 되었고 이렇게 처분을 받은 영업장이다. 그렇다면 거기에 상응하는 간접 피해 또한 크다. 45일 정지기간 동안 영업을 못하는 피해와 함께 시설비(즉 업소 권리금)가 40%로 뚝 떨어진다. 두 번 적발되면 아예 권리금은 없어지고 3번 적발되면 아예 영업권 회수다. 또 2차 피해를 막기 위한 방법에서 조심스럽게 영업을 하다 보니 평상시보다 매상이 30%가 떨어진다. 아무튼 눈덩이처럼 알게 모르게 불어나는 피해가 너무 크다보니 어쨌든 단속은 피해 가야했다. 후회가 막심했다.

불황에 더구나 코로나 단속기간에 처분을 받고 보니 영업주로서는 난감할 수밖에 없었다. 불구하고 2차 적발되면 P노래방 영업장은 과중 처벌 대상의 업소가 된다. 조심 아니할 수 없는 처지에서 영업을 하니 요즘 따라 신경과민 상태다. 조심하고 또 조심할 수밖에 다른 방법은 없다고 다짐을 하면서도 또 영업을 해야 생계를 유지할 수 있으니 손님을 아니 받을 수 없고 요즘 걱정이 태산이다. 할진데 영업주의 이런 사정을 고객들이 알 턱이 없지 않는가?

―다들 문 닫고 영업을 하는 판에 뭐가 곤란해요?

퉁명스런 고객의 말투다. 이 업소만 유난을 떠다는 태도 노래방에 약점을 훤히 꿰고 있었다. 하긴 고객의 말도 틀린 말은 아니다. 대부분 업주들은 요령껏 영업들을 하고 있다. 그렇다. 코로나 관계는 요즘 정부에서도 쉽사리 감당이 안 되는 대책 부재상태로 골머리를 앓고 있는 사태다. 일관성이 없는 행정에 업주도 고객들도 마찬가지 어느 장단에 춤을 춰야할지 헷갈린다. 사전 예방에 실패한 재난대책중앙 본부의 방침은 철저하다. 거기에 영업을 제한받는 소상공인 자영업자들만 어려움을 격을 수밖에 없다. 아무튼 요즘 같은 때 적발되면 용서가 안 된다는 것 영업주들이 모르는 바 아니나 그렇다고 들어온 첫 손님을 거절하기도 쉽지 않다. 꼭 적발된다는 보장도 없다. 또 이들이 오늘의 첫 번째 고객이요 마지막 고객이기도 하다. 앞으로 고객이 더 올 시간이 아니다. 생업이 아닌가? 구더기가 무섭다고 장을 못 당궈서야 되겠는가? 요즘 따라 손님들은 늦게 든다. 이마저 거절한다면 아예 영업을 포기할 일이 아니던가? 그게 하루 이틀 겪어야 할 일도 아니다. 매일 공처서야 생활은 어떻게 하구?

망설임 끝에 업주는 고객들을 룸으로 안내했다. 나만 규제법을 잘 지킨다고 사회가 잘되는 것은 아니란 생각도 든다. 그렇다고 코로나를 방지하는 것도 아니고 사회가 올바르게 가는 것도 아니다. 이는 살기 위해 요령껏 영업할 수밖에 없다는 생각이다.

어쩌겠는가. 이래도 죽고 저래도 죽기는 마찬가지다. 법은 주먹 뒤에 있다하듯이 단속법은 뒤에 있으니 무사히 넘어갈 수도 있다.

그렇다고 생업에 위협을 받고 있는 처지에서 시간 외 영업이라고 첫 손님을 그냥 보내기란 아쉬움이 컸기 때문이다. 생업이 우선이라는 신조로 설마 하는 기대감에서 업주 허승규는 손님을 일단 룸으로 안내를 했다. 먼저 선금 30만 원을 받은 뒤 영업장 출입문을 아예 걸어 잠궜다. 간판불도 모두 끈 상태다. 30만 원은 두 시간 영업비. 그 중엔 도우미의 봉사료가 16만 원이다. 시간당 4만 원씩이다. 나머지 14만이 영업주의 매상이다. 배꼽이 더 큰 장사다. 오늘은 이 손님들 한 팀으로 만족해야 판이다.

다행이 선금 30만 원에 대한 두 시간 영업은 무사히 끝이 났다. 업소에서 그들이 끝난 시간은 0시 50분쯤이다. 두 시간 동안 계산이다. 이도 약속이니 일행 중 한 사람은 집에 간다며 업소를 나갔다. 일차 계산도 그가 하지 않았던가?

그런데 나머지 고객 한 명은 성이 덜 풀렸던 모양 부득불 도우미와 술을 마시며 두 시간을 더 연장을 하겠다고 고집을 부려 결국 그렇게 그는 도우미와 두 시간을 더 놀았다. 거나하게 취한 상태에서 고객은 그때야 집에 가겠다고 룸에서 나왔다. 물론 추가 요금이 발생했다. 먼저 선금처리를 안 했던 것이 불찰이다.

업주 허승규는 손님에게 추가요금 15만 원을 요구했다. 그중에는 도우미 봉사료만 8만 원이다. 업주의 영업 매상은 7만 원이다. 자료 값을 빼면 영업주의 마진은 더 줄어든다. 그러자 손님은 무슨 술값이 이렇게 비싸냐고 발끈한다. 업주가 계산서를 내밀며 조목조목 설명하자

－이것 밖에 없어.

고객이 지갑에서 꺼낸 돈은 2만 원 뿐 그리고는 지갑을 툭툭 턴다. 더 이상 돈이 없는 걸 어떻게 할 거냐는 식이다. 돈이 없으니 2만 원으로 퉁 치자는 배짱이다. 그렇다고 업주가 포기할 수도 없는 노릇 아닌가? 위법을 하면서까지 애써 영업을 했지만 추가 요금을 받아내지 못하면 오늘 영업은 헛장사를 한 셈이다. 나머지 13만 원이면 마진을 넘어 일부 본전까지 까먹는 액수다. 일차 30만 원 선금도 일행 다른 사람이 계산을 하지 않았던가? 고객은 무일푼으로 객기를 부리는 태도다. 아니꼽지만 뒤틀리는 심사를 억제하며 13만 원을 더 내라고 손님에게 요구했다.

－돈 없어.

거나한 술 기분에 아주 퉁명스런 태도다.

－그럼 카드라도 결제를 하시지요?

요즘 한두 개 쯤 카드를 소지하지 않은 고객이 어디 있다 하더냐?

－카드가 어디 있어!

똥 싼 놈이 오히려 큰소리친다고 언성이 높아지는 고객이다.

그렇다면 돈도 없이 더구나 연장 시간까지 고의적 행위로 대포 치러 왔다는 것인가?

　ㅡ그럼 어떻게 하자 구요?

　ㅡ나중에 주면 될 거 아냐.

　ㅡ그렇게는 안 됩니다.

　생면부지에서 외상을 하잔다. 그건 계산을 안 하겠다는 배짱이다. 도우미와 술값 외상 하고 나중에 갚는 고객이 어디 있더냐?

　ㅡ불법하는 주제에 안 되면 어떻게 하겠다는 거냐.

　빈정거리듯 고객의 불쾌한 언사다. 그러면서 바지 뒷주머니에서 핸드폰을 꺼내들며 바짝 턱을 쳐들고 업주에게 한발 다가선다. 경찰컨트롤 타워 112센터로 불법 영업을 위반 했다고 신고를 하겠다는 행위다. 범죄 112 신고는 영업주의 아킬레스가 아닌가? 말만 들어도 소름이 돋는 일이다.

　고객의 그런 태도에 업주는 가슴이 섬뜩 하다. 조용히 끝날 것 같지가 않았다.

　ㅡ외상은 안 됩니다.

　업주 허승규도 단호하게 맞섰다.

　ㅡ저리 비켜, 나, 갈 거ㅡ야.

　버럭 화를 내며 고객은 오른팔로 업주의 가슴을 툭 떠밀며 출입구 쪽으로 몸을 돌리며 핸드폰 뚜껑을 연다.

　업주는 확 눈에서 불이 난다. 그래도 일단은 참아야 했다.

─그러지 말고 계산을 하세요?

─알았다─구, 줄 거야.

역시 게걸대는 소리다.

─우린 외상 안 합니다.

뒤집히는 가슴을 억누르며 허승규는 고객을 달랬다.

─돈이 없다는데 왜 자꾸 귀찮게 굴어, 이 친구야.

그러는 고객은 문을 밀고 밖으로 부득부득 나가려 든다. 막무가내다.

─계산은 하고 가야지요?

허승규의 억양도 어느덧 날카로워졌다.

─돈 없다는 데 자꾸 귀찮게 굴 거야.

술에 취한 척 고객의 태도는 안하무인으로 가슴을 내밀며 게걸댄다.

그렇다. 노래방 손님들 대부분이 도우미를 붙어놓고 노래를 부르며 시간 가는 줄 모르고 기꺼이 놀고 나서 계산할 때는 엉뚱한 소리로 트집을 하는 것은 수작이다. 112신고를 하겠다고 고의적 행위로 협박을 하는 양아치들 많다. 불법 영업행위에 약점을 들추는 식이다.

업주 허승규는 부득부득 나가는 손님의 앞을 가로막았다.

─너 죽고 싶냐, 경찰에 신고할─까?

이제부터 고객은 근성을 드러낸다. 많이 해본 수작이다.

―이거 시간 외 영업위반과 감염 예방법은 물론 도우미 알선과 주류 판매까지 경찰에 신고를 해도 괜찮겠다는 태도구만….

노골적으로 으름장이다. 양아치들의 근성이 여실히 드러나는 태도다. 여기에 업주 허승규는 아찔 분노가 치민다. 신고를 한다니까 신경이 발작을 한다. 이성 따위는 이제 허승규도 잃고 있다. 드디어 업주 허승규의 분노가 폭발 직전이다. 어떻게 하든 꾹 참고 사정도 해보고 달래도 보았지만 고객의 태도는 달라지지 않았다. 뒤틀리는 감정을 움켜쥐고 허승규는 고객의 태도를 주시했다. 손님을 달래서 추가요금을 받아내는 것이 상책이지만 그래서 비위가 거슬려도 참는 것이 최선의 방법이라 했지만 타협은 물 건너간 것이 아닌가. 추가요금 13만 원은 영업주에겐 소중한 매상이다.

―못 주겠다구, 이 자식―아. 이거 바가지 아―냐? 술값이 왜 그렇게 비싸―아, 신고해도 좋다는 거야 뭐―야?

고객은 112신고를 하겠다고 그래야 이것들이 정신을 차린다고 조롱까지 하며 허승규의 어깨까지 툭툭 건드린다. 사실 업주는 감염 예방법을 위반하지는 않았다. 고객이 업소에 들자 먼저 업주는 QR 코드를 찍었으니 그건 걱정할 것은 없으나 그런데 경찰이 출동하면 시간 외 영업과 도우미 알선과 주류 판매가 문제될 판이다.

위에서도 밝혔듯이 P영업장은 시간 외 영업과 도우미 알선으로 이미 당국에 적발이 된 상태다. 2차 적발이 되면 불법 영업에 대한 정부의 처분방침이 과중된다. 아무튼 1차 적발 된 지 3개월 이 채 안 된 상태에서 또다시 이런 사태를 맞고 있으니 너무도 절 박했다.

—손님 왜 그러세요?

또 한 번의 인내로 사정을 했다. 어떻게 하든 좋게 해결을 해야 한다는 생각이 우선했기 때문이다.

—너는 싸가지가 없—어.

서슴없이 고객의 욕지거리가 터져 나온다. 아무리 달래도 소 용이 없었다. 맛 좀 보라는 듯이 고개를 뻣뻣이 세우고 영업위반 을 들추며 기어코 신고하는 게 아닌가? 차라리 미친 개 한테 물린 셈치고 돌려보냈어야 옳았다. 장삿속에서 설마 하다가 화를 부른 꼴이다.

—여기 P노래방 입니—다. 시간 외 영업과 도우미 알선으로 신 고할—께—요?

술김에 게걸대는 놈은 기어코 112와 통화를 했다. 기필코 술값 잔액 13만 원이 두 사람의 운명선을 넘고야 말았다. 고객은 객기 로 심술을 부렸던 것이 죽음을 부른 꼴이다.

마침 112상황실에서는 게걸대는 취객의 신고 소리를 정확하게 알아듣지 못하고 거기가 어디냐고 재차 물어보며 장소 위치를 확 인하는 순간에 전화가 끊겼다. 그러나 P영업장 소리는 분명하게 청취를 했던 모양이다. 놈의 112신고로 허승규는 드디어 정신이 아찔했다. 신고까지 했으니 경찰은 분명 출동할 것이 뻔했다.

─저리 비켜 이 새끼야!

적반하장 고객의 높은 언성이다.

─못 나갑니다.

─이것들 봐라! 그냥 봐 둬서는 안 되겠구─먼?

다시 112신고를 하겠다고 놈이 전화기를 들먹거릴 때다. 허승규는 얼른 놈에게서 전화기를 나꿔챘다. 그러자 전화가 불통이 되었다. 고객에게서 전화기를 뺏는 데는 그리 어렵지 않았다. 대개 대포 치는 양아치들이 그러하듯이 고객도 당당한 체격을 갖고 있는 소유자였으나 허승규도 만만한 상대는 아니었다.

그러자 고객도 질세라 허승규에게 맞서 밀치며 달려드는 꼴이 만만치 않았다. 역시 노래방에서 행패부리는 놈들 치고 주먹 없는 놈 없고 불량기 없는 놈 없었다. 언제나 힘 게나 쓴다는 놈들이 힘자랑을 했다. 그러니까 노래방 업주들은 양아치들에게 당할 수밖에 없다. 업주는 무전취식으로 놈들을 경찰에 신고를 하는 방법이 있다지만 그건 놈들에게 대항능력이 못 된다. 무전취식은 경범죄에 해당되니 그것으로 행패를 막을 수가 없다. 또 그건 화약을 지고 같이 불에 뛰어 들어가는 꼴이다. 당국의 처분이 업주들에게 더 혹독하니 차라리 양아치들과의 타협이 현명했는지 모른다.

왜냐하면 양아치들에게 당하는 것이 당국에서 처분을 받는 것보다 훨씬 싸고 간편하니까 기분은 찜찜해도 차라리 타협하는 것이 현명한 방법이 되었다. 노래방 업주들은 대부분 여자들이다. 서비스 업종들은 대부분 여자를 앞세워 장사를 하지 않던가? 양아치들은 그런 업주의 취약점을 잘 알기에 행패들을 부리며 공갈협박을 일삼는다. 그러니까 노래방을 찾아다니며 그런 수법의 무전취식으로 재미를 보는 양아치들이 점점 늘어나면서 극성을 부리지 않던가? 후에 알게 된 일이지만 이 자 역시도 마찬가지 양아치로 업주들에게의 단톡 방에 오른 자였다.

그때다. 분노를 참지 못한 허승규는 눈이 확 뒤집히면서 달려드는 고객의 오른손 주먹을 왼손으로 막고 오른손 주먹으로 놈의 머리통을 내질렀다. 그게 관자놀이 급수였다. 순간 놈은 그 한 방으로 바닥에 팍 고꾸라지는 게 아닌가? 그리고는 그 자리에서 잠시 꾸물럭 대더니 미동도 하지 않았다. 홀 바닥에 널브러진 상태다. 허승규 자신도 흥분을 한 상태라 상황판단이 안 될 때 순간 주먹이 나갔지만 놈이 고꾸라지면서 더 이상 구타는 없었다. 성질 같았으면 작살을 낼까도 했지만 그렇지만 참았다. 놈이 일어나지질 못하고 있지 않는가? 외부 충격에 의한 놈의 뇌사 상태란다.

차츰 가늘어지던 고객의 숨소리가 뚝 그치지 않던가? 당황한 허승규는 고객의 몸뚱이를 흔들어 깨워보기도 했다지만 미동이 없다. 울컥 겁이 난 허승규는 부랴부랴 내실로 끌어들였다. 그랬어도 놈은 미동도 하지 않았다. 이미 고객은 숨을 거둔 상태다. 당장 무얼 어떻게 해야 할지 대책이 서질 않았다. 미동도 하지 않는 놈을 허승규는 방으로 끌어들여 이불로 우선 덮어놓고 사람이 자고 있는 것처럼 위장을 했다. 신고를 받았으니 경찰이 곧 들어닥칠 시간이다. 무얼 어떻게 해야 할지 그때부터는 제정신이 아니었다.

실랑이 한 지 30분 정도 경과가 되었을까 정복 경찰 두 명이 업소에 들이닥쳤다. 나중에 안 일이지만 신고자의 말소리가 정확하지를 않아 전화 위치추적을 하노라 출동시간이 늦었단다.

ㅡ지구대에서 나왔습니다. 112 신고를 한 사람이 누구십니ㅡ까?

영업주 허승규 앞에 경찰이 다가섰다.

ㅡ신고한 사람이 누구지요?

재차 묻는다.

ㅡ부득불 도우미를 불러달라는 고객과 약간의 시비는 있었지만 그냥 돌아갔습니다.

허승규는 이렇게 대충 꾸며댔다.

허승규의 설명을 들은 경찰관들은 실내를 대충 훑어보고는 묻는다.

ㅡ그럼 별일 없는 거지ㅡ요?

마침 내실에 이불을 둘러쓰고 있는 사체는 들추지 않고 넘어 갔다. 업주의 가족 한 사람이 잠을 자는 것으로 착각을 했던 모양 이다.

－그렇습니다.

언 결에 허승규는 이렇게 둘러댔다. 출동한 경찰들은 더 이상 별다른 혐의점을 발견하지 못했던지 영업 허가증과 영업주 인적 사항과 연락처를 수첩에 메모만 하고는 그냥 돌아갔다. 한숨을 돌린 허승규는 우선 출동한 경찰관들을 따돌리기는 했다지만 고 객의 사체를 두고 고민을 아니 할 수 없었다. 자수할까 아니면 숨 겨야 할까 허승규는 수없이 고민했다. 그게 쉽게 결정할 문제는 아니었다. 그렇다고 어떤 묘안은 따로 없었다. 범죄를 저지르고 남들은 잘 들도 숨어 다니지만 막상 닥치고 보니 너무도 막연했 다. 새벽녘까지 혼자 고민을 하던 허승규는 이튿날 오후 6시 24 분 경이다. 인근 슈퍼에서 세제 1통 14리터짜리와 75리터짜리 쓰 레기봉투 10장과 테이프 2개를 구입했다.

허승규는 P영업장 앞 고기 집의 외부에 설치된 CCTV가 꺼림 칙한 면도 없지 않았지만 4월 24일 결심이라도 한 듯 내실에 감 춰두었던 시신을 영업장 화장실로 옮겼다. 자수할까 생각도 해 봤지만 알리바이가 잘만 맞아 떨어지면 화성연쇄 살인사건에 이 춘재 같은 사건도 그렇고, 대구에서 있었던 개구리 소년사건처럼 미제사건으로 묻어갈 수도 있다는 희망이 생겼다. 그러자 허승규는 숨기는 것도 하나의 방법이 될 수도 있다고 마음을 굳히면서 그게 제일 상책이라고 결론을 내렸다.

쓰레기봉투에 시신을 싸매고 박스에 담고자 했더니 그냥은 도저히 감당이 안 되었다. 화물을 최대한 간편하게 꾸미려면 우선 팔다리를 모두 잘라야 했다. 목도 잘라냈다. 그러고 보니 시신이 여섯 토막으로 분리가 되었다. 사체를 유기하면 범죄가 더 커진다는 사실에는 전혀 생각지를 못했다. 그저 숨겨야 한다는 데만 집착이 쏠렸다.

고의적으로 살인을 한 것도 아니었고 일부러 사체를 분리코자 한 것은 아니었다. 다만 간편하게 시신을 숨기려고 하다 보니 그렇게 되었다. 혼자 사체를 통째로 처리하기란 화물이 너무 커서 주체하기가 어려웠다. 달리 처리방법이 없다는 단순 생각뿐이다. 사체처리에 가장 쉬운 방법을 찾는다는 것이 팔다리를 모두 절단을 한다는 것 외에 별다른 묘안이 없었다. 그게 가장 쉬운 방법이라 여겨졌다. 악의가 있어 그처럼 잔인하도록 사체를 여섯 토막으로 훼손처리 한 것은 절대 아니었다. 허승규의 어쩔 수 없었던 무지가 그런 못된 짓을 저지르게 되었다. 얼마나 무서운 법이 지켜보고 있는지 허승규는 미처 깨닫지 못했기 때문이다. 결코 지혜로운 방법이 아니었다. 세상에서 가장 무거운 죄를 스스로 걸머지고 불 속으로 뛰어든 셈이다.

사체를 여섯 토막으로 난도질한 후에 이를 비닐봉지에 쌓아서 허승규는 자신의 승용차에 싣고 유기장소로 이동했다. 화물은 인천 가좌동에 위치한 철마산 중턱 소나무 아래에 묻는 것으로 최종 처리를 했지만 맙소사 너무 큰 착각이었다. 그리고는 흔적을 지우기 위하여 업소를 철저히 청소를 한다고 했지만 또 제발 들통이 나질 않고 꼭꼭 숨겨지기를 오로지 바랬을 뿐이었다. 밤에 영업을 하는 업소라서 낮에 드나드는 사람은 없었으니 다행이었다.

실종 신고

집에 들어오지 않는 고객의 가족들은 궁금한 나머지 수차례 전화를 걸어봤지만 차음엔 '고객이 전화를 받을 수가 없다' 는 자동음성만 거듭될 뿐이었다.

그러다가 나중에는 꺼진 상태로 아주 불통이 되지 않던가? 궁금한 나머지 가족들은 경찰에 실종 신고를 했다. 그러니까 사건이 나던 며칠이 지난 후다.

신고를 접수한 경찰이 제일 먼저 추적한 피해자의 마지막 휴대전화 위치는 P노래방으로 나왔다. 그때야 인천 J경찰서 강력반 김지훈 팀들은 우선 노래주점을 거점으로 샅샅이 뒤졌지만 별다른 혐의점을 발견하지 못했다. 단서를 발견할 수가 없었다. 다음은 주변 CCTV를 뒤져본 결과다. 실종되던 당일 오후 10시경 고객 2명이 업소로 들어간 영상을 확인했다. 그들이 업소에 들어간 2시간 후엔 피해자와 같이 업소에 들어갔던 고객 1명이 업소에서 나오는 것까지도 확인이 되었다. 찾고자 했던 실종자는 업소에 들어간 모습은 보이는데 나온 흔적이 없지 않던가? 그렇다면 피해자가 업소 안에 들어있다는 결론이 나왔다. 그러니 업주 허승규에게 지목할 수밖에 없었다. 재차 허승규에게 탐문했지만 전혀 그런 사실이 없다고 발뺌을 하지 않던가? 주점 내부를 샅샅이 뒤진 후 수사관들은 화장실에 있는 플라스틱 바가지를 비롯 도구들을 몽땅 수거 DNA 혈흔 검사를 했다. 물을 내리는 세면대 파이프 뒷면에서 약간의 혈흔을 발견하면서 수사팀은 확신을 가졌고 즉시 영업주 허승규를 검거 경찰서로 연행했다. 고객이 들어온 화면은 보이는데 나간 화면이 없는 CCTV 필름을 허승규에게 먼저 보여주고 피해자의 DNA까지 보여주면서 집중적으로 허승규에게 범죄 사실을 추궁한 결과다.

－이래도 아니라고 변명 할 거야?

좀처럼 입을 열지 않던 가해자 허승규는 더 이상 변명의 여지가 없었다. 확신을 가지고 수사경찰이 입증시키고 있지 않던가?

최대의 방법으로 증거를 인멸코자 했지만 변명하는 것도 한계가 있었다. 실토를 아니 할 수가 없었다. 결국 허승규는 고개를 떨구었다.

사건 발생 후 두 달여 만에 일이다. 드디어 5월 12일 가해자로

부터 자백을 받는 것으로 범인 검거는 일단락되었다. 결국 경찰은 가해자 허승규에게서 자백 및 사체유기 장소인 인천 서구 가좌동 철마산 어느 소나무 아래에서 화물까지 수습하면서 일단락수사를 종결했다. 김지훈 팀장의 수사 과정의 성과였다.

국과수에서 부검결과 외부의 충격으로 인한 뇌 파열이었다. 흉기를 사용한 흔적은 없었다. 시신을 유가족에게 인계하는 것으로 수사는 마무리가 되었다지만 형사 강력계에 몸담고 20년 근무한 김지훈 팀장은 이같이 잔인했던 살인 사건에 허탈할 수밖에 없었다. 수사하다 보면 사람들 저마다 순간적 잘못된 생각이 이처럼 엄청난 범죄를 불러오게 됨을 종종 만나게 되지 않던가?

사체유기는 과중처벌대상이다. 형법 151조를 보면 죽은 자를 가족에게나 수사 당국에 알이지 않고 죄를 숨기기 위하여 사체를 은닉하거나 훼손을 하는 경우는 정황에 따라 최고 사형까지 되어 있다. 하물며 토막 살인에 대한 경우는 본죄 살인보다도 훨씬 더 무거운 형벌이다. 업주 허승규가 법을 몰랐기에 이토록 법을 키운 결과다.

우발적 살인 사건은 그것도 흉기를 사용한 사건이 아니라면 얼마든지 정상 참작이 될 수가 있었는데 범죄를 키운 안타까운 사건이 되고 말았다. 만약 자수를 했다면 범죄는 더 가벼웠을 것이다. 우발적으로 발생한 범죄행위에 대하여는 피의자가 반성의 여지만 진실하다면 언제든 법정에서 후하게 선고를 했다. 그런데 허승규는 범죄를 감추려다가 크게 사건을 키운 꼴이다. 허승규가 그렇다. 3년 정도면 우발적 범죄행위로 형기를 마치고 나올 수도 있으련만 한 때의 무지로 무기징역을 받았다고 한다. 치외법권외에서 잠자는 자는 법의 보호를 받을 수 없다. 안타까운 일이 아닐수 없다.

　더구나 가족들과 살기 위한 생업의 현장에서 영업을 하다가 일어난 사건이기에 반성의 여지만 있었다면 얼마든지 정상 참작이 될 수도 있었던 사건이다. 그런데 당장 숨기면 된다는 얄팍한 판단이 큰 죄를 불러들인 결과다. 무지의 소치요 생활의 착각이다. 사체를 유기 토막 살인죄는 고의적 살인으로 절대 용서를 받을 수 없다. 변명의 여지조차도 없다. 뭇 사람들로부터 지탄까지 받는다. 그러나 당사자는 생업의 현장에서 살기 위한 행위로 저질러진 죄일 뿐이다. 그러기에 동업자들은 흉악범이라 할지라도 허승규에게 연민을 보낸다. 살인사건을 수사하다 보면 언제나 망자가 죽을 짓을 했기 때문에 죽었다고 수사를 감당했던 형사들의 이구동성의 목소리다. 언제든지 죽은 놈이 죽을 짓을 했기 때문에 죽었다는 판단이다. 성폭행 사건이 그렇다. 한때 남자들의 호의로 선물공세에 빠져 좋아하다가 단물을 다 빨아먹은 후 차츰 상대방에서 실망을 느끼다 보면 절연을 하는 경우 특히 결혼 연령에 있는 젊은이들 사이에 많다. 그럼 한쪽에서는 닭 쫓던 개 신세 꼴이 된다. 또 결혼을 약속하고 잠자리를 같이 했던 여자들의 경우도 마찬가지다. 누구든 일방적 절연으로 상대방의 충격은 감당이 안 되는 경우다. 그럼 배신을 당하는 쪽에선 그 분노를 삭이지 못하고 보복까지 가게 마련이다.

맹목적인 살인 사건도 있다. 온통 사회를 공포 분위기로 몰았던 화성연쇄 살인사건이 그 예가 된다. 여성에게 화성 일대는 공포의 땅으로 휘몰아 넣었던 사건이기도 하다. 마치 국제적 007 사건을 방불케 했던 범인의 신출귀몰이었다. 심지어는 몇 년 동안이나 전국으로 알려진 유능하다는 형사들을 투입 검거코자 했으나 끝내 못 찾았다. 사건 발생 후 20여년 만에 윤성여 사건에서 DNA를 추적 중에 우연히 또 다른 사건으로 수감생활을 하고 있던 이춘재를 발견 검거하면서 사건의 전모를 밝혀냈지만 사회적으로 큰 충격을 주었던 사건이다. 막상 범인을 검거하고 보니 007에 등장하는 범죄 주인공들처럼 신출귀몰하는 건장하고 날렵한 그런 인물들이 아니었기에 수사관들을 너무 허탈케 했다. 이춘재는 장애인(다리 골절)으로 체격도 왜소했고 키는 165센티에 체중은 55킬로그램 정도 사내로서는 아주 보잘것없는 약질이었다. 그러니까 힘이 없는 부녀자들만 그는 골라서 살인을 했다. 어쨌든 이유도 없이 사회적 반항심으로 그런 끔찍한 살인행위들을 저질렀다는 것은 어떠한 경우든 용서를 받을 수 없는 흉악범 죄이다. 그런데 그의 범죄는 공소시효가 지났으니 지엄한 법도 어쩔 수가 없었다 한다. 이춘재는 신출귀몰하는 인물은 아니었지만 몇 차례 혐의 대상에 올라 조사를 받기도 했다지만 용케 풀려난 인물이다. 체격이나 말투나 성격으로 봐서 사람을 죽일 그런 인물은 아니라는 조사관의 짐작에서 실수가 비롯되었단다.

하지만 허승규 같은 경우는 다르다. 혹독한 생업의 현장에서 눈 부릅뜨고 살자고 발버둥 치다가 단순 폭행 사건으로 우연히 저질러진 사건이기에 허승규는 우선 고의성이 없었다. 홧김에 딱 한 번 주먹을 뻗은 것이 살인으로 이어졌을 뿐이지 처음부터 살인에 의도는 없었던 것이다. 분명 악의는 아니었다. 원인제공은 취객에 있었다. 죽은 놈이 매 맞을 짓을 했다가 죽음을 자초한 셈이다. 허승규 어머니 김수옥의 항변처럼 허승규의 무기징역은 부당하다. 형벌 원칙에서 고려되어 마땅하다. 이번 사건은 사회적인 책임이지 허승규의 책임만은 아니라고 그의 어머니 김수옥은 땅이 꺼지는 긴 한숨으로 가슴을 움켜쥔다. 세상 산다는 것이 너무 힘이 든다는 것이다.

기구한 여로

허승규를 검거 조사하면서 김지훈 팀장도 본 사건에 많은 아쉬움이 없지 않았다. 과학적 수사 DNA분석이 발달하고 CCTV가 곳곳에 설치하고 있으니 그 감시망에는 누구든 간에 자유로울 수가 없는 세상이 되고 말았다. 경찰의 수사 경로 중 CCTV가 확실하게 일조를 하고 있으니 투명사회의 한 일원이 되기도 했다.

일본경찰의 잔재로 고문 형식에 수사는 먼 옛날이야기 이제 증거 위주 수사로 발전하지 않았던가? 저마다의 피의자들이 저질러진 범죄 숨겨보려고 머리를 굴려 얕은꾀도 써보지만 어림도 없는 일이었다. CCTV를 놓고 조목조목 따져 묻는 조사관에게 허승규는 실토를 아니 할 수가 없었다. 시대적인 차원에서 변명의 여지가 없었다. 그런 흉악범죄를 저질러 놓고도 허승규는 법의 논리 밖에서 아무런 대책을 마련하지 못했으니 꼼짝없이 수사망에 걸려들 수밖에 없었다. 스스로 자기 죄를 키운 아쉬운 사건이 아니던가? 본질적으로 단순 폭행사건이 엄청나게 부풀려져 토막살인 사건으로 얽혀진 꼴이 되었다. 안타까운 일이 아닐 수 없다. 미필적 고의 행위는 아닐지라도 순간의 잘못된 무지와 더불어 짧은 생각으로 인생의 나락으로 깊게 떨어진 결과가 되었다는 것을 조사를 하던 김지훈 팀장 역시도 허탈한 감정을 되새기며 길게 담배 연기를 뿜어낸다.

-팀장님, 누가 찾아 왔는데요.

박 형사가 김지훈 팀장에게 다가와 하는 말이다.

-누가 날?

검찰에 송치를 하기위해서 본 사건에 대한 마지막 수사 보고서를 작성 중이었다. 김지훈 팀장이 박 형사를 건너다보며 반문을 했다.

─어느 할머니였어요.

─왜?

─모르겠어요. 누구냐 해도 꼭 팀장님을 만나야겠다고 고집하던데요.

─어디에?

─밖에요.

─그럼 들어오라고 해.

강력계 팀장을 찾아온 여자는 70대 중반 정도로 보이는 김수옥이라는 여인이었다.

─여기로 앉으시죠?

등받이도 없는 플라스틱 사각형 붉은색 보조의자를 내어주자 허리를 굽신하던 여인은 조용한 몸가짐으로 앉는다. 키도 약간 큰 편이고 몸집도 약간은 있어 보이는 여인네는 수심에 가득 찬 표정 그대로 잔뜩 주눅까지 들어 있을망정 인상은 인자해 보였다.

─무슨 일로 저를 찾아 오셨나요?

그런 그녀에게 찾아온 용건을 조용히 물어보았다.

─……?

잠시 말문을 열지 못하는 그녀는

─허승규가 제 아들입니다.

너무도 주눅이 들었던지 여인은 더 이상 말을 잇지 못하고 뚝 고개를 떨 군다. 턱 아래로 고개를 숙인 탓이다. 금 새 양 볼로 흘러내리는 그녀의 눈물방울이 부라우스 옷자락으로 뚝 떨어지지 않던가. 허승규의 어머니라니 잠시 엉뚱하다는 생각이 들었다.

큰 사건일수록 피의자 뒤에는 언제나 고구마 줄기처럼 가족들이 붙어 따라 나와 사건에 매달리지 않던가? 불구하고 허승규는 늘 혼자였다. 가족이라고 나서는 사람이 전혀 없었다.

―어이, 허승규 자네는 가족이 없는가?

하물며 큰 사건에 아무도 찾아오는 가족이 없기에 좀 이상하다는 생각에서 김 팀장은 슬쩍 허승규에게 물어보기까지도 했다.

―예! 저 혼자 닙다.

허승규는 이렇게 가족이 없다고 잘라 진술을 했었다. 가끔씩 가계에 나와 일을 도와주었던 여자 친구가 하나 있었지만 그녀 역시 사건이 나던 날부터 발길을 끊었다 한다. 또 허승규는 거처가 따로 없었다. 가계에서 먹고 자고 생활을 그렇게 해왔단다. 그러기에 김 팀장도 허승규의 대답처럼 가족이 없는 줄로 여기고 그동안 수사를 해오지 않았던가.

하거늘 엉뚱하게 허승규가 자기 아들이라고 이제 찾아와서 머리를 조아리고 있으니 김 팀장은 의외롭다는 생각에 잠시 잠긴다.

―아주머니께서 허승규의 친어머니 맞습니까?

믿어지질 않아 다짐도 했다.

─부끄럽습니다.

여인은 조용히 머리를 숙인다.

그러고 보니 허승규의 오뚝한 콧날도 그렇고 입언저리로 흘러내린 팔자주름에 이르기까지 어딘가 하승규를 많이도 닮았다는 생각도 들었다.

그런데 이 여인이 분명 허승규의 어머니라면 왜 이제야 나났을까 하는 의문도 없지 않다. 신문방송에서 그처럼도 많이 떠들어 대던 사건이기도 하려니와 많은 시청자들로부터 눈살을 찌푸리게 한 사건이기도 했다. 물론 신문방송에서 워낙 많이 떠들어 댔으니 누군들 모르지 않겠지만 불구하고 친어머니가 이 제사 모습을 드러내다니 예사롭지는 않을 듯도 했다.

─아니 어머니라면서 진작 찾아왔어야 될 일 아니었어요?

민망했던지 여인은 잠시 머뭇거리더니

─방송을 통해 처음부터 사건은 잘 알고 있었습니다. 한편 놀라고 걱정은 되었지만 제가 나선다고 해결이 된다거나 도움 될 일도 아닌 듯싶어 혼자 가슴만 태우고 있었지요.

그렇다면 사건이 사건인 만큼 몇 마디 설명으로 이 여인을 돌려보낼 수는 없다는 생각이었다. 두고 볼 일이지만 본 사건에서 허승규를 기다리는 형량은 사형이 아니면 무기징역이 아니던가? 그런 피의자의 어머니 앞에서 박절할 수가 없다는 생각도 있었다지만 처음 조사할 때부터 허승규에게서 어쩐지 연민을 느낀 바도 있지 않던가? 본 사건은 계획적인 사건도 아니고 이권을 놓고 다툼을 한 사건도 아니었다. 감정에 엇갈린 사건도 아니고 단순 폭행 사건일 뿐이다. 비록 살인은 저질렀을망정 우발적인 단순 사건일 뿐인데 사건이 이처럼 크게 비화된 원인은 형법 151조에 의한 사체유기 토막 살인이기 때문이다. 또한 무지가 불러온 소치요 비화된 사건임을 조사과정에서 잘 알 수가 있었다.

누구든 마찬가지 범죄 앞에서 의연한 사람이 어디 있을까 만은 이번 사건 역시도 예사로운 사건은 아니기에 사건 전말에 대하여 초동수사에서부터 사체유기에 이르기까지 검거보고서를 바쁘게 작성하던 중이었지만 김지훈 팀장은 허승규에 대한 연민도 없지 않았다. 그 어머니 김수옥을 김 팀장은 경찰서 근처에 있는 한식집으로 데리고 들어갔다. 사건에 동기를 이 여인에게 설명도 하고 따라서 이해를 구하는 것도 필요했으며 피의자의 신상 문제를 파악하는데 도움도 될 성싶어 생각 끝에 조용할 음식점을 선택했다. 김 팀장은 이 사건을 지금까지 조사하면서도 허승규의 신상 문제에 대하여는 아는 것이 하나도 없었다.

거절하지 않고 그녀 역시도 조용히 따라들어 오지 않던가? 홀구석진 곳에 마침 빈자리가 있었다. 삼겹살을 시킬까 하다가 그녀의 식성에 의하여 국물이 있는 갈비탕을 시켰다. 김 팀장이 권하는 소주 한잔을 마시고 나서 국물을 몇 모금 마신 뒤 먼저 그녀는 스푼을 놓고 말문을 열었다.

피의자의 과거

허승규는 한 때 조직 폭력배 인천 꼴망파의 일원이라는 사실을 조사과정에서 확인했었다. 그런 허승규를 두고 어머니 수옥은 오직 하나밖에 없는 내 아들이 설마 그런 잔인한 살인까지 할 아이는 아니었다고 한다. 허승규를 낳고 길러온 어머니의 진솔한 이야기다.

홀어머니 밑에서 자란 허승규는 어릴 적부터 제 또래의 누구하고도 싸움할 줄 모르는 아이였단다. 밖에 나가면 늘 아이들한테 매를 맞고 울면서 집으로 들어왔지 누구를 때려 본 적이 없는 위아래로 형제들이 없는 외톨이 아이였단다. 그럴 때마다 우는 아이를 보는 엄마는 속이 상했다. 비록 저는 힘이 없어 남들에게 매를 맞을망정 말려주고 거들어 줄 형제들이라도 있다면 저렇게 만만하게 남의 집 아이들한테 두들겨 맞지는 않을 텐데 더구나 외톨이라 저마다의 아이들이 만만히 보고 그런다고 여겼던 엄마는 마음이 무척 상했다. 한때는 울고 들어오는 아들을 부둥켜안고 같이 울어본 때도 있었단다. 그럴 때는 유난히 지 아버지 생각에 산에 가서 하루 종일 있다오기도 했단다. '세상을 이렇게 일찍이 떠나려면 뭣 때문에 결혼을 했느냐'고 원망도 했다. 만약 '당신이 살아 있다면 우리 승규가 저렇게 외로운 아이가 되었겠느냐'고 원망도 했단다.

남을 때려서도 안 되지만 어떤 때는 맞고 울면서 들어오는 것보다 차라리 때리고 들어오는 편이 낫다는 생각도 했다. 특히 반에 한 아이가 승규를 그렇게 못살게 굴었다. 분한 생각에 그 집을 찾아가 따져 라도 봤으면 했지만 가정이 좋은 집 아이라서 용기가 없었단다. 감이 엄마가 나설 처지가 아니었다. 찾아간들 그 애 엄마가 돈 몇 푼 집어주며 아이 약이라도 사 먹이라고 할 테데 그 꼴은 더구나 볼 수가 없을 것 같았다. 참고 있으려니 더욱 가슴이 아팠다.

엄마는 하나밖에 없는 아들 허승규에게 모든 희망을 걸고 그동안 독신으로 살아왔고 살아가던 중이란다. 그런 아들이 저렇게 참혹한 살인을 했다니 도저히 믿겨지질 않았다. 한때는 저렇게 용해빠진 아이를 의지하고 일생 같이 살아갈 일이 걱정되기도 했었다. 남편을 잃은 엄마의 솔직한 심정은 내 아이가 남에게 지는 것보다 강했으면 하는 마음이 늘 아쉬웠다. 엄마의 그런 마음이 허승규가 중학교를 졸업 할 때까지다. 고등학교에 진학하면서부터 아이가 달라지기 시작했다. 운동도 하겠다고 하기에 엄마는 선뜻 허락을 했다.

ㅡ엄마! 나 애들한테 지는 것 싫지?

초등학교나 중학교 때는 늘 앞자리에 섰던 아이가 고등학교에 들어가면서 곧장 키도 자라고 몸도 나고 근육도 잘 발달했다. 열심히 한 탓도 있겠지만 체육관 대표로 시합에 나갈 정도로 기술도 터득했다. 누구에게 맞고 다닐 아이는 이젠 아니었다.

지방 대학까지는 나왔으나 취업까지는 아니었다. 체육과 출신이 어디 비집고 들어갈 수 있는 길은 없었다. 학교를 졸업하고야 기술직을 선택할 것을 공연히 체육학을 전공했다고 후회도 했지만 때는 늦었다. 전문학과하고는 상관없이 몇 군데 직장을 다녀봤지만 공채 출신이 아닌지라 축에 낀다는 것이 쉽지 않았다. 영업사원으로 중고차 제품 판매로 다리품을 팔면서 숫하게 명함도 뿌려봤지만 그도 인맥 없이 되는 일은 아니었다. 영업성과가 없었다. 자영업으로 여 덟 대를 놓고 당구장도 해보았으나 이 역시 사회경기가 좋을 때 이야기 손해만 보고 정리를 해야 했다. 물론 알량한 엄마의 주머니 털어 해보았던 자영업인지라 타격이 컸다. 어쨌든 이렇게 손대는 것 마다 손해만 보고 다니니 차라리 불경기 때는 노는 게 돈 버는 일이라 친구들의 말장난이 옳은 듯 도 싶었다. 경험 없이 자본 드리는 자영업은 신중해야겠다는 엄마의 권고도 있자니 당분간 쉴 수밖에 없었다.

직장 없이 집에서 무위도식하다 보니 하나둘씩 친구들이 허승규에게 모여들지 않던가? 이젠 조직이 와해되어 유명무실하다지만 인천에는 꼴망 파가 있었다. 80년대 초반에 있었던 이야기다. 이 당시만 해도 인천에는 조직폭력배가 없었다. 지역마다 주먹

잡이들은 있었을망정 어떤 이권을 놓고 세력 다툼을 하는 조직은 없었다. 원래 인천에서 조직폭력배가 생긴 것은 포장마차 때문이다.

그 무렵이다. 정부에서는 박정희 대통령의 국책사업의 일원이었다. 당시 인천에는 배가 직접 접안되는 독크(항구)가 없었다. 6·25후에 일이다. 국가 안보상 우리나라에는 3개 사단 미군을 비롯한 연합군들이 주둔을 하게 되었다. 또 전쟁으로 하여금 나라 경제가 파산지경에 이르자 외국으로부터 유상이든지 아니면 무상으로든지 상선을 통하여 식량을 비롯 많은 물건들이 많이 들어왔다. 그런데 독크가 없으니 물건을 싫은 배들이 부두에 정박 하역작업(물건을 내리고 싣고)을 하기 너무 불편했다. 그러니까 월미도 밖 바다 한가운데다 배를 정박해 놓고 바지를 이용 화물을 운반을 했으니 여간 불편한 것이 아니었고 그로 인하여 작업공정이 신속하지를 못해 많은 시간이 지연과 더불어 비용발생이 너무 컸다. 거기엔 장비마저 열악했고 이중으로 작업을 하는 식이었다. 설령 화물선(상선)을 직접 부두데 접안시켜 놓고 하역작업을 하면 바로 화물차를 소비자의 이용 현지까지 운송할 수 있을 텐데 이건 바다 가운데에 배를 정착해놓고 화물을 바지선에 하차를 한 다음 이를 다시 육지로 운송시킨 다음에야 전국각지로 배분을 할 수 있었으니 이 과정이 보통 복잡하기도 하고 시간이 지연되기도 했다. 비 문명국가에서의 재래식으로 일일이 사람의 손으로 작업을 했으니 너무도 비능률적이었다. 더구나 전투가 치열한 전방에서 군수물자 같은 경우는 시급을 요하는 무기들이 길에 막혀 보급이 되지 않고 있으니 답답한 지경이었다. 어떻게 보면 밀려오는 적을 막아낼 전투여건에 감당이 안 될 정도였다. 더불어 외국상선들에게 엄청난 물류비용에 부담을 주었으니 감당이 안 되었다. 여러모로 속도를 다투는 화물들이 유통이 잘 안 되고 물류비용까지 발생했으니 급기야는 모든 상선들이 인천항 정박을 기피하는 현상까지 벌어졌고 거기 따른 불만들이 컸다. 그러자 정부에서는 인천에 화물 독크는 필수 화급하다는 결론에 이르자 서둘러 인천항을 파나마 운하처럼 계단식으로 관문 공사를 건설했다. 바다의 평면보다 독크의 위치가 높다보니 밀물과 썰물을 이용하는 수단이었다. 들어오는 바닷물을 가두는 형식에서 1단계 2단계로 관문을 건설 외항선이 들어오고 나가도록 하는 형식으로 공법을 선택했다. 즉 외항선이 독크 관문에 접안할 때는 먼저 첫째 관문을 열어서 바닷물과 수평을 이룬다. 그래야 외항선이 1단계 관문에 접안을 할 수가 있다. 그리고는 관문을 닫는다. 그럼 1차 접안을 마친 셈이 된다. 그런 다음 제2관문을 연다. 이런 식으로 3관문까지 있다. 그럼 독크 안에 있는 물과 평면이 되면서 배가 수평으로 뜬다. 그러면 외항선 진입이 완료되는 것이다. 나갈 때도 그런 식으로 배가 출항을 한다. 우리나라에서 처음으로 그런 기술을 도입한 것이다. 일반적으로 상상도 못했던 기술이다.

독크 관문의 위치는 월미도와 소월미도 사이에 건설이 되어있다. 외항선이 독크 안으로 접안하면서 왼쪽이 월미도요 오른쪽이 소월미도로 나눠지게 되었다. 이어서 소월미도 일대를 부두로 개발이 되었다. 고차원적 공법이었다. 그러자 관광객들이 엄청 몰려들기 시작했다. 인천 사람들도 마찬가지 구경거리로 많은 호기심을 가졌고 특히 서울 관광객들이 인산인해를 이뤘다.

그런데 그렇게 몰려드는 초창기 관광객들을 맞아드릴 편의시설들이 전무했다. 주위 모두가 갯벌이었다. 도시개발 인프라 시설뿐만 아니라 관광객들이 무엇보다 불편을 느꼈던 사항은 상가 형성이 안 된 상태였다. 연안부두 일대가 모두 허허벌판이었다. 이를 착안한 소상공인들에 의하여 하나 둘씩 포장마차가 생기면서 그나마 관광객들을 맞이했다.

다행이도 장사가 잘된다니 너도나도 모여들기 시작한 장사꾼들이 당장 건물을 짓는다는 것은 불가능했고 손쉽게 할 수 있는 것들이란 바로 포장마차들이었다. 이용객들로부터 입소문은 빨랐다. 연안부두와 월미도 일대에 포장마다가 집단으로 삽시간에 수백 개 생겨났다. 도시개발과 더불어 그들이 바로 전문회집으로 연안부두와 월미도에 기업 형으로 발전을 하였고 이 사람들이 바로 인천에서 포장마차 일 세대들이다.

꽃구름이 황혼에 아롱지는 인천 연안부두 포장마차에 가서 하늬바람에 물결치는 파도소리와 함께 한 접시 회를 떠놓고 연인과 소주 한잔이라니 아 그 기분 누가 알랴!

유래 없는 공법으로 독크를 건설 새로운 해양산업에 무역의 시대를 열었다고 정부나 메스콤들마다 자랑거리로 국민들에게 벅찬 희망을 줌과 더불어 관광의 일원에 낭만까지 제공하게 되었으니 일가양득 희망에 부풀었다. 특히 서울에까지 입소문이 나면서 몰려드는 관광객에 따라 포장마차는 기하급수적으로 늘어났다. 별천지로 포장마차 상가가 형성되었다.

경관으로 봐서 장사가 잘될 수밖에 없었다. 부두 가에서 출출한 판에 철썩이는 바닷물을 곁에 두고 황혼을 바라보며 낙지, 멍개, 소라 등 회 한 사라를 떠놓고 소주잔을 나누기란 그야말로 안성맞춤이 아니던가? 누구라 할 것 없이 상승되는 기분에 즉석에서 고성이 터지는가 하면 흥겨운 노랫가락으로 고취되었다.

여기에 70년대 후반 무렵에 무위도식 하던 젊은이들까지 떼로 모여들기 시작하면서 특히 저녁이면 불야성을 이루자 그들끼리 자리다툼은 필수 끼리끼리 뭉치면서 바로 이들로 하여금 서로 양보할 수 없는 절대적 밥 싸움을 하기 위한 조직이 형성되었다.

세력을 형성하다보니 서로가 뭉치게 되고 뭉치다보니 인천엔 꼴망파가 생기고 호남엔 학수파로 두 세력이 생겼다. 이 들이 연안부두와 월미도를 장악하는 양대 폭력그룹이 되었다. 포장마차 자리를 놓고 티격태격 하루가 멀다하게 다툼을 했었다.

그러던 중 두 세력 간 드디어 월미도에서 집단 폭행 사건이 벌어지면서 꼴망 파를 대표하던 보수가 구속이 되었다. 보수가 구속되었음으로 세력이 약해진 인천 패들이 호남의 학수파들에게 하나 둘씩 자리를 빼앗기면서 쫓겨날 판이었다. 2년여 동안 감옥 사리를 하던 꼴망(별명)이 출소를 하면서 인천패들이 다시 헤쳐 모였다. 그게 80년대 초반 이야기고 그 무렵에는 연안부두와 월미도도 마찬가지 차츰 상가 형성이 시작 될 무렵 차츰 포장마차들이 제자리에서 떠밀리는 시기가 되자 그나마 남은 자리는 금싸라기가 되었다. 바닥 권리금까지 형성되면서 한 치도 물러날 수가 없게 되었다.

1차 월미도에서 꼴망파들이 하루 날을 잡아서 호남 패들의 포장마차를 작살을 내자고 일제히 모의를 했다. 모든 전쟁은 정보가 승패를 가름하지 않던가? 이 정보를 호남의 학수 파들이 입수하고는 호남 파들이 저마다 몽둥이와 사시미 칼(회를 뜨는 칼)로 무장을 하고 골목을 지키고 있다가 꼴망 파들이 들이닥치자 무차별적으로 공격을 했다. 죽느냐 사느냐 사생결단이었다. 결과는 뻔했다. 꼴망파 중에서 1명이 현장에서 칼에 찔려 죽고 또 수십 명이 칼에 찔리고 몽둥이에 맞아 중상을 입고 인천시립병원에 입원을 했고, 치료하는 사태를 가져왔다. 호남 파들은 몇 명이 구속되는 결과를 가져오기도 했다. 나머지는 잠적을 해 버렸다. 그런 몇 년 후다. 호남 학수 파들이 연안부두에 몰려 있다는 꼴망 파들이 정보를 입수했다. 꼴망 파들이 다시 헤쳐 모였다. 호남 파들에게 복수를 하자는 것이었다. 꼴망 파들도 모두들 흉기를 휴대하고 단단히 무장 준비를 했다. 그렇게 철저하게 준비를 하고 연안부두에 학수 파들이 모여 있는 곳을 일제히 습격했으나 역시 미리 정보를 알고 있던 호남 파들이 골목에 각각 숨어 있다가 꼴망 파들이 나타나자 일제히 기습했다. 속수무책으로 인천 꼴망파들만 2명이 현장에서 칼에 맞아죽고 역시 몽둥이와 칼에 찔린 부상자들이 속출 참패를 당하고 말았다. 이로 인하여 인천경찰국에서 호남 파 보수 학수 등 중심인물들을 경찰에 대거 검거하므로 그들의 세력들을 완전 와해시켰는가 하면 그러면서 포장마차의 시대도 끝이 났다. 두 번씩이나 처절하게 공격을 당하면서 꼴망 파의 패배로 끝이 났다. 무엇보다도 경찰에서 이들을 일망타진하면서 그 후로는 더 이상 폭력조직은 와해되고 말았다.

  허승규가 꼴망파 조직의 일원으로 경찰조사에서 나타나기는 했을망정 실지 행동한 사실은 없다. 꼴망 파란 악명만 가졌을 뿐 실지 허승규는 조직을 걸고 폭력을 행세한 사실은 없다. 엄청난 살인사건을 조사하다보니 억울한 누명만 썼을 뿐이다. 이름만 꼴망파 일뿐 사실상 허승규는 조직이 다 와해된 후의 인물로 드러났다. 또 포장마차 사건은 허승규의 대선배들이 저지른 사건이지 거기에 가담한 사실은 없다. 꼴망 파는 허승규가 어릴 적에 존재했던 사건이기에 관계가 없다고 조사과정에서 결론을 내렸다. 꼴망 파들의 중심인물들은 현재 70대들이다. 호남 파들과 죽고 죽이는 두 차례의 다툼으로 인천에서 이름만 요란했지 실지 그들이 어떤 이권에 개입 폭력행위를 저지른 사건은 없었다.

허승규 같은 경우도 친구들과 어울리다보니 그 조직에 이름만 올렸을 뿐 몰려다니며 폭행을 했던 사실은 정녕 없었단다. 허승규는 운동을 하고 몸집은 커도 마음이 여려 누구하고 싸움질이나 하는 그런 아이는 아니었다고 한다.

자영업

–네 나이도 벌써 40대 초반을 넘지 않았느냐? 아직도 정신을 못 차리고 이런 허송생활을 언제까지 할 거시냐?

엄마의 진언이었다.

엄마의 질책은 허승규에게 충격이었다. 한때는 무의도식으로 주먹 잽이 들과 어울려 다녔지만 그래도 깨닫는 바는 있었다. 선배가 경영하는 대형 나이트클럽 유흥업소에서 일을 봐줬던 경험도 약간은 있었기에 인천 중앙동에 50여 평의 홀에다가 P노래방이라는 간판을 달고 개업을 했다. 임대 보증금과 시설비까지 따지자면 몇 억 원 정도 자본금을 투자했다. 물론 엄마의 도움이었다. 개업했다고 자영업이 저절로 굴러가는 것은 아니었다. 세상에 쉬운 일이 어디 있다더냐? 투자를 했다고 영업이 잘 된다는 보장은 어디에도 없었다. 운영비도 만만치 않았다. 매달 월세도 있고 공과금도 있으며 기타 잡비까지 들어가는 비용이 수월치 않았다. 말이 쉬워 자영업이다. 타블 타블 지출할 돈은 쌓이는데 손님이 들지 않으니 똥줄 왜 아니 탄다 하더냐. 투자했던 자금 들어먹기 일쑤 최근 들어 코로나 사태로 자영업자들의 실패는 80%에 육박한다는 수치다. 막차를 탄 셈이다.

허승규가 영업하는 P영업장도 예외일 수는 없었다. 거기에 규제법이 늘 압박을 하지 않던가. 노래방에서는 도우미 고용은 물론 알선도 하지 말고 술 판매도 금지한다. 이것들을 당국에서는 규제법으로 묶어놓고 있다. 법의 취지는 여러 사람이 모인 집단에서 그 단체를 이끌러가 위해 만들어진 규약 일뿐 처음부터 회원들을 압박을 위하여 만들어진 것은 원래는 아니었다. 그런데 운영권자들이 나름대로 멋대로 운영을 하다 보니 의견이 충돌되고 다툼이 생기면서 거기에 따른 세력과 권력으로 통제수단의 기구가 되는 것이 아니던가. 법은 소수가 다수를 통제하기 위한 수단이기에 흉기도 될 수 있다.

노래연습장은 음악을 팔아먹는 신선한 업소다. 흥을 돋우는 음악엔 또한 구색이 맞아야 한다. 거기엔 짝(도우미)이 있어야 하고 술이 따라야 한다. 그게 없으면 앙꼬 없는 찐빵이다. 그걸 당국에서 금지한다. 약 주고 병 주는 것도 함정 법이다. 때문에 업소를 운영하는데 에기 치 못한 돌출사건들과 충돌을 하게 된다. 최근에는 엎친데 겹친다 했던가? 코로나로 영업시간까지 제한을 받고 있으니 엎친대 겹친다. 더구나 요즘 작두위에 칼날이다.

반찬이 없는 밥상에서 밥을 팔 수 없듯이 음악도 마찬가지 음악만 가지고 영업을 할 수 없다. 고객이 원하는 대로 갖춰주지 않으면 음악을 팔아먹을 수가 없다. 당국의 규제는 밥은 팔면서 반찬은 팔지 말라는 조건과 다르지 않다. 못 지킬 규제는 분명 악법이다.

P노래방도 예외일 수는 없었다. 음악을 파는 업소라지만 밥상에 반찬처럼 술을 빼놓을 수가 없었다. 또 술을 팔다보니 짝도 마찬가지다. 음악을 팔자니 술과 도우미 알선은 같이 간다. 음악과 술과 도우미는 한 세트다. 그런데 노래방에서 음악과 술은 팔아도 접대부는 고용하지 않는다. 다만 알선만 할 뿐이다. 룸싸롱과 업종이 이게 다르다. 도우미를 고용하는 업소가 따로 있다. 도우미 장사는 보도방에서 한다. 이를 일명 보도방이라고 한다. 기획사 같은 역할을 한다. 또한 보도방(도우미 알선 업주)에서는 도우미 장사만 한다. 또 도우미들은 보도방에 의탁해서 일자리를 얻는다. 이건 서로 간에 사회적 기능이다. 여자 손님들도 남자 도우미들을 불러 달라 요청한다. 물론 성매매도 직업이라 하겠지만 도우미 제도는 엄연히 성매매와 다르다.

당국에서는 노래방에서도 성매매 행위를 하는 것으로 짐작들하지만 이는 제도상 다른 이야기다. 업주들도, 보도 방들도, 도우미들도 분명 개체가 다르다. 또 당국에서 생각하는 만큼 그렇게 부도덕하게 타락한 정도는 아니다. 절대 성매매는 없다.

그런 사회적 흐름을 당국에서는 금지 한다. 흐르는 물을 손바닥으로 막아보겠다는 것이다. 이는 당국에서 자연의 원리를 역행하는 행위다. 약 주고 병 준다 할까? 밥상에 독약을 함께 올려주는 꼴이다.

P노래방도 다르지 않았다. 40대 남자 손님 두 명이 때늦게 들어왔다. 그때 시간이 저녁 19시 50분이다. 중앙안전 대책본부에서 정해준 영업제한 시간 10분 전이다. 사건은 바로 제한시간에 의하여 발생했다. 코로나로 사회적 거리두기 2단계 상황에서 시간 외 영업을 하게 되었으니 위반이 맞다.

그들 고객과 시비가 벌어졌다. 이유는 술값을 계산하는 과정에서 발생했다. 허승규 그는 업주다. 업주가 먼저 고객에게 시비를 걸 까닭은 없었다. 술값을 계산해야 할 고객이 업주에게 바가지를 씌웠다고 트집을 하면서 사건이 발생했다. 업주는 고객에게 정당한 가격을 요구했다. 불구하고 고객은 아니란다. 이는 대포치려는 수작이다. 이게 노래방에서는 아주 흔한 일이다. 업소에서의 시비는 바로 규제법 위반이다. 고객이 영업을 위반한 업주의 약점을 들추면서 계산을 하지 않으려는 수작에서 시작된다. 기껏 도우미를 알선 받아 흥겹게 즐기고 나서 술값 계산을 할 때는 돈 아까운 생각에 엉뚱한 생각들을 한다. 그게 곧바로 시비가 된다. 그렇다면 당연히 계산을 안 하는 고객에게 책임이 있다. 불구하고 고객은 영업을 위반한 업주를 트집으로 112신고를 하겠다고 으름장이다. 대포만 잘 치면 공짜로 술도 마시며 도우미 불러놓고 흥을 즐길 수 있으니 그런 날은 통쾌한 일이다. 고객들의 대부분 수작이 그걸 노린다. 사먹는 참외보다 서리해서 따먹는 참외가 재미있고 맛이 있듯이 말이다. 그날도 역시 그렇게 시비가 되었다. 업주 허승규에겐 잘못은 없었다. 고객이 계산하면 아무 문제없이 잘 넘어갈 일이었다.

그런데 그게 간단한 사건이 아니었다. 자연 시비가 될 수밖에 없었고 다툼으로 갈 수밖에 없었다. 그게 살인을 불러왔다.

허승규의 살인행위는 우발적이지 고의적 행위는 아니었다. 이건 누구라도 인정할 수 있는 실수이었다. 노래방 업주에겐 역린이 있다. 한비자에서 나온 이야기다. 용의 비늘 중에는 턱밑 목부분에 거꾸로 달린 비늘이 하나가 있다. 그게 역린逆鱗이다. 누구든 그것을 건드리면 용은 놈을 죽인다. 노래방 업주에게도 이런 역린이 있다. 고객들은 그걸 모르고 밑져야 본전 식으로 대포를 치다가 불행을 불러온다. 역린은 큰 위험을 내포하고 있습니다.

술과 도우미 불러놓고 진탕 놀고 나서 계산하라는 업주에게 불법영업을 했다고 112에 신고하겠다고 협박하는 자들에게만 필요로 한다. 그럴 때 업주의 마음속으로는 열 번이라도 죽이고 싶다. 역린이 발동할 때의 사건은 크게 발생할 수도 있다. P노래방 사건처럼 인천사회뿐만이 아니라 온 나라 안이 떠들썩할 정도로

176

커지는 사건이다.

사건의 당사자 허승규가 그러했듯이 그 어머니 김수옥도 순탄한 삶의 영위 자는 아니었다. 주위 사람들로부터 늘 눈매가 깊다고 했다지만 모진 시대적 입장에서 그녀가 겪어야 했던 세상이 순탄하질 못 했었다. 그녀는 48년도에 태어났다. 일제 강점기에서 해방이 된 국가가 정부 수립을 한다고 나라 안이 온통 어수선할 때다. 그녀의 아버지가 세계2차 대전에서 일본의 학정 속에서 징용으로 끌려가 생사를 가름 할 수 없는 시대에서 불행을 안고 살아온 그런 기구한 여인의 몸에서 태어난 자식이 바로 허승규라 했다.

－형사님! 허승규 그 놈은 세상에 태어나지 말았어야할 놈이 모진운명을 갖은 엄마의 DNA받아 또 다른 불행을 갖고 태어난 자식이 아닌가 싶습니다.

이렇게 말문을 여는 김수옥 그녀 자신 고단한 삶의 무게가 얼만큼 그녀의 어깨를 짓누르고 있는지 언 듯 보기에도 금방 무너질 듯 겨우 죽음만 면하고 있어 그런지 그 모습이 아주 처연하지 않던가?

그녀가 태어난 곳은 행정구역상으로 아산 탕정에 J마을이라고 설명을 하자 언 듯 듣는 김 팀장은 갑자기 날아든 화살이라도 가슴에 맞는 듯 움찔하지 않던가? 김수옥이라 처음 자기소개 할 때도 김 팀장은 그 이름이 낯설지 않았다. 여자들의 이름은 동명

2인이 많지 않던가? 별로 관심을 가질 만한 일은 아니라 생각했었지만 J마을이 자기 출생지라 설명하는 데는 예사롭질 않았었다. 그도 그럴 것이 여인이 입에 담고 있는 마을은 김 팀장의 할아버지와 아버지의 고향마을이 아니던가. 수수께끼라도 풀어내는 듯한 이 여인의 말속에서 김 팀장은 점점 가슴을 조인다. 그렇다. 정답은 이렇게 나오지 않았나 싶다. J마을은 김 팀장의 출생지이기도 하고 또 아버지가 그토록 못 잊어하던 친 고모가 출생한 곳이라고도 했다.

아버지가 유언처럼 남긴 말이 있다.

―너에게는 김수옥이란 여인이 고모가 된다지만 나에게는 여동생이 된다. 설령 배는 다르지만 수옥은 아버지와 배가 다른 남매지간이라고 했다. 아버지는 지금까지 그 여동생이 아주 어릴 때 전쟁과 함께 극성을 부리던 전염병으로 죽었다 알고 있지 않았던가? 하지만 아버지는 그 여동생이 꼭 죽었다고 믿어지질 않는다 했다. 꼭 살아있을 것만 같은 느낌이 가끔씩 아버지의 기억을 새롭게 했단다. 수옥이가 꿈에서 나타나 환한 웃음을 보이기도 하고 아니면 '오빠 나하고 소꿉장난 해!' 하며 다가오기도 한단다. 나이는 아버지와 열네 살쯤 아래 될 거라고 고향을 그리워할 때마다 늘 하던 말이다.

―지훈아 혹 기회가 되거들랑 네 고모 김수옥에 대하여 관심을 가져 보거라. 유일한 아버지의 혈육이 아니 더냐? 아버지가 수

옥을 찾아갔을 때 네 할머니 황남숙은 수옥이가 죽었다고 했지만 나는 지금도 네 고모가 죽었다는 그 말이 믿어지질 않는단다. 만약에 살아만 있다면 얼마나 좋은 일이 되겠느냐?

김 팀장은 이런 말을 하던 아버지의 모습이 너무 생생했다. 그러나 김 팀장에겐 그 소리가 믿음이 가질 않았다. 이미 죽었다는 사람이고 또 얼굴도 모르면서 어떻게 김수옥이란 이름 석자 만을 가지고 이 넓은 세상에서 찾을 수가 있단 말인가. 가능성이 0.1%도 없다고 김 팀장은 듣는 둥 마는 둥 흘러버리고 말았단다.

전쟁의 후회들

땅이 꺼 저라 긴 한숨을 내쉰 김수옥 여사의 이야기는 계속했다.

─비록 그런 큰 범죄를 저질렀을망정 저에게 허승규는 하나밖에 없는 소중한 아들입니다. 부끄러운 마음에 무엇을 어떻게 말씀드려야 옳을지 몹시 망설여진다만 모태운명이라 하기엔 내 팔자가 그랬듯이 자식에게까지 기구한 운명을 물려주었는가 싶어 더욱 가슴이 아프답니다.

김수옥이 어릴적 자란 곳은 장항선에 있는 도고온천역과 경계를 하고 있는 행정구역상으로는 아산군 선장면 궁평리 도깻나루 근처 마을이라 했지만 그곳에서는 2살 때부터 여 덜 살까지 살았을 뿐입니다. 48년도 내가 태어난 출생지는 행정구역상으로 아산군 탕정면에 J마을이었습니다. 내 뜻과는 아무 상관도 없이 태어난지 일 년이 지날 무렵 아버지 김병수씨 곁을 떠나면서 내 운명이 뒤틀리게 되었다고 했다.

수옥의 어머니 황남숙의 본 남편이 일본에 징용으로 끌려가서 죽은 줄로만 알았던 박철규씨가 느닷없이 나타나는 바람에 누구보다도 핏덩이 김수옥의 운명이 뒤바뀌게 되었단다. 기구한 숙명이 다가오는 순간이었다.

해방이 되자 다른 사람들은 모두들 손에 손에 태극기를 흔들며 귀국들을 하는데 황남숙이 유독 기다리는 남편 박철규 씨만 일 년이 지나고 이년이 지나도록 돌아오지 못하다가 결국 버마에서 죽었다는 소식을 마지막으로 황남숙에게 들려오지 않던가요? 아내 황남숙에겐 너무나도 벅찬 비운에 소식이었다. 충격 또한 컸다. 사체를 보았다는 사람은 없었으니 사실은 행방불명이 되어버렸던 것입니다. 남편이 없는 집에서 시어머니의 시집살이는 황남숙에겐 견딜 수가 없을 만큼 가혹했다. 비록 남편은 없다 해도 아들 하나를 낳았으니 이 아이를 믿고 살겠다 모진 시집살이를 참고 견뎌보려고 무진 애도 썼다지만 더 이상은 아니었다. 우선 식생활이 안 되었다. 양식도 없는데 밥도둑 노릇을 언제까지 할거냐고 시어머니의 구박은 날로 심했다. 더 견딜 수가 없었다.

가출한 황남숙은 6개월 정도를 정처 없이 떠돌아다니다 김병수씨를 만나게 되었고 그 사이에서 딸로 김수옥을 낳았다. 김병수씨에게도 중학교에 다니는 본처의 아들이 하나 있었다. 넉넉한 살림살이는 아니지만 그렇다고 남에게 신세지면서 살 정도는 아니었으니 내 것 가지고 열심히만 살아간다면 애들 교육비 정도까지는 마련하며 살아갈 수 있을 거라 황남숙은 믿음을 가졌다. 2연여 동안 김병수씨와 살아왔지만 별다른 충돌도 없지 않았던가. 심성도 좋은 편이라 여겼다. 딸 수옥도 잘 자라주었고 무엇보다도 배는 다르지만 전처 아들 김무환도 수옥을 귀엽게 사랑해 주는 것이 다행이었다.

그러던 어느 날 일본으로 징용으로 끌려가서 죽었다면 엄마의 첫 남편이었던 박철규씨가 뒤늦게 살아 돌아오면서 수옥에게 아버지가 두 사람이 생기면서 운명이 달라졌다고 했다. 수옥이 두 살 때 일인지라 피를 내려준 친아버지 김병수씨의 얼굴도 기억할 수 없고 지금까지 김병수씨가 누구인지도 모르고 살아왔단다.

믿었던 본 남편이 뜬금없이 찾아오는 바람에 엄마 황남숙은 핏덩이 수옥을 데리고 다시 본 남편에게로 되돌아와 살게 되었다. 수옥이 자랐던 마을은 선장면 궁평리가 맞다는 것이다. 그 마을은 면사무소도 있고 지서도 있고 초등학교도 있는 꽤나 큰 마을이었단다. 그 당시에서는 그래도 문화혜택이나 도로 등 인프라 구축이 다른 어떤 시골 마을보다는 혜택을 많이 받던 농어촌農漁村으론 살기가 좋은 편이었단다. 인근에는 도고온천이 있으면서 철도역도 있고 5일장이 서기도 했다. 서쪽으론 당진군 우강면과 경계를 하고 있었기에 이를 제5공화국 박정희 대통령이 간척 사업의 일원으로 거대한 둑을 막았으니 이게 바로 삽교천이라 이름하기도 했다. 그러니까 물 건너에는 서들 광문(작은 평야)이 있으면서 생선 정도는 자급자족이 되었으니 부촌富村으로 제법 이름이 있던 마을이기도 했다.

허나 그곳은 엄마의 고향이면서 본남편 박철규의 고향이지 김수옥 그녀가 태어난 곳은 아니었다. 기막힌 일이지만 김수옥에겐 엄마의 본 남편 밑에서 어릴 적 자라기는 했을망정 생부는 따로 있지 않았던가? 그렇다고 어머니가 바람을 피워서 밖에서 자식을 낳아가지고 들어온 불량한 아이는 아니었다.

김수옥에게 이런 운명을 가져다 준 원인은 그토록 잔인 했던 일본의 침략이라 했고 바로 세계 제2차 대전이었던 태평양 전쟁이었다. 일본이 미국을 비롯한 아메리카 대륙까지 정복을 하겠다는 야심이 그토록 큰 비극을 가져다주었단다. 당시 일본은 한반도를 비롯한 동남아 일대 제국들을 이미 모두 점령 통치하고 있지 않았던가? 너무도 야만적인 일본 정부와 그들 민족이었다. 그들로 하여금 제2차 세계대전에서만도 수백만 명이 목숨을 잃어야 했으니 어찌 그들을 인간 백정이 아니라 변명을 하겠는가? 천인공노할 일이다.

불행하게도 우리나라는 36년간 아니 을미사변부터 따진다면 52년간 일제의 침략과 더불어 세계 제2차 대전의 전쟁 속에서 국권을 잃은 채 휘말려야했다. 또 일본의 항복으로 어부지리로 해방은 되었으나 분단의 비운을 맞이하면서 6·25의 남북전쟁을 겪어야 했던 시대적 상황에서 그녀의 운명은 엇갈리고 또 엇갈리게 되었단다.

모진운명과 더불어 힘겹게 부딪치며 지금까지 살아온 그녀가 과거사에 대하여 이야기를 털어놓기 시작했다지만 김지훈 팀장이 남의 여자 신세타령이나 들어줄 정도로 한가한 자리는 아니다. 불구하고 그 여인의 하소연을 들어주게 된 동기는 그녀의 출생지가 바로 김지훈 팀장의 가족들이 대대로 살아온 탕정면 J마을이었고 또 할아버지 김병수씨의 이름이 거론되면서 혈연관계라는 사실을 알게 되었으니 너무도 극적인 만남이 아니던가. 소주 한잔을 벼 마시고 나서 풀어놓기 시작한 그녀와의 대화다.

─군주가 무능하면 나라가 멸망하는 거 당연한 것 아닙니까? 무능한 제왕 앞에서 권력에 탐욕을 버리지 못하는 간신들의 세력 다툼은 곧 나라를 망치는 일이구요. 끝내 정치적 욕망을 버리지 못한 채 아들 고종황제와 며느리 명성황후와의 권력을 다툼하는 와중에 대원군 이하응이 500년 조선왕조를 결국 멸망시켰다고 했다.

세계사적 입장에서 무수한 정복 전쟁이 있을 때마다 많은 사람들을 죽이고 죽고 했다지만 그 중에서도 세계사 독일국과 일본국이 가장 많이 정복전쟁을 했는가 하면 가장 많은 사람들을 죽이지 않았던가요? 현대사 제2차 대전이 그러하듯이 그것도 잔인할 정도로 DDT로 해충들을 박멸하듯이 노약자 어린아이까지 무차별적으로 생명을 죽였는가 하면 그 중에서도 특히 우리민족이 가장 많이 희생이 되었다고 했다.

42년도 12월 8일 새벽 4시를 기하여 일본이 동남아 일대를 점령한 다음 아메리카 대륙까지 정복을 하겠다고 미국과 전쟁을 일으킨 세계 제2차 대전이다. 아메리카 대륙에서 미국만 점령 한다면 북아메리카 카나다는 물론 남아메리카 멕시코를 비롯한 많은 국가들을 몽땅 점령을 할 수가 있을 것이고 그렇게 된다면 명실공이 세계의 절반을 정복하게 되는 강국이 될 거라는 욕망에 앞에서 하와이에 주둔하고 있는 미국의 군사요새지를 선제폭격 하였고 그리하여 악명 높았던 세계 제2차 대전이 발발하지 않았던가? 그와 같은 일본의 헛된 욕망으로 가장 피해가 컸던 나라가 바로 조선국이요, 그 중에 김수옥의 운명도 포함하고 잊지 않던가?

그 시대에 장항선 도고역 근처 작은 마을 가난한 집에서 태어난 수옥의 어머니 황남숙이 열 여덟 살 되던 42년도 봄에 도깻나루 언저리 선장면 궁평리 어촌에 살고 있는 가난한 농가이면서 대식구 홀어머니 슬하 둘 째 아들 박철규와 결혼을 하게 되었다.

물론 분가는 했다지만 농촌 생활에서 땅 떼기 한 평도 없는 가정에서 당장 목에 풀칠하기도 여의치 않은 형편이었다. 남편은 뗏마(엔진이 없는 작은 목선)로 고기잡이를 하면서 근근이 살아

184

가는 농사꾼의 아들이다. 조수가 드나드는 이 작은 갯벌에는 굴이나 조개 그리고 김과 멍개 같은 어패류 따위는 없었다. 단지 들어오고 나가는 갯물의 조류에 따라 숭어나 우럭 같은 종류의 고기들만 있었던지라 사실상 자원이 빈약하다보니 고기를 잡아다가 파는 정도로 생활하기란 역부족이었다. 그러다보니 나루를 건너 당진군 우강면 일대 서들광문(평야)으로 품팔이를 하러 다닐 수밖에 없었다. 농사철 우강면 일대 서들 광문으로 가면 날품팔이는 얼마든지 가능했다. 그런 그들이 근근이 신혼생활을 하던 중 어느 날 비운이 닥치기 시작했던 사건은 왜놈들의 강제징용에 차출이다. 징병 대상으론 일본에서 유학하는 조선인 청년들이었고 징용은 학벌이 없는 시골 젊은이들이 대상이 되었다.

44년도 여름 모내기로 한 참 바쁜 시기였다. 남편 박철규가 왜놈들에게 강제로 징용에 끌려갔다. 물론 혼자 당하는 일은 아니었다. 그때 그의 아내 황남숙은 임신 중이었다. 국권을 잃은 조선의 청년들이 왜놈 순사들에게 너도나도 목줄에 매달려 도살장으로 끌려가 듯 전쟁터로 개 끌려가듯 했다. 운이 없었다 할까 처음부터 박철규씨는 싸이 판으로 끌려가서 1년여 동안 보급품을 나르고 방공호 구축 작업들을 하다가 또 거기에서 차출되어 태국과 버마를 잇는 콰이강의 다리 철도 건설공사 현장으로 투입되는 불운을 겪게 되었다. 더구나 그들이 모진 고생을 하게 된 이유는 순 목재로 철교를 건설하는 일이었다. 연합군이었던 영국군 공병대가 일본군에 포로가 되어 수용생활을 하고 있을 무렵이다. 이때 일본군 포로수용소 소장 사이또 대령의 지휘로 영국군 공병대를 활용 태국과 버마를 잇는 철도건설 공사를 착수했다. 군수품 보급로로 절실한 요충지이었으니 이를 착안 철도교량 건설을 강행하게 되었다.

여기에 조선인 징용자들도 투입되었다. 박철규도 그 중에 한 사람이 되었다. 시멘트가 부족했으니 목재로 대신 철교를 건설하겠다는 것이었다. 그러노라니 특수 기술이 필요했고 그 기술을 영국군 포로들을 이용했다. 조선인 징용자들을 투입하게 된 이유는 산에서 목재를 벼 나르는 작업이었다. 그 일을 시키기 위하여 조선인 징용자들을 동원 배치했다. 각고 끝에 영국군 공병대 대대장 니콜슨 중령의 기술 감독과 지휘로 철교 공사를 시작하여 완성까지 했다. 반면에 연합군의 전략상 일본군이 추진하는 콰이강의 다리가 절대 건설되어서는 안 되는 조건에서 각고 끝에 드디어 완공을 한 것이다.

이를 예의 주시하던 영국군 유격대가 일본군의 보급품을 싣고 철교를 횡단하는 도중에 요행이 폭파를 했다. 아뿔사 무無에서 유有를 창조하듯이 모든 정성과 모든 기술과 모든 노력으로 많은 시간을 소비하면서 건설했던 철교가 한순간에 폭파되다니 너무도 허망하지 않았던가? 사기가 저하된 일본군 포로수용소는 대혼란을 겪을 수밖에 없었다. 부대를 지휘할 통솔력이 와해될 형편이었다. 이런 와중을 틈타 조선인 징용자들 일곱 명이 기회다 싶어 대탈출을 시도 했다. 누구나 마찬가지 조선인들은 기회가 있을 때마다 탈출을 시도했지만 그렇다고 그게 모두 성공하는 것은 아니었다. 탈출 와중에 굶어죽고 병들어 죽고 또 붙들려 죽고 오히려 살아남는 사람보다 죽는 사람들이 더 많았다고 한다. 그래도 뜻있는 사람들은 탈출을 시도했다. 조선의 국권을 찬탈한 일본 놈들을 위하여 왜 조선인들이 전쟁터에서 죽어야하느냐고 반감을 갖은 징병이나 진용으로 끌려간 젊은이들이 기회만 있으면 탈출들을 시도했다. 탈출을 하다가 붙들리면 곧바로 총살감이다. 그런 위험을 무릅쓰고 일본 놈들의 반감에서 탈출들을 시도했다.

살아남은 사람들도 있었다. 박철규 일행들도 역시 일본 놈들의 눈을 피해서 부대를 이탈 버마 국경을 넘어가는 탈출 경로는 극한의 사투였다. 타국 만리 버마의 산악지대 겹겹이 쌓인 산중에서 동서남북도 구별할 수 없는 터에 일행들 모두 독도법이 무엇인지조차 모르는 처지에서 탈출은 너무 무모한 짓이었다. 지역이 낯설다보니 도통 탈출 경로를 잡을 수가 없었다. 오히려 아니 탈출한 것만 못할 정도로 그 경로는 험난했다. 일본 놈들의 눈을 피 하자니 물론 험악한 산악지대를 선택했으나 사방을 둘러보아도 끝이 없는 겹겹산중이라서 빠끔히 하늘만 뚫려있을 뿐이다. 아무리 지혜을 모아도 방향을 찾을 수도 없었고 길도 찾을 수가 없었다. 더구나 견디기 어려운 것은 허기증이다. 죽도록 배는 고

픈데 먹을 것이 없다. 말이 쉬워 초근목피지 나무껍질로 배를 채
운다는 것은 불가능한 일이다. 물론 나무 열매도 있다. 버섯도 있
다. 약초 같은 풀잎도 있다. 동물들도 잡아먹을 수도 있다. 살아
남기 위해서는 지혜를 총동원해야 했다. 그랬어도 무작정 탈출은
너무 무모했다. 일행이 후회를 하던 중이다. 체력에 자신감이 없
는 일행 중 두 명은 부대로 다시 복귀하는 이변까지 생겼다.

얼마나 고생스럽고 답답했던지 차라리 탈출을 포기하고 귀대
한 동료들의 판단은 옳았다고 후회까지 했었다. 일본인들의 지배
아래 시키는 대로 일하면서 주는 대로 밥이나 얻어먹으면서 세월
을 기다렸던 사람들이 그래도 현명했다는 생각이었다. 탈출을 하
지 않으면 굶어 죽지는 않을 거란 생각이다.

박철규 일행이다. 이왕지사 목숨 걸고 탈출을 했으니 살기 위
해서는 무슨 짓이든 해야 된다는 의지를 불태웠으나 그 고생 말
이 아니었다. 차곡차곡 군표를 모았으나 탈출을 하고보니 휴지조
각이 되었다. 약삭빠른 고양이 밤눈 못 본다고 했다.

그렇다. 초근목피로 배를 채우는 것도 요령이 있어야했다. 목
숨을 잃을 수 있는 독초가 너무나 많았다. 버섯 같은 종류도 그렇
다. 그 많은 버섯 중에서 우리가 식용으로 사용하는 것들이 몇 종
류나 된다는 것일까, 함부로 먹을 수 있는 것들이 아니다. 잘생긴
버섯이 독을 가지고 있고 벌레먹지 않은 나뭇잎들이 독을 가지고
있지 않던가? 차라리 못 생긴 버섯이나 벌레먹은 나무 잎이 식용

에 적합했단다.

심심산골이라 그랬던지 계곡에 물은 흔했던지라 처음은 물로 배를 채웠다지만 그것으로 해결이 되는 것은 아니었다. 나무껍질을 벗겨서 먹기도 했고 야생으로 자라는 나무 열매도 따서 먹었는가 하면 뱀도 잡아먹었다. 험준한 산악지대 큰짐승들도 많았지만 힘 있고 사나우며 속도가 있는 짐승들과 싸워 이기는 것도 여간 위험한 일은 아니었다. 그중엔 산돼지가 포함한다. 이놈들은 몸집이 큰데다가 힘이 세고 성향이 포악한지라 사람을 보아도 도망을 하지 않았다. 슬슬 눈치나 보면서 때로는 사람에게도 공격을 하는 무지막지한 놈도 있었다. 맨손으로 그 놈들과 대결하기란 불가능했다. 처음엔 피하기도 했다지만 대신 먹이 감으론 가장 좋은 상대이기도 했다. 요행이 잡기만 한다면 며칠 동안의 양식 걱정은 아니 해도 되었다. 혹시 몰라 탈출을 준비할 때 다행히 대검을 챙기지 않았던가? 산악생활에서 칼은 호신용으로 꼭 필요한 존재였다. 끝에 고무총처럼 생긴 물프레 나무를 2미터 정도로 자르고 매끄럽게 다듬고 끝을 뾰족하게 깎아서 한 사람당 하나씩 휴대를 하고보니 대창보다도 더 요긴한 목창이 되었다. 뱀이나 산 짐승들 앞에서는 호신용이요 무기로 사용할 수 있었으니 얼마나 요긴한 존재였든가? 또 숲을 헤치며 길을 만들어 나가자 해도 꼭 필요했다. 이만하면 큰 짐승들과도 대결을 할 수 있다 싶었다. 최소한 늑대 같은 크고 사나운 짐승들에게 잡혀 먹히지는 않을 거란 자신감도 생겼다. 아무튼 큰 짐승들과 사투를 벌리다가 놓치는 경우도 있었고 그들에게 물려 크게 다치는 경우도 없지 않았다.

산돼지를 만났다. 아주 큰놈은 아니었지만 200키로 정도는 너끈해 보였다. 일행 중 다섯 명이 그놈을 포위하면서 맞섰다. 그놈도 도망갈 자세가 아니다. 포위를 하고 총검술 찔러 총 자세로 조금씩 접근을 했다. 그러자 놈이 포위망을 뚫고자 했던지 일행 중 D씨 쪽으로 확 달려들지 않던가? 순간적이었다. D씨도 날 세게 공격해오는 놈의 앞면에 찔러 총 자세로 힘껏 장대를 뻗어봤지만 속수무책 뒤로 벌렁 자빠지고 말았다. 그러자 놈은 D씨의 가슴을 타고 공격하는 게 아닌가? 그때다. 일행 중 K씨가 잽싸게 달려들어 놈의 왼쪽 옆구리를 향하여 힘껏 찔렀다. 꽥 소리를 내지르며 놈도 공격을 멈추고 움찔 한다. 목창끝부분이 살 속까지 뚫고 들어간 모양이다. 다음은 Y씨가 달려들어 놈의 앞면을 찔렀다. 또 CH씨가 놈의 오른쪽 배때기를 찔렀다. 그때부터 놈은 도망을 하고자 했지만 상처가 너무도 깊었던지 행동이 자유롭지를 못했다. 일행은 무차별적으로 연속해서 공격을 가하며 난도질 놈을 쓰러트리는데 성공을 했다. 놈으로 하여금 며칠 동안 양식은 되었다지만 그러나 놈에게 옆구리를 물린 D씨가 갈비뼈가 부러지는 등 상처가 깊었다. 피도 많이 흘렸다. 치명타를 당했다. 탈출 며칠 후에 일이다. 아직도 산악지대를 빠져나오지 못한 상태다. 누구는 북두칠성을 보고 방향을 설정한다고 하나 그게 우리나라에서 보는 북두칠성과 방향이 다른 듯 답이 될 수가 없었다. 일본 놈들을 피해서 어디로 가야 무사히 산악지대를 빠져나올 수 있는지 방향을 잡을 수가 없었다. 다만 계곡 물줄기만 따라서 계속 탈출을 시도했을 뿐이다. 극한 지경에서 차츰 요령도 생겼다. 초근목피도 아는 것만 골라 안전을 우선으로 했다. 대부분 나무 열매들만 채취했지만 그것으로 허기를 채우기란 부족했다.

그래서 다섯 명 중 동료 한사람이 산돼지를 공격했다가 옆구리를 크게 다쳐 그 상처가 아물지를 못한 채 결국 죽어야 하는 비운을 겪기도 했다.

"나는 틀렸어! 어차피 살아남는다는 것은 어려운 일 당신들이나 먼저 떠나. 그래서 요행이 살아서 고국에 가게 된다면 우리 집에 가서 나는 이토록 고생을 하다가 죽었다고 소식이나 전해줘?

산악지대에서 살점이 깊게 썩어 들어가도 대체 치료 방법을 찾기란 쉽지 않았다. 운신을 할 수가 없었던 그를 간병도 했다지만 역부족이었다. 산악지대에서 그와 같이 살아날 방법은 없었다. 결국 숨을 거두는 꼴을 아니 볼 수 없는 처지가 되었다. 도저히 그를 살릴 방법이 없었다. 또 일행 중 한 명은 영양실조로 쓰러지더니 다시 일어나지 못하고 죽었다. 겹겹이 쌓인 산악지대에서 살아남는다는 것은 결코 쉬운 일이 아니었다. 여건에 따라서는 죽은 사람의 인육도 먹을 판이었다. 산속에서 길을 잃었을 때는 계곡 물줄기를 따라가다 보면 살 길이 생긴다 하기에 일행은 그런 막연한 선택을 했었다.

계곡에서는 물고기도 잡아먹을 수 있었으니 다행이기도 했다. 그런 최악의 사투 끝에 수일 동안 헤매다가 산속을 빠져나오자 다소 숨통은 튀었다지만 험로가 끝나는 것은 아니었다. 우선 주민들과 의사가 소통이 안 되었다. 손짓발짓을 다 꾸며가며 민가에 가서 일도 해주고는 밥을 얻어먹는 식으로 무작정 걸었다. 많이 걸으면 하루에 30키로도 걷고 어느 때는 4키로도 걷고 보통 20키로 정도를 걸으면서 버마에서부터 베트남을 거쳐 중국 서남부 지역에 당도 했을 때 일본이 패망했다는 소식은 들었다지만 정세가 어떻게 돌아가는지 그들 일행들은 전혀 몰랐다. 우선 대화가 통하지 않으니 그럴 수밖에 없지 않던가?

일본이 항복을 하면서 징병이나 징용으로 끌려갔던 사람들 중 죽지 않고 살아남은 사람들은 속속 귀국들을 했다. 또 일본에서 거주하던 사람들도 대부분 귀국들을 하는 데 그들만 생사를 모르는 채 소식이 끊겼다.

동네로 접어드는 들판 길을 누구보다도 눈이 빠져라 기다려도 종래 박철규 그 사람의 모습은 나타나질 않았다. 전쟁이 끝나고 한 달이 지나고 6개월이 지나도록 소식이 없는 남편을 기다리는 그의 아내이자 수옥의 엄마 황남숙의 마음은 초조했다.

해방이 되었다고 마냥 기뻐할 수만은 없었다. 오랜 동안 일본국의 전쟁 물자로 찬탈을 당했던 우리나라 경제 사정도 너무나도 어려웠고 무엇보다도 식량부족에 백성들의 굶주림은 극심했다.

황남숙의 처지가 더구나 그랬다. 시어머니의 구박은 날로 심했다. 사람이 잘못 들어와 아들이 징용에 끌려갔고 남들은 다들 고국으로 오는데 자기아들만 아니온다고 그 탓을 며느리 황남숙에게 구박으로 해댔다. 싸이 판에서 같이 있던 사람에 의하면 그이를 비롯한 일부사람들이 버마로 갔고 또 버마로 간 사람들은 살아서 돌아온 사람들이 거의 없다는 추측의 소리들만 난무했다. 그렇다. 죽었다는 그 소리들이 낭설만은 아닌 듯싶기도 하다. 살아 있었다면 버마가 아니라 지구촌 그 어디에 있었던들 이제까지 아니올 수가 없다는 실망감이 차츰 커졌다.

─저 년은 재수가 없다고 했다. 저 년이 액운을 가지고 들어와 아들을 잡아먹었다고 엉뚱한 시어머니의 구박은 날이 갈수록 도를 더 했다. 새집 짓고 3년 넘기기 어렵고 새사람 들어와서 3년 넘기기 어렵다더니 우리 집안이 그 꼴 그래서 남의 자식들은 다들 무사히 귀국하는데 그 놈만 아니온다고 그 타박을 며느리에게 퍼부었다. 시머어니가 그렇게 극성을 부리니까 가족들까지 덩달아 그녀 황남숙을 미워하고 외면하는 처지가 되었다. 그러면서 약간씩이나마 보조해주던 양식마저도 뚝 끊지 않던가?

농어촌에서 하루 벌어 하루를 먹는 열악한 처지에서 여자 몸으로 배를 끌고 갯골로 나가 고기잡이를 하며 살아갈 형편도 아니었다. 그녀는 물 건너 우강면 서들 광문으로 가서 품팔이를 해야 겨우 목에 풀칠 할 수가 있었다. 그런데 그것도 농사철이 끝난 겨울철에는 그마저 없으니 난감할 수밖에 없다. 이대로 더 이상 견디기란 고통뿐 희망이 없다는 생각이 차츰 그녀의 마음을 절망으로 몰아넣었다. 이제 그이 박철규는 죽었다고 포기할 수밖에 없다. 일 년이 지났으니 살아있었다면 벌써 집으로 왔을 거란 계산이다. 빈 젖을 빠는 어린 아들 녀석이 불상도 했다. 에미가 뭐 먹은 것이 있어야 젖이 나오질 않겠는가? 며느리를 내쫓기 위한 시어머니는 작심을 하고 구박을 했다.

박씨 집안에 핏줄이니 아이는 놔두고 너나 친정으로 가던지 마음대로 하라고 노골적인 구박이다.

이제 혼자 살아가는 방법을 찾아야 할 때라고 저녁마다 궁리를 해 보지만 뾰족한 수는 없었지만 더 머물 수도 없다는 생각에 고작 속옷 몇 벌을 챙긴 보퉁이 하나를 겨들 랑에 끼고 황남숙은 친정으로 돌아 왔다. 그러나 딸의 사정을 모르는 친정가족들 역시 출가외인 죽어도 시집에 가서 죽으라고 받아주질 않았다. 특히 아버지가 그랬다. 그렇다면 정처 없이 발길 닫는 대로 떠다녀야 한단 말인가? 인조시대 청나라로 끌려갔던 환향녀들이 시집에서 받아주질 않으니 거리를 쏘다니다가 죽거나 했듯이 그 시절부터 여인네들이 집에서 쫓겨나와 거리를 헤매며 동냥 짓을 하다가 독신 남을 만나면 살림을 차리는 경우가 아주 보편적이었다. 우

194

선 살아봐서 아니다 싶으면 떠나고 그렇지 않으면 짱 박고 살았다. 그들 중에 생각보다 잘 사는 여인네들도 있었다. 황남숙도 그랬다. 무작정 거리를 쏘다니던 중에 김지훈 팀장의 할아버지 김병수를 만났다. 그 시대의 여인들이 사는 방법이었다.

김삿갓이 그러했다 하듯이 발길 닫는 대로 이 마을 저 마을 집집마다 떠돌아다니며 밥이나 얻어먹고 다니다가 우선 양식 걱정 없이 사는 남자라면 이것저것 따지지 않고 그냥 눌러 살았다. 시대상의 비극이었다.

행색이 초라는 했을망정 삼십대 초반 젊은 나이에 몸은 건강했으니 어디를 가든지 문전 박대는 없었다. 아무 집이나 찾아들어가 배가 고프다고 하면 밥도 챙겨주고 재워도 주었다. 부엌에 나가 설거지도 해주고 쓰레질도 해주면 오히려 고맙게 생각했다. 밥술이나 먹고 지내는 안방마님들이 그랬다. 며칠 동안 그렇게 머물다보면 집안 허들레일이나 해주면서 같이 지내자는 마님들도 있었다. 얼굴이 곱살하다보니 악의가 전혀 없는 얼굴인지라 호감도 가졌다.

난리 통에 사회가 혼란스러웠으니 의외로 이런 여인들이 많았고 그렇게 떠돌다가 상처喪妻를 했거나 부득이 한 사정으로 이혼을 했던 홀 애비들을 만나면 전후사정 따질 것 없이 장착하는 여인네들의 나그네 신세다. 살다가 아니다 싶으면 또 떠나면 될 일이기도 했다.

─우리 어머니 황남숙도 이렇게 세월 따라 마냥 떠돌던 여인이 정착하게 된 곳이 J마을이었단다.

김수옥은 하던 말을 멈추고 잠시 숨을 고른 다음 다시 말머리를 이었다.

목적지가 따로 있는 것도 아니고 마냥 떠돌다보니 집을 나온 지도 벌써 다섯 달이나 되어서다. 거리로 따진다면 고향에서 이백 여리쯤 되는 위치다. 그 중간쯤에는 행정구역상으로 아산군 군소재지 온양온천 읍내가 있기도 하다. 같은 아산군내라 하지만 서쪽으로 당진군과 경계를 하고 있는 선장 면에서 동쪽으로 천안군과 경계를 하고 있는 탕정면 하고는 위치상으로 따진다면 서쪽 끝에서 동쪽 끝까지 온 셈이란다.

들판을 가로지르는 장항선을 타고 멀리 북쪽 방향을 내다보노라면 산자락에 매달린 듯한 작은 마을이 멀리 보인다. 반대로 뒷동산에서 내려다보기엔 삼태기처럼 생긴 야트막한 양지바른 산기슭에 20여 채 초가집들이 옹기종기 모여 앉은 마을이다. 둘레 산에는 온통 참나무들과 소나무들이 울창하게 어울러 져 있고 오른쪽 산모롱이를 돌아가면 음봉과 성환을 거쳐 서울 쪽으로 이어지는 도로가를 옆에 끼고 월척 붕어를 비롯한 팔뚝만한 고기들이 우글거리는 축구장 두 배크기만한 저수지도 있다. 다음 왼쪽으로 비탈진 고개를 넘어가면 장항선 철도역 모산으로 가는 소로 길이 있다. 삼태기처럼 입 벌린 서남쪽으론 이름 하여 너른 들판들이 있어 곡창 지대를 이룬 천연자원의 마을로서 봄, 여름이면 복숭아꽃 살구꽃들이 흐드러지게 피는가 하면 산자락엔 진달래들이 장관을 이루고 있는 꽃동네가 바로 J마을이다. 이 마을에는 경주 김씨들과 함양 박씨들이 집성촌을 이뤘다 할까?

47년도 여름 저녁 무렵이다. 김씨 대종가집 대청마루에 저녁 밥상이 들어와 가족들이 옹기종기 모여앉아 한참 저녁 식사를 할 무렵이었다.

낯선 어느 여인이 대문 앞에서 서성이고 있지 않던가? 이를 본 그 집 맏 며느리가 그 여인에 다가가

—어떻게 오셨나요?

용건을 묻자

—하루만 재워줬으면 하고요!

며느리는 시어머니에게

—하룻밤 재워달라는 데요?

보고를 하자.

—젊은 색시가 갈 곳이 없는 모양이구면?

누구보다도 시어머니의 승락이다.

—들어오라고 해라, 젊은 색시가 이 저녁에 어디로 가겠노.

상황을 주시하던 시어머니가 선뜻 허락을 한다. 시어머니의 결정에 가족 누구도 반대하는 사람은 없었다.

윗분들의 허락이 떨어지자 며느리는 얼른

─들어 와요.

안내를 했다. 며느리의 뒤를 따라 들어온 여인에게 시어머니는 두 개의 밥상 중 여자들이 먹는 밥상으로 그 여인에게 자리를 내주고는

─물론 식사도 안 했겠지?

시어머니의 말이 떨어지자 며느리는 얼른 부엌으로 나가 밥한 그릇과 수저를 가지고 와서 먹으라고 그 여인에게 권한다.

─고맙습니다.

허리를 굽혀하는 그 여인은 사양도 없이 밥상으로 다가온다.

그랬다. 이렇게 젊은 여자들이 정처 없이 떠돌아다니는 모양새는 농촌사람들 입장에서 흔히 볼 수 있는 딱한 사정들이었다. 하나도 놀랄 일도 흉도 아니었다. 우리나라는 당시 왜정 36년 식민지 생활에서 세계 제2차 대전에서 일본국의 찬탈로 식량까지 턱없이 부족하다보니 국가적 정황이나 결손 가정들이 피폐할 정도로 피폐 파산에 위기를 맞고 있는 가정들이 불황에 공장들 문닫듯 했다. 거기다가 전쟁을 따라다니는 장질부사나 폐병 그리고 아이들에게는 천연두와 홍역 같은 질병들이 마구 사람을 죽이고 다녔으니 누구나 살아 있어도 살이 있는 꼴이 아니었다. 언제 총탄이나 전염병들이 사람들의 생명들을 앗아갈지 모르는 시대적인 상황에서 멀쩡한 젊은 여자가 떠돌아다닌다고 놀랄 일도 별스런 일도 아니었다. 여인네들뿐만이 아니었다. 그런 그녀들에게

198

사람들은 불쌍하고 동정만 할뿐 요즘처럼 바람나서 가출했다고 손가락질 하는 사람들은 누구도 없었다. 왜정시대 남자들은 돈을 벌겠다고 그렇게 떠돌아다니다가 어느 농가 머슴으로 일을 하기도 했다지만 서울거리를 배회하는 사람들도 많았다. 다행이 취직을 해서 정착하는 경우도 있었다지만 왜놈들을 피해서 만주 쪽이나 일본 등 외국으로 무작정 떠나는 사람들도 생겼다. 어디를 간들 이만 못하랴 하는 희망을 잃은 사람들이 가족들까지 데리고 속속 조국을 떠나는 패들도 있었다.

식사를 끝낸 그날 저녁이다. 시어머니는 그 여인을 데리고 고향은 어디고 가족은 어디 있으며 건강은 좋으냐고 또 왜 이렇게 떠돌아다니느냐고 조근 조근 물어보자 그 여인도 마찬가지 자기 사정을 숨김없이 풀어 놓지 않던가? 가출을 해서 이 동네 저 동네를 떠돌아다닌 지 5개 월 여기까지 오게 되었다고 실토를 한다. 그 즈음 남자들은 무작정 떠돌다보면 머슴살이로 일자리가 생겼는가 하면 여자들에게는 짝을 만나 재가를 하는 경우가 많았다. 임자 없는 몸 누구에게 구애받을 일도 아니란 생각에 맘 내키는 대로 떠다니는 여인네들이다. 요즘은 무작정 상경들을 하지만 그때는 그럴 줄을 몰랐다. 서울에 간다고 뾰죽한 수가 있는 것도 아니고 차비도 없었다. 서울까지 걸어서 간다는 것도 쉽지 않으니 이 마을 저 마을로 내키는 대로 떠돌아 다녔다. 그랬어도 배를 곯치는 않았다. 동냥밥을 얻어먹기란 남정 내들보다 여자들이 좀

쉬웠다.

─생각보다 순진하고 곱살한 것이 여지답게 생겼구먼. 그럼 사람 하나 소개해줄까?

그 소리에 여인은 시어머니의 표정을 잠시 살펴본다. 그리고는 다소곳이 고개를 숙인다.

떠도는 여인들

그렇게 해서 그녀는 김병수씨와 짝을 맞춰 머물게 되었다. 전 남편과 동갑내기로 나이는 여섯 살 차이다. 김병수씨도 징용으로 일본의 오끼나와 섬에서 선착장 작업을 하다가 해방이 되었다. 양부모 모시고 논 2천여 평에 8백여 평 밭떼기 농사를 붙이고 사는 순수 농사꾼이었으나 178키에 얼굴이 훤하게 생긴 아주 건장한 젊은 이었다. 한 가지 흠이라면 술 벽이 있기는 하나 큰 허물은 아니었으니 둘 사이 금실도 좋았다. 때로 술을 마셨다하면 주정도 있었다지만 황남숙을 만나면서 그 버릇도 차츰 잊혀 질 무렵이다. 읍내 장날 같은 때 외출을 했다가 오는 날이면 곧잘 술을 마셨고 술을 마셨다 하면 동네가 떠들썩하도록 주정을 했던 나쁜 버릇도 차츰 잊혀 질 때다. 심할 때는 남들과 시비가 벌어져 싸움질 까지도 하는 괴벽이 아니던가. 평상시는 아주 얌전하고 가정에 성실하나 술이 병이었던 그런 습관들이 차츰 사라져서 이젠

개심을 했다고 칭송들이 있기도 했다.

그 무렵 김병수씨는 슬하에 두 아들을 두었으나 작은 아이가 장마 통 개울물에서 익사하는 불운을 겪으면서 그의 아내는 자폐증 증세가 악화되는 어려움을 겪어오다가 남편이 일본으로 징용에 끌려가면서 친정으로 돌아갔다.

예산군에 위치한 어느 시골학교에서 교장까지 지내며 부유하게 살아가는 친정아버지도 딸의 증세를 인정했던지 이를 당연하게 받아드려 우선 결별을 시켰단다.

일본이 미국과의 전쟁에서 항복을 하면서 우리나라가 어부지리로 국권이 회복되자 징병과 징용으로 끌려갔던 저마다의 사람들이 목이 터져라 만세를 부르며 귀국들을 할 무렵 김병수씨도 무사히 귀국을 한 다음 처가로 가서 아내를 데리고 오고자 했으나 어차피 정상적으로 가정생활을 할 수가 없다고 판단한 장인를 비롯한 친정 어른들이 허락을 하지 않았다. 김병수씨는 그렇게 독신이 되었었다.

독신이 된 김병수씨가 이 여인을 다시 아내로 맞아드렸다. 이 분이 바로 형사 팀장 김지훈의 할아버지요 수옥의 아버지도 된다. 그렇다면 지금 김지훈 팀장이 담당하고 있는 인천 토막 살인의 범인 허승규가 바로 김지훈 팀장의 고모가 낳은 고종사촌 동생벌이 된다는 결론이고 김지훈 팀장 앞에 있는 여인이 아버지와 친 남매간이 된다는 고모벌이 된다.

-혹시 김병수씨를 아시나요?

　여기까지 대화가 진행되자 이번엔 김지훈 팀장이 아는 체를 했다.

　이 소리를 듣자 황남숙은 눈을 똥그랗게 뜨고는 김 팀장의 얼굴을 뚫어지게 건너다본다. 건드리기만 해도 쓰러질 것만 같던 여인의 얼굴에 갑자기 핏기가 도는 듯 했다.

　-맞아요, 제 아버지예요. 그런데 팀장님은 누구신가요?

　다급하게 묻는다.

　-그럼 김무환 씨도 알겠네요.

　김 팀장이 재차 묻자

　-내가 세상에 태어난 후 일 년도 못되어 헤어져야 했던 나와는 배가 다른 오라버니로 알고 있어요.

　-니가 태어난 곳은 탕정면 J마을이란다. 전쟁 통에 가족들이 뿔뿔이 흩어져 살다보니 본의는 아니었지만 그런 기막힌 운명이 되었단다. 그곳에 가면 네 아버지 김병수도 있고 네 오빠도 한 명 있단다. 이름은 김무환이다. 사람팔자 언제 어느 때 어떻게 될지 모르는 일이니까 기억이라도 꼭 하고 있거라.

　고향을 떠나던 전날 밤이었다. 엄마 황남숙이가 딸 수옥을 데리고 일러주던 말이다. 처음엔 흘려듣고 말았지만 성장을 하고 인천에서 혼자 생활을 하다 보니 가끔은 생각이 나기도 했다지만 막상 찾겠다는 생각은 미처 못 했단다. 엄마가 생전에 들려주던 내용이기에 지금까지 기억만 하고 있었을 뿐이라고 했다. 한번은 큰맘 먹고 J마을 찾아가 보았으나 김병수 씨는 죽은 뒤였고 김무환은 일찍이 서울로 이사를 했다는 소식만 들었을 뿐 더 이상은 몰랐단다.

─그럼 우리 집안 사정을 꿰고 있는 팀장님은 누구란 말입니까?

공격을 하듯이 묻고 있는 그녀에게

─김무환씨가 저희 아버지가 됩니다.

김무환씨가 세상을 떠날 무렵 마지막 김지훈 팀장에게 남긴 말이란다.

─서모였던 황남숙이는 수옥이가 죽었다고는 하나 내 예감으론 꼭 살아있을 것만 같기에 일러주는 말이란다.

아버지 김무환씨가 이처럼 당부는 했지만 너무나 막연한 일이기에 찾아볼 생각도 없이 지금껏 잊고 지내오던 중이었단다.

그랬던 그들이 너무도 뜻밖의 장소에서 만남이었다. 김수옥과 김지훈은 고모와 조카벌이 아니던가? 지훈에겐 아버지로부터 말로만 들어오던 고모의 존재다. 그런 고모가 하필 토막살인 사건 앞에 나타나다니 너무도 참담했다 할까 기막힌 운명이라 할까 숙명이라 할까. 이를 신앙을 가진 사람들은 기적이라 하지 않던가? 아니면 악연이라 할까?

사건도 사건 나름이지 정말 기이한 우연이었다. 물론 사건을 수사를 하다보면 뜻하지 않은 장소에서 뜻밖의 사람을 만나기도 한다지만 하필 엄청난 토막살인 사건 앞에서 만나다니 그게 보통 운명이든가? 더 좋은 장소에서 그럴 듯하게 만났다면 얼마나 좋았을까 생각도 해본다지만 하필 피를 뿌린 수사현장에서 만날 수밖에 없었다니 너무도 황당한 일이 아닐 수 없다. 세상은 넓고도 좁다고 했던가? 이게 꿈인가 생시인가 너무도 운명이 고약하지 않던가? 우연치고 너무도 기구했다.

여기까지 두 사람 간에 이야기가 진행되는 동안 김지훈 팀장은 고모라는 사실을 알게 되면서 내심 혼란스럽기도 했다. 죄진 몸 최대한 몸을 낮춘 자세에서 한 마디 한 마디 설명을 하는 김수옥으로부터 김지훈 팀장도 아까부터 화살을 맞는 듯 짜릿짜릿 가슴이 저려 옴을 느끼기도 했었다.

김지훈의 할아버지 김병수씨가 추억처럼 먼 옛날에 있었던 집안이야기를 가족들 앞에서 할 때는 더구나 황남숙과의 관계를 빼놓지 않았고 한 올 한 올 이야기를 들려 줄 때는 감격했던지 순간순간 말을 잇지 못할 때도 있었다.

─우리 가족이 이처럼 처절하게 운명이 뒤틀린 것도 따지고 보면 다 일본으로부터 침략을 당하면서 시작된 게 아니겠어요. 우리민족의 생명을 놈들의 야심에 먹이 감으로 희생되어야 했으니 모든 원인은 놈들의 전쟁이 아니었습니까. 그들로 하여금 우리나

라의 국토와 민족의 생명이 갈 갈이 찍기도 했고요.

아메리카 대륙까지 정복을 하겠다고 일본이 미국과의 전쟁은 너무도 엉뚱했다. 감히 넘보지 못할 경지를 일본이 욕심을 부리다가 지구상에서 처음이요 마지막이었던 원자탄의 세례까지 받아야했던 비극을 맞이하기도 했다. 아예 일본은 미국하고는 이길 수가 없었던 전쟁이었다. 우선 정보전에서 항상 적에게 덜미를 잡혔고 또 전쟁에 필요한 신무기 항공모함 미드웨이와 더불어 비행기 등 미국에 비하여 턱없이 부족 했으며 병력까지도 부족했다. 그러니까 조선인들까지 강제로 동원했는가 하면 식량까지 자원을 찬탈했는지 상상을 초월한다. 모두가 일본이란 나라 때문에 약소국이란 미명아래 그런 모진 고통을 우리민족이 당해야만 했다.

세계 제2차 대전에서 일본군이 동남아 일대를 모두 점령했듯이 태평양의 적도를 경계로 걸쳐있는 1천여 개의 섬들마다 전군 기지로 일본군이 점령 사용하면서 그 전투 기지마다 징병이나 징용으로 끌려간 조선인들이 배속되어 있었으니 얼마만큼의 그 학정이 포악 했던가 짐작이 가는 대목이다.

−그 무렵 43년도에 김병수씨도 일본 순사들에게 붙잡혀 징용으로 끌려갔고 박철규씨도 마찬가지가 아니었습니까? 더구나 박철규로 하여금 우리집안의 운명이 완전 뒤바꿨고요? 나라가 망하는 것은 동서고금을 통해 역사적으로 보아왔다지만 모두 정치지

도자의 무능 때문이 아니겠습니까. 정치를 잘못하여 나라가 망하는 꼴 우리가 지금 똑똑히 보고 느껴왔듯이 말입니다. 대원군 이하응의 정치적 사주로 임오군란이 그랬고, 동학란이 그랬으며 을미사변이 그러하지 않았겠습니까? 이런 못된 짓이 대원군의 정치적 야욕과 권력 때문이었고요? 다시 이야기해서 임오군란 동학란 을미사변이 모두 대원군 이하응의 짓이 아니었습니까? 고종은 그런 아버지의 효심 때문에 진작 죽이지 못한 책임도 있고요. 대원군은 최소한 임오군란 때 역적모의로 책임을 물어 아버지 대원군을 죽여야 했다. 그랬으면 동학란도 을미사변도 없었을 것이 아니겠습니까? 일본은 호시탐탐 기회를 찾는데 그 앞에서 대원군은 역적질을 했으니 나라가 온전할 수가 없었지요? 작금이라도 대원군에게 그 책임을 물어 부관참시까지 해야 옳다는 생각들 입니다. 대원군은 나라가 망하는 꼴 뻔히 알면서도 권력을 탐하고자 역적질을 했고 나라가 망한 후에야 그 역적질을 멈췄습니다. 약자는 언제나 강자에게 먹히게 마련 아닙니까.

특히 박철규씨로 하여금 운명이 뒤틀린 우리가족이 그러했듯이 해방이 되었다고 개인별로 귀국하기는 어려웠다. 오늘날과 같이 교통망이 편리하게 얽혀있는 것도 아니었기에 어차피 개인행동은 불가능했다. 차라리 일본군이 철수하는 경로를 따라 징용자들도 단계별로 이동하는 수밖에 없었다. 지역이 낯설고 여비도 없으면서 언어도 소통이 되지 않으니 개인별로 철수하는 것은 불가능 했기에 일본군을 따라 철수하는 경로가 제일 안전한 방법이 되기도 했다.

그러기에 타국 만리에서 개인별로 탈출한다는 것이 얼마나 엉뚱했는지 짐작하는 바다. 박철규 일행이 그랬다. 태국, 버마, 베트남, 남중국 등을 거치는 동안 그 경로가 순탄치 않았고 그 고생 짐작이 갔다. 손짓발짓 다 동원한다고 그곳 주민들과 의사소통이 되었겠는가? 그래서 더구나 애를 먹었다. 의사소통이 불가능한 타국에서 설령 탈출에 성공을 했다 해도 살아남는다는 것은 너무도 어려웠다. 굶어죽거나 병들어 죽어간 사람들이 많았을 뿐만 아니라 설령 살아남았다 해도 죽을 고비를 수 없이 넘겨야 했다.

사실 콰이강의다리 태국국경에서 버마와 중국을 거치는 동안 도보로 박철규씨 일행 3명이 살아서 돌아왔다는 것은 생각만 해도 요원한 일이었다.

그런 사람들에 비하여 김병수씨는 조선의 징용자들 중에서는 특과로 있었던 셈이다. 징용자들 중 훗가이도 탄광에서 일을 했던 사람들이 제일 많았고 남양군도 싸이판과 군함도에서 조선인 징용자들이 많이 죽기도 했다. 물론 일본군의 전진기지에는 어디를 막론하고 조선인 징용자들이 끌려 다녔다. 그들이 주로 하는 일은 진지작업이 아니면 보급품등을 조달 운반하는 일이었다. 오키나와 인근 섬에서 있었던 김병수씨는 일본이 패망하면서 누구보다도 빨리 귀국할 수가 있었으니 다행이 아니었던가? 일하고 받은 군표도 현금으로 바꿀 수 있었으니 귀국해서도 집안 살림에 큰 보탬이 되기도 했다. 그랬던 그들이다. 80여년이 지난 요즘에서야 일본정부와의 정책적 협상을 테이블위에 올려놓고 줄다리기 난항을 거듭하고 있지 않던가? 많이 늦었지만 지금이라도 그들에게 억울함이 없도록 양국 간에 원만한 해결책이 나왔으면 좋겠다.

김병수씨는 전처의 소생으로 아들이 두 명 있었으나 작은 아들은 초등학교에 다닐 무렵 동네 아이들과 물놀이를 하다가 발을 헛디뎌 깊은 물속으로 빠지면서 불행하게도 죽었다. 아들 하나를 데리고 농사터를 거느리고 살아가던 중에 황남숙을 만났고 또 딸 하나를 얻었다. 이 여인이 바로 김수옥이다. 소중한 딸을 얻은 셈이다. 딸을 얻게 되자 부부금실도 좋아졌다. 조상 대대로 물려 내려온 전, 답도 있었고 일본에서 번 돈으로 논도 네 마지기를 샀으니 부농은 아닐 지라도 흉년이라 해도 양식 걱정할 살림은 아니었다. 전답들이 저수지 몰록에 모두 들어있었으니 가뭄이 든다 해도 남들과 같이 물 걱정할 처지도 아니었다.

김병수씨를 만난 황남숙도 가출을 하고 재가는 했을망정 전실 자식으로 아들 하나에 자기 뱃속으로 낳은 딸을 데리고 새 보금 자리에서 한때 모든 시름 다 잊고 마음 편하게 살고 있을 때였다. 새 살림을 차린 지 2년 정도의 세월이 흘렀을 무렵이다.

자전거 행상

아산군은 군소재지는 온양온천 읍내를 중심으로 사방 약 25키로미터 쯤 거리가 되는 면적을 가지고 있다. 일상생활에서 상거래는 보통 5일장으로 읍내를 이용한다. 아니면 행상을 이용한다. 남자 행상들은 보통 자전거를 이용하고 여자들은 보따리 장사를 했다. 그런 행상들이 많았다.

남자들은 주로 일상생활에 필요한 석유와 소금 같은 종류와 그리고 생선 종류로 새우젓 등을 자전거에 싣고 다니면서 팔았고 여자들은 보따리를 머리에 이고 다니면서 대개가 가정방문 형식으로 옷감이나 화장품 종류였고 부엌에서 필요한 비누 등 생활용품들도 팔았다.

온양온천 읍내에서 도매로 물건을 떼다가 마을마다 돌아다니면서 행상을 하는 형식이다. 생선 같은 경우는 특히 봄에 강다리는 백석 포(아산만)에 가서 사다가 팔았다. 바쁜 농사철 같은 때 당장 생활용품이 떨어졌다고 읍내 장까지 갈 수가 없었으니 행상을 이용하는 것은 당연했고 편리한 방법이었다. 즉 석유나 소금이 떨어졌다고 이 십리 길 읍내까지 일부러 갈 수는 없고 수시로 필요한 일용품을 구입하자면 행상들을 이용할 수밖에 없었다. 5일장에는 한꺼번에 필요한 물건들을 대개들 구입을 하겠지만 보통들은 행상을 이용했다.

마을 한 가운데 쯤에 자전거를 받쳐놓고

'싱싱하고 맛좋은 육젓(6월 새우젓)이 왔습니다. 필요하신 분들은 다들 나와 구경하시고 드려 가시기 바랍니다.'

이런 식으로 목청을 울리면 필요한 아낙들이 저마다 모여들어 구경도 하고 사드리기도 한다. 이게 읍내 장에서 멀리 떨어진 시골사람들의 상거래다. 요즘의 도시 풍경이 그렇듯이 작은 화물차에 물건을 싣고는 확성기에 마이크를 달고 뒷골목을 누비며 물건을 파는 행상과 흡사한 형식이다.

'이번에는 자반을 가지고 왔습니다. 필요하신 분들 모두 나와서 구경들 하세요?'

그렇지 않아도 혹시나 기다리던 중이다. 내일 아시벌(1차)로 논을 매는 날이다. 일꾼들 식사준비를 하자면 자반이라도 사야하겠기에 마침 기다라던 중이었다. 아랫말에 생선 장사가 와 있지 않던가?

대개 행상 범위는 읍내를 중심으로 사방 25키로 미터쯤 된다. 마을마다 석유장사를 비롯한 소금, 새우젓, 강다리, 동태 등 제반 행상을 하는 장사꾼들이 자전거에 물통을 싣고 다니면서 물건을 팔았다.

하루하루 방향을 바꿔가며 이 마을 저 마을을 누빈다. '자반을 가져왔으니 필요하신 분들은 빨리빨리 오세요. 아니면 물건이 독납니다.' 이런 식으로 소리를 질러대면 필요한 사람들이 저마다 몰려든다. 여자 행상들은 집집마다 방문도 하지만 어느 한집에 물건을 풀어놓고 있으면 저마다 소문을 듣고 찾아오기도 한다. 1950년대까지의 비문명 국가에서의 시대상이었다.

황남숙 그녀가 작은 양재기를 들고 대문을 나서보니 이미 동네 아낙들이 자전거를 삥 들어 싸고 흥정들을 하고 있지 않던가. 잰 걸음으로 그녀가 행상에게 다가가서 흥정을 하려던 참이다. 내일 모내기를 하는 날이다. 10여명 정도 되는 일꾼들의 밥상에 자반이라도 올리자면 고등어 등이 필요했다.

이럴 수가? 우연이란 언재 어느 때 찾아올지 예측 불허다. 예기치 못한 곳에 꼭꼭 숨어 있다가 불쑥 나타나는 존재가 바로 우연인가 보다. 너무도 엉뚱했다. 자전거를 삥 둘러싼 아낙들 사이를 비집고 그녀가 고등어자반 한 코를 사려고 장사꾼과 얼굴을 부딪쳤을 때다. 순간 먼저 장사꾼이 눈을 똥그락케 뜨며 놀라는 표정이었고, 그녀는 갑작스런 충격에 까무러칠 정도 숨이 꽉 막힐 지경이다. 이럴 수가 죽었다는 사람이 어떻게 살아있단 말인가. 전 남편 박철규가 아닌가? 천지가 개벽하는 순간이다. 그녀가 땅바닥에 털썩 주저앉는 순간 그가 얼른 받쳐준다.

박철규 그는 꼭 황남숙을 찾고야 말겠다고 의지를 갖고 장사를 시작했다지만 황남숙은 죽었다는 사람이 자전거 행상으로 갑자기 나타나다니 이게 꿈인지 생시인지 그야말로 하늘이 놀랄 일이었다. 세상은 이를 또 기적이라 하겠지. 여러 사람들의 운명이 행과 불행으로 충돌을 하다니 인생역경은 또 다른 폭풍에 휘말릴 것임을 예고함이다.

상봉

귀국한지 2년 반 동안이란다. 돌아오지 않는 남편을 눈이 빠지도록 기다리고 있을 아내를 생각하며 죽을 고생을 무릅쓰고 그리던 고향 내 집을 드디어 찾아왔으련만 아내는 간곳없이 무너진 추녀 끝에 잡풀만 우거진 채 박철규 그를 맞이하더란다. 하루가 여삼추 꼬박이 기다리고 있으면서 반가이 맞아줄 아내의 모습은 간 곳이 없고 해마다 피고 지는 백합이 수북이 쌓인 잡풀들 속에서 외로이 꽃을 피우고 있지 않던가? 아내와 결혼한 지 2년 만에 징용으로 끌려갔던 운명선이다.

할머니 그늘에서 매일 엄마를 찾던 여섯 살 배기 아들 박노영 녀석은 아버지를 보고도 낯설었던지 슬슬 눈치나 보며 겉돌았다. 아내가 없는 가정에 독신 생활은 주검과 같았고 그 실망은 세상이 온통 무너지는 듯 했단다. 곰곰이 생각할 때마다 이대로 포기할 수는 없었고 아내를 반드시 찾아야한다는 결심이 슬픈 감정을 더욱 부채질했다.

처가부터 먼저 찾아가 보았고 친인척 집들도 일일이 찾아다니며 행방을 수소문했으나 아내의 행방은 묘연했다. 집나간 사람이 어디 가서 굶어죽지나 안했나 걱정도 되고 그런 아내를 어디에 가서 어떻게 찾을까 수 없이 좌절할 때마다 괘심도 했다지만 한편 시 어머니 한 테 쫓겨났다는 동네 아낙들로 하여금 사연을 듣고부터는 불쌍한 아내를 생각할 때마다 잠을 못 이룰 지경이었다.

시름을 잊으려 애를 써도 그럴수록 아내를 꼭 찾아야겠다는 생각이 굳어졌다. 결심은 한다지만 가진 것 없이 맨손으로 무작정 거리를 쏘다닐 수도 없지 않던가? 고심 끝에 떠 오른 생각이 행상을 하다보면 마을마다 돌아다닐 수 있다는 생각이고 그럼 사람들은 자연스럽게 만날 수 있다는 기대감에서 자전거에 물건을 싣고 계절에 맞는 장사를 시작했단다. 가을이면 소금장사, 겨울이면 석유장사 봄이면 생선장사, 가을이면 새우젓 장사 등 계절에 맞는 물건을 2년 반 동안이나 이웃 동내부터 시작 계속 범위를 넓혀가며 찾아다니는 중이었단다. 가출을 했다면 요즘 세상에는 서울이지만 그때 여인네들의 사정으로 서울까지는 어림도 없는 이야기였다. 그렇다면 희망은 있다 했다. 꼭 찾을 대까지 좌절 또한 하지 말자고 다짐도 했다.

사연이 많은 이야기를 하기 때문이랄까 때로는 분노를 삼키기도 하고 때로는 울먹이노라 말문이 막히기도 하고 때로는 흐느껴 울기도 하면서 징용으로 끌려간 다음부터 태국의 서부지역 깐

짜나부리 쾌노의 계곡 밀림 속에 있는 쾅이강에서부터 탈출을 시도 버마 국경을 넘어 남중국 국토를 횡단 요동반도를 거쳐 만주와 압록강을 건너오기까지 순전히 도보 경로에서 죽을 고비도 수없이 넘기면서 드디어는 살아서 고향에 도착하기까지 죽도록 고생했단다. 돌아오지 않는 남편을 기다리는 아내를 생각해서라도 꼭 고향에 가겠다고 굳은 결심을 하면서 걷고 또 걸렀단다. 차라리 탈출을 하지 않았더라면 그런 고생을 덜어냈을지도 모르는 일이요 어쩜 일찍이 고향에 돌아왔을 거라고 괜한 공명심에서 약삭빠른 척하다가 더 많은 고생을 했다고 후회를 거듭했단다.

시어머니한테 쫓겨났다 하기에 그래도 아내의 가출에 분노를 삼킬 수 있었다. 그렇지 않았다면 가정을 버리고 떠난 괘씸한 여자 꼭 찾아서 너 죽고 나도 죽을 것이라 각오도 했단다. 그럴 땐 어떤 짓 어떤 행동을 저지르게 될지 자신도 분간이 안 될 정도였다. 아무튼 제 정신이 아니었다.

─마지막으로 가정사가 이렇게 파산되었을망정 그게 우리들의 잘못은 아니 잖는가? 우리 다시 시작하는 마음으로 고향으로 돌아가자고 남편 박철규씨가 황남숙에게 간곡한 권고였다.

─난 이 사람 없이는 못삽니다. 모든 허물 용서하시고 저에게로 돌려보내주기를 간절한 마음으로 바라겠습니다.

그는 김병수씨에게도 서슴없이 큰 절을 하며 사정을 했다.

시종일관 그의 기막힌 사연들을 듣고만 있던 김병수씨도 무작정 욕심 부릴 수도 없었다. 사실 김병수씨도 그녀를 만나 마음을 잡았고 그래서 가정이 안정되기도 했었다. 또 그녀를 진심으로 사랑도 했다. 그렇지만 박철규씨의 딱한 사정을 보면서 내 욕심보다는 당사자인 아내 황남숙의 의양에 맡기는 것이 옳을 듯도 싶었다. 그게 정도였다.

그녀 황남숙 역시도 고심 끝에 김병수씨에게 용서를 빌며 본남편을 따라가기로 결심을 했다. 낳은지 겨우 일년 육개월이 채 안된 딸아이의 거처를 놓고도 걱정들을 했다. 누가 맡아서 키우느냐 의견이었다. 그때 황남숙이 단언을 내렸다.

─수옥이는 김씨 집 핏줄이니 내가 조금 더 키워서 돌려 보내 줄 게요. 엄마 떨어진 어린 것을 홀아비가 잘 챙겨줄 수가 있겠어요. 안심치 않으니 차라리 내가 데리고 갈게요. 대신 아이가 좀 더 크거든 꼭 돌려보내 주겠노라고 굳은 약속을 하기도 했다.

당시는 시골에 분유가 없던 시절이었다. 그때 김병수씨의 큰아들 김무환도 나이가 14세였다. 이분이 바로 김지훈 팀장의 아버지다. 이를 지켜보고 있던 김무환도 대충 사리를 판단할 줄 아는 나이쯤 되었다.

운명치고는 너무도 기구하다는 생각에 아버지 김병수씨도 몹시 마음 아파하고 있음을 그 아들 김무환이 왜 모른다 하겠는가? 한때나마 정을 붙이고 살던 여인을 빼앗긴 아쉬움이다.

아내와 딸을 보낸 후부터 김병수씨는 가끔 그 딸이 보고 싶다고 했었다. 이젠 그 어린 것도 제법 컸을 것이고 재롱도 부릴 나이라고 상상을 하기도 했었다. 그럴 때마다 마음을 달래기 위하여 한 동안 끊었던 술을 다시 마시며 시름을 달래기도 했다. 전과 같이 주정을 부리는 것이 아니라 혼자 마음을 달래며 침거하기도 했고 고심도 했었다.

그러던 어느 날이다. 이웃 동내 초상집에 가서 문상을 하며 술을 마시고 밤늦게 논둑길을 걸어서 오다가 실족을 했다. 초승달마저 서산으로 넘어간지라 온 벌판은 칠흑 같은 캄캄한 어둠이 온 세상을 뒤덮고 있을 때다. 인적 없는 벌판엔 추적추적 가랑비까지 내리다 보니 별빛마저 가로막고 있지 않던가? 지척을 분간할 수가 없는 어둠이었다. 술 기분이지만 조심을 한다고 논둑길을 더듬거릴 때 비에 젖은 논둑길에 찍 미끄러지면서 하필 둠벙으로 굴러 떨어지고 말았다. 생시가 아니고 술에 취하여 비틀거리는 몸뚱아리를 지탱 둠벙을 혼자 빠져나오기는 불가능했다. 순전히 논에 물을 대기 위하여 파놓은 둠벙인지라 크지도 깊지 않았으나 비에 젖은 논둑이 미끄럽고 어둠마저 캄캄했으니 혼자의 힘으로 빠져나오기란 불가능했다.

언 결에 살려 달라고 소리를 질러 대며 울부짖기도 했다지만 그 비명소리가 곤히 잠자던 마을 사람들을 깨우지를 못했고 설령 깨웠던들 야밤에 들판에서 귀신 울부짖는 소리같이 스산했던지라 구원해줄 사람도 없었을 것이다.

안타까운 일이지만 이렇게 김병수씨는 객사를 했고 50대 중반 아까운 나이에 그렇게 세상을 떠났다.

할아버지뿐만이 아니다. 갑자기 혼자가 된 아버지 김무환씨도 배는 다르지만 가끔씩 수옥을 보고 싶어 했다. 할아버지 김병수씨가 돌아가시기 며칠 전이다. 당신 주검을 예감이라도 했던지 아들을 불러놓고 심정을 털어놓았다. 불쌍한 것 수옥이가 보고 싶고나. 지금쯤 살아있다면 10살쯤은 되었을 텐데 잘 크고나 있는지 모를 일 기회가 된다면 너라도 한번 찾아가 보라고 당부를 했었다.

또 아버지 김무환씨께서도 배는 다를지언정 아버지가 생전에 그토록 사랑도 했고 아쉬워했던 그 여동생 수옥이를 자기라도 찾아야겠다는 생각이 간절했다. 또 수옥을 찾아서 사랑도 해줄 것이고 서로 의지하며 살아야겠다고 다짐도 했다. 꼭 찾아야겠다는 생각이 굴뚝같았다. 핏줄은 그리 간단하게 포기할 일이 아니었다.

어느 날이다. 김무환은 일찍이 서둘러 동생 수옥을 찾으러 길을 나셨다. 6킬로 쯤 되는 온양역에서 기차를 타고 신창역 다음 두 정거장을 지나서 도고온천역에서 내렸다. 거기에서 선장까지는 도보로 십 리쯤 된다.

아산 군내에서 다른 면에는 대개가 초등학교가 두세 개쯤 있는데 선장 면에는 유독 초등학교가 하나밖에 없었다. 다행이다 싶었다. 그렇지만 아산군에서는 학생 수가 두 번째로 큰 학교가 되었다. 온양읍내에 있는 온양온천초등학교 다음으로 컸다. 전교 22학급에 학생 수는 1230여명이나 되었다.

그 아이 수옥의 나이가 당시 48년생으로서 10살 정도는 되었을 무렵이다. 적령기에 초등학교에 입학했다면 2, 3학년 정도는 되었을 것이라 여겨졌다.

우선 선장초등학교를 찾아갔다. 교무실에는 교감 선생님만 혼자 있었다. 다른 선생들은 수업에 들어갔으니 그랬을 것이다.

자초지종 찾아온 용건에 대하여 설명을 했다. 10살쯤 된 김수옥 학생을 찾으러 왔다고 설명을 하니 교감선생님도 선뜻 맞아주었다. 그때는 개인 정보가 없었던 시절이라 사람을 찾는데 모두들 기꺼이 협조들을 했다. 또 사람들이 순진했고 인심도 좋았다. 교감선생님은 순차적으로 3학년 4개 반부터 출석부를 펼쳐놓고 찾아보았으나 없었다. 다음으론 2학년 출석부를 찾아보았다. 역시 없었다. 4학년 출석부를 찾아보았으나 마찬가지 없었다. 내킨 김에 1학년과 육학년까지 찾아보았으나 김수옥이란 여자아이의 이름은 없었다. 동명 2인은 있었으나 정작 김무환이 찾는 김수옥은 아니었다. 학교만 찾아가면 반드시 찾을 수 있으리라 기대를 했건만 실망스럽기 그지없었다. 너무 막연했지만 그렇다고 여기까지 와서 포기할 수는 없었다. 쉽게 포기할 일도 아니었다. 그때부터는 마을로 내려와 근처 동내마다 아주머니들 한테 수소문했다.

우선 박철규씨를 찾았다. 그를 찾으면 그들 가족까지 알 수 있으리란 기대감에서 시작을 했다. 남자들한테는 박철규씨를 물어보았고 여자들한테는 황남숙을 찾았으며 아이들한테는 김수옥을 아느냐고 만나는 사람들마다 물어보았다. 너무도 막연한 생각이었지만 시골인지라 의외로 찾기가 수월했다. 농촌 마을인지라 이웃동네까지 누구네 숟가락이 몇 개까지 줄줄이 꿰고들 있었다. 어떤 아주머니가 자세히 일러주는 대로 그 집을 찾아갔다.

초가삼간으로 된 토담집이었다. 흙벽돌도 아니고 흙으로 옹벽을 처서 그 위에 석가래를 올려서 지은 집이다. 한마디로 움집과 다름없는 기어 들어가고 기어 나오는 그런 정도의 집이었다. 방은 아래, 윗방으로 두 개가 있었고 부엌이 하나 있었다. 밝은 대낮인데도 집안은 어둠침침했다. 싸릿 문(싸리나무로 엮어 만든 대문)이 있었으나 장금장치도 없는 거적문과 다름없었다.

－누구 계세요?

먼저 싸리문 밖에서 안을 들여다보며 불러봤지만 인기척이 없었다. 점점 목소리를 높여 불러 봤지만 역시 안에서는 대답이 없었다. 집이 비어있는 상태였다. 싸리문을 밀치고 빈 집안으로 들어갔다,

－누구 계세요?

다시 불러봤지만 마찬가지 인기척이 없었다. 우선 부엌을 들여다보았더니 부뚜막엔 밥통 하나가 놓여있었고 그 속에는 설거지를 기다리는 그릇들이 여러 개 담겨있었다. 사람이 살고 있다는 것은 그것들로 보아 분명했다. 혹시나 하고 다음은 안방 문고리(창호지 외짝 문)을 당겨보았더니 아무런 장애도 없이 활짝 열렸다. 분명 빈방이었고 윗목 구석에는 나무로 만든 작은 함지(궤짝)가 있으면서 이불이 얹혀 있을 뿐 살림은 단조로웠다. 궤짝 안에는 옷들이 들어있을 거라고 짐작이 갔다. 그리고 뒤 창문위 벽위에는 남자 사진과 여자 사진이 있었고 그리고 가족사진이 걸려있지 않던가? 언 듯 보기에도 남자 사진은 박철규요 여자 사진은 서모 황남숙 그리고 이집 식구들 사진이라 짐작이 갔다. 네 사람이 함께 찍은 사진도 있었다. 뒤에는 남여 어른 두 명이 앉아 있었고 앞줄에는 머슴아와 어린 계집아이가 엄마 품에 안겨 있었다. 갸름한 얼굴에 약간 광대뼈가 약간 나온 모습이 서모의 모습이 뚜렷하게 닮지 않았던가. 그녀가 않고 있는 아이가 바로 수옥이 틀림없다는 짐작이다. 그 사진을 보는 순간 김무환씨는 드디어 찾았다는 반가움에 감격이라도 했던지 울컥 가슴이 뛰었다. 사진 속에 어린 계집아이가 수옥이가 맞고 수옥이를 찾았다는데 몹시 반가웠다. 김무환 그는 우선 여기까지 1차 확인을 하고 집 밖으로 나왔다.

먹이 사냥이라도 하는 듯 초여름의 푸른 하늘 구름 사이로 솔

개 한 마리가 한가롭게 비행을 하고 있지 않던가?

무환은 이웃집 텃밭 채마밭에서 풀을 뽑고 있는 여인 내에게로 가까이 가서 옆집 황남숙 아줌마 어디 갔느냐고 물어보았더니 아침에 도고온천 5일장에 갔다고 서슴없이 답변하지 않던가? 난감은 했을망정 집까지 알아두었으니 걱정할 일은 아니었다. 기다리면 만날 수 있다는 확신 앞에 무환은 샛털처럼 기분이 가벼웠다. 진작 아버지가 살아있을 때 찾았어도 될 일을 그동안 걱정만 앞섰던 까닭에 공연한 게으름으로 늦장을 부렸던 것을 자책하며 기다리기로 했다.

'아버지 기뻐하세요. 드디어 수옥을 찾았습니다. 꼭 집으로 데리고 가서 아버지 말씀대로 제가 잘 키울 것입니다.' 아버지의 유언처럼 결코 수옥을 찾아냈다. 요행이면서 반가웠다. 이재부터 불상한 수옥이 너는 내 여동생 서로 의지하면서 살겠다고 마음속으로 다짐도 했다.

조금만 기다리면 올 것이라고 아낙은 말을 했다. 황남숙은 김무환씨에게 서모가 되는 사이다. 무환씨가 소년 시절에 서모와 같이 3년 동안 살아봤지만 서로 이질감異質感같은 것 없이 잘 지냈다. 서모는 전실 자식 무환을 자기 배로 낳은 자식처럼 사랑을 해주며 키워주었고 어린 무환이 역시도 서모를 친 엄마처럼 응석도 부리며 잘 따라주고 심부름 같은 것도 얼른 얼른 뛰어다니며 재빠르게 잘했다.

선장에서 도고온천장까지는 외길 신작로 하나뿐이었다. 아무
튼 거처를 찾았다는 것만으로도 성공한 셈이지만 마냥 기다리고
있기보다는 성급한 김에 그 외길을 걸어 나오면서 혹시나 황남숙
을 살폈다. 주춤주춤 걷다보니 장터가 가까워졌을 무렵이다. 장
날이라서 그랬다. 거리에 행인들은 꽤나 많았다. 혹시 몰라 스치
는 사람마다 얼굴을 세심이 살피던 중 언 듯 낯익은 얼굴이 확 떠
오르지 않던가. 작은 보따리를 머리에 이고 종종걸음으로 사람들
틈 사이를 비집고 빠져나오면서 무심코 무환이 옆을 스친다. 무
환이 눈이 반짝 빛난다. 한때 엄마이기도 했던 그 여인이었다. 무
환은 얼른 그녀 앞을 가로막고

　－어머니!

반가움에 무환이가 소리치다 싶이 불러보았다. 그 여인도 깜
짝 놀란다. 뜻밖이 아니던가? 웬 젊은이가 느닷없이 앞을 가로막
고 어머니라 부르니 다소 놀라는 표정이었다. 무환이 쪽을 언 듯
돌아보던 그녀는 처음엔 어리둥절하더니 무환이라는 사실을 알
아차렸는지

　－아이구 우리 무환이로 구나!

그때서야 반색을 한다.

　－몰라보도록 다 자랐구먼, 장정이 다 되었네!

서모도 반가워 어쩔 줄을 모른다. 잠시 무환의 손을 어루만지
던 어머니는

222

－우리 오랜만에 만났으니 우선 어디로 들어가자.

3시 방향으로 해도 기울었다. 배도 고플 때다. 어머니가 먼저 앞장서서 장터 허술한 국밥집으로 무환을 데리고 들어간다. 네 개가 놓여있는 식탁 중 한 개가 비어 있지 않던가? 창가 빈 식탁 쪽으로 가서 둘이 서로 마주앉았다. 그리고는 먼저

－어떻게 알고 여기까지 왔－어?

서모가 무환의 얼굴을 빤히 건너다보며 확인하듯 한다.

－일부러 여기까지 찾아 왔어요.

－그랬구나. 그런데 왜, 무슨 일－로?

너무도 의외로웠던 모양이다.

－오랜만에 수옥이도 볼 겸 이렇게 왔어요.

－아버지는 잘 계시－구?

－돌아가셨어요.

－왜, 어떻－게?

－술 마시고 밤늦게 논둑길을 걸어오다가 미끄러져서 둠벙에 빠져죽었어요.

－쯧 쯧, 그 노릇을 불상해서 어떻게 한다－냐!

글썽 두 줄기 눈물을 흘린다.

－수옥이는 잘 있지요?

이번에는 무환이가 수옥의 소식을 물어보았다.

그러자 서모는 잠시 머뭇하더니

－죽었－어!

한다.

－왜요, 어떻게 하다가?

잠시 무환의 얼굴을 빠히 건너다보며 침묵을 하던 어머니가

－홍역으로!

－홍역이라니요?

무환이가 급히 서두르자

－열꽃을 삭히지 못하고 그만….

어머니는 두 볼에서 흐르는 눈물을 잠시 흠친다.

－수옥이가 3살 때 홍역을 하다가 갑자기 열꽃을 피우다가 결국 숨지고 말았어.

거짓말이었다. 참아 서울로 식모살이 보냈다는 사실을 숨길 수밖에 없었을 것이다.

그 소리를 듣던 무환은 어떤 희망이 한꺼번에 무너지는 듯 실망하는 표정이었다. 그렇다면 이제 이 여인과도 연이 끊어지는 슬픈 감정이었다.

그리고는 후일담으로 많은 이야기를 나누고 나서 황남숙은 얼른 일어나 계산대로 간다.

그때 무환은 재빠르게

－제가 계산 할 거예요.

무환이가 나섰지만 막무가내로 어머니가 계산했다. 그리고 아

쉽지만 그들은 이렇게 헤어진 다음 지금까지 연락이 안 되고 말았다.

그들은 그게 마지막이 되었다. 그녀가 찾아올 턱이 없고 또한 수옥이가 죽고 없다는데 무환이가 찾아갈 일도 없었다. 서모 말대로 무환이는 수옥이가 죽은 줄로만 알고 지금까지 살아왔다. 서모 황남숙께서는 지금쯤은 돌아가셨겠지만 언제 돌아가셨는지 누가 일러주는 사람도 없었고 또 달리 소식을 들은 바도 없었다. 모든 악운이 그렇게 끝난 줄로만 알았다.

그런데 죽었다는 딸 수옥이가 지금까지 살아있었다니 너무도 충격적이었다.

수옥의 길

엄마 황남숙은 밖에서 낳은 어린 딸 김수옥을 데리고 전 남편 따라 귀가했다지만 평탄치는 않았단다. 가출해서 재가를 한 사람과 생활을 하다가 낳은 성姓이 다른 딸을 데리고 다시 집으로 돌아왔으니 사실 평탄할 수가 없었다. 사사건건 가족들 간에 갈등이 심했다. 특히 시어머니가 그랬다. 사소한 의견도 그냥 넘기지를 못하고 말다툼으로 가정불화가 생겼다. 말이 그렇지 남편 박철규 역시도 모든 허물 다 용서하면서 살겠다고 다짐까지 했다지만 그런 약속이 지켜지질 수가 없었다. 우선 경제가 뒷받침되지

는 않은 가정에서 다시 살림을 꾸리자니 이것저것 갈등이 많을
수밖에 없었다.

　가출한 아내를 찾는다고 몇 년 동안 자전거를 타고 다니며 행
상을 했다만 자기몸 하나 건사하기도 바빴다. 맨주먹으로 다시
시작한 가정에서 남편은 닥치는 대로 무엇이든지 일을 다니며 나
름대로 노력은 했다. 자전거 행상도 했고, 때로는 갯벌에 나가 뗌
마(작은 배)를 타고 다니며 고기를 잡아다 장에 나가 팔고, 남의
집 품팔이도 다녔으며 때로는 겨울철 같은 때는 남의 집 가마니
를 쳐주고 품삯을 받기도 했다지만 땅 한 떼기 없는 농촌 생활에
서 평탄할 수가 없었다. 가출할 때 할머니에게 맡겨두었던 아들
박노영까지 네 식구가 식생활하기도 힘겨웠다. 문제는 수옥에게
성姓이 다른 다섯 살 위에 오빠 박노영이었다. 김옥순은 성姓이
다른 박씨 집안에 딸이 아니질 않는가? 이는 속일 레야 속일 수가
없었던 사실이었다. 이 녀석이 수옥이를 그렇게 미워하고 괴롭혔
다. 수옥을 동생으로 받아주질 않고 길거리에서 주워온 아이로
취급했다. 욕하고 툭툭 건드려 울릴 때마다 엄마가 호되게 야단
도 쳐보고 하나밖에 없는 네 동생이라고 달래도 보았지만 오히려
반항심만 커갔다. 거기엔 엄마에 대한 원망도 섞여 있었다. 엄마
가 저를 버리고 도망을 했었다는 사실과 아버지가 찾아왔다는 내
용까지 놈은 훤히 알고 있었다.

　할머니도 여전히 며느리를 못마땅해 했다. 징용 갔던 남들은

226

해방이 되면서 다들 무사히 귀국하는데 자기 아들만 죽었기에 돌아오지 못한다고 그게 며느리를 잘못 들인 탓이라고 그렇게 원망을 많이 했었다. 시어머니의 구박을 새댁이었던 며느리가 견딜수가 없을 정도로 심지어는 머리끄덩이까지 휘어잡고 구타를 했으니 더는 견딜 수가 없었다. 친정에서도 그랬다. 출가외인이 어쩌자고 친정에 발을 들여놓느냐고 아버지가 문고리까지 걸어 잠겼으니 막막했다. 빈농가에 6남매 맏이로서 친정살이도 할 노릇아니기에 그길로 가출했다지만 핏덩이 같은 아들을 두고 나온 것이 끝내 마음에 걸렸지만 시어머니 댁으로 다시 찾아갈 수는 없었다. 집에서 어린 것을 등에 업고 나오려니 시어머니가 이 추운겨울 날씨에 어린 새끼까지 죽이겠다고 내 손주는 내가 키울 것이라고 극구 아들을 뺏지 않던가? 그 표정과 행동이 얼마나 표독스럽던지 다시 기억할 수가 없을 정도 결국 아들까지 버리고 떠날 수밖에 없었다. 그랬던 시어머니가 쫓겨난 며느리를 두고 그토록 원망하고 욕을 했으니 그 밑에서 자라나는 어린 아들 노영이 녀석도 모든 잘못은 엄마에게 있다고 기억을 하고 있었다. 그런 아들 앞에서 엄마 노릇을 하기도 쉽지 않았다. 너무 어릴 때이야기인지라 엄마가 왜 집을 나가야 했는지 까마득히 모르고 할머니 밑에서 자라다 보니 그런 내막을 할머니의 원망소리로부터알게 되었고 그때부터 아들 노영이까지 엄마를 원망했다지만 그반감에서 수옥을 더 미워하고 괴롭혔다.

―성姓도 다른 너는 내 동생이 아냐. 집 나갔던 엄마가 근본도 모르는 너를 길거리에서 데려왔단 말이다. 이렇게 구박을 하며 지 동생을 때리는 아들을 엄마가 볼 때마다 혼내주기도 했고 때로는 등짝을 후려갈기기도 했다지만

―저애는 내 동생이 아―냐?

녀석은 막무가내였다. 철딱서니 없는 소리를 질러대며 싫어했다. 몹시도 지 동생을 괴롭혔다.

여덟 살이 되던 해다. 서울로 시집을 갔던 한 동네 이웃집 딸이 친정에 다니러 왔다가 그 꼴을 보고는

―심부름 정도나 시킬 거예요.

엄마에게 청을 했다. 엄마 황남숙 역시도 그랬다. 잘 먹이지도 못하는, 특히 지 오빠한테 구박을 받으면서 살아가느니 차라리 떨어져 살망정 그게 꼭 나쁘지만은 않다는 생각이었다. 천덕꾸러기 딸을 엄마가 데리고 있어봤자 학교도 보내줄 형편도 못 되고 지 오빠한테 언어맞기나 하니 별수가 없다는 생각이었다. 쾌히 승낙했다. 언제까지 먹을 것도 없는 집에서 이런 꼴로 살아야만 하냐고 신세 한탄하던 중 오히려 잘되었다고 엄마는 허락했다. 수옥이도 그랬다. 누구보다도 뼈 다른 다섯 살 위에 오빠의 심술이 보통이 아니었다. 수옥이가 밥 먹는 것까지 싫어하고 아까워했다. 그는 늘 장난처럼 했지만 그건 장난이 아니라 심술이었다. 그런 오빠가 죽어도 싫었다. 끼니조차도 해결이 안 되는 시골집

에서 특히 피가 다른 아버지와 오빠 밑에서 때론 밥도 굶어가며 살아가자니 그 고통 견딜 수가 없었었다. 밥을 굶는 날이면 이건 수옥이 때문이라고 탓을 할 때 너는 박씨 집안의 딸이 아니라 주워 온 거지라고 노골적으로 미워했다. 당하는 수옥에겐 그 소리가 죽기보다 싫었다.

수옥이가 따라온 서울 아줌마 내는 작은 교회 목사님 사모였다. 목사님 댁이라서 그랬던지 늘 드나드는 사람들이 그렇게도 많았다. 대부분 그 손님들이 신도들이었다. 주일 예배를 비롯해 교회는 언제나 행사가 많지 않던가? 그래서 심부름할 아이가 꼭 필요했던 집이다. 수옥이 역시 잘 되었다고 했다. 때로 엄마가 보고 싶기는 했을망정 이렇게 집을 나온 것이 차라리 홀가분 잘되었다는 생각이다. 이 집에서 수옥이가 하는 일이란 거의 심부름이었지만 그 정도쯤이야 못할 일도 아니었다. 그분들의 배려다. 초등학교라도 보내줘야 한글을 깨우칠게 아니냐고 학교도 보내주었다. 그분들은 초등학교쯤 공부를 시켜주는 것은 당연한 것처럼 생각했다. 계집애지만 요즘 같은 세상에서 한글이라도 깨우쳐야 도시 생활에서 살아갈 수 있지 않겠느냐고 학교를 보내 주었지만 뜻밖에도 수옥이는 공부를 잘했다. 그런 까닭이다. 그 재주가 아깝다고 그래서 상업학교까지 다닐 수가 있었고 그것이 그리도 수옥에겐 기뻤고 또 세상을 살아가는데도 큰 도움이 되었다.

설령 수옥이가 학교를 보내달라고 엄마에게 울며 졸라도 보았지만 하루 세 끼 입에 풀칠하기도 어려운 가정형편에서 학교라니 언감생심이 아니던가? 계집애가 살림이나 배우면 되었지 공부는 해서 뭣 하겠느냐고 더구나 아버지의 난처한 표정이었으니 엄마도 어쩔 수 없었다. 그런 처지에서 아줌마 덕으로 또래 아이들보다 일 년 늦게 학교에 들어는 갔을망정 공부는 잘했단다.

─지랄 같은 세상에서 태어났으니 이 같은 우여곡절을 어찌 피해갈 수 있었을까요.

아무튼 아줌마가 학교를 보내준다니 이보다 더 좋은 일이 어디 있을까 싶다. 마음 같아서는 하늘을 날듯이 기뻤다.

이 집에서 수옥이 할 수 있었던 일은 심부름에서 청소 정도다. 살림집은 관사官舍처럼 교회 뒤에 붙은 건물이다. 살림집과 교회를 왔다 갔다 하면서 심부름도 하고 청소를 힘닿는 데까지 안팎으로 다니며 열심히 했다. 마룻바닥이 반질반질 빛이 날 정도까지 쓸고 닦았다. 이런 정도 일이라면 시골 고향집에서도 엄마 따라 늘 하던 일이 아니던가? 아줌마네 가족은 목사님과 중, 고등학교를 다니는 남매를 두고 있어 식구도 단출했다. 어디를 간들 저 할 나름이겠지만 수옥이 열심히 하다 보니 아줌마로부터 신임도 받았고 가족들 또한 좋아했다. 어릴 적부터 천덕꾸러기로 자랐으니 눈치도 빠르지 않았던가? 시골뜨기인지라 또한 그런 정도의 일은 수옥에겐 어려운 게 아니었다. 학교를 다녀오면 아줌마가 시키지도 않는 일들을 팔을 걷어붙이고 살림집을 비롯해서 교회구석 구석까지 다니며 열심히 치울 것 치우고 정돈할 것 정돈도 하고 심부름도 열심히 했으니 그랬을 것이다. 모두 저할 노릇이 아닌가?

그런 꼴을 눈여겨보았던 아줌마가 당연한 것처럼 수옥을 학교에 보내주게 되었던 것도 수옥을 신통 여겼기 때문이다. 대신에 보수는 없었다. 그래도 만족했다. 상업학교까지 졸업했으니 어느 공장에 경리사원으로 취업까지는 어렵지 않았다.

─너도 자립할 때가 된 것 같구나. 내 집에서 더 있어봤자 맨날 그 타령 도움 되는 일 없을 테니 독립을 하거라?

아줌마랑 생활한 지 꼭 12년이 되었다. 초등학교 6년부터 중, 고등학교 6년까지다. 이렇게 아줌마의 배려로 독립을 할 수가 있었다.

아버지 박철규씨가 세상을 떠나셨다. 징용에 끌려갔다가 탈출과정에서 많은 고생을 했던 신체적 여운으로 50 중반을 넘기지 못하고 세상을 떠났다. 수옥이 와는 성姓이 다르지만 엄마에겐 남편이다.

엄마는 아들 박노영을 결혼도 시키고 살림까지 내주고는 시골에서 홀로 지내고 있을 때다. 고생하는 엄마를 생각해서 수옥이가 서울로 모셨다. 월세부터 시작했다. 교회에서 소개를 받은 남자와 결혼도 했다. 전자공학 출신이다. S그룹에 공채로 입사했다. 결혼할 땐 대리급이었으나 과장까지 진급도 하면서 그래도 동료 사원들보다 잘나가는 편이었다. 본사 전문직 연구실에 있었으니 전용 승용차까지 배당을 받아서 손수 핸들을 잡고 다니면서 한 때 뻣적거리기도 했었다. 그런 그가 지방 생산 공장에 점검 차 출장을 나갔다가 밤늦게 귀가하던 중앙고속화 도로에서 차선을 바꾸는 화물트럭에 치여 현장에서 숨지는 사고를 당했다. 그와의 사이에서 낳은 자식이 바로 아들 허승규라고 했다.

우여곡절 끝에 상업학교를 나온 덕으로 그녀는 기업에 경리사원으로 취업도 하지 않았던가. 성실한 남편을 만나 한 때 고마운 생각도 가졌었다. 이제 부턴 모든 시름 다 잊고 알뜰하게 맞벌이 하면서 아들만은 고생시키지 않고 잘 키워보겠다고 몇 번이고 다짐도 했었다. 할진데 얄궂은 그녀의 운명은 이 작은 소망마저 허락지 않고 남편마저 빼앗아 가지 않았던가? 원래 세상은 공평치 못 했던가 부모 복 없는 년은 남편 복도 없다더니 그녀가 그랬다. 건장했던 사람이 한 순간에 교통사고로 유언 한마디 없이 허무하게 세상을 떠나지 않았던가?

그렇다고 아들도 있으니 남편 따라 세상 절망만 하고 있을 수는 없었다. 남편을 잃은 후에 그녀는 양장점을 경영도 했지만 지금은 패션 시대를 맞아 기업들이 기성복을 대량 제조하면서 양장점 업도 빼앗기고 말았다, 지금은 아까워 버리지 못한 녹슨 재봉틀을 가지고 남들의 옷을 수선해 주면서 받는 작은 돈으로 근근이 아들과 살아가던 중이었단다.

　─전생에 무슨 악업이 그리도 많아 내 팔자가 그처럼 기구했는지 모르겠어요.

　땅이 꺼질세라 푸 한숨을 내쉬면서 그녀 수옥은 주르르 눈물을 흘린다.

　딸 수옥을 제대로 거두지도 못하고 서울 식모살이로 보내고 염치도 없었으니 엄마 황남숙은 차마 진실을 털어놓지 못하고 무환에게 수옥이가 죽었다고 변명을 했다지만 이 역시도 기구한 운명가진 황남숙이 거짓말을 했다기보다 세상이 거짓말을 한 것이 아니겠느냐고 수옥은 김 팀장을 건너다본다. 할아버지 김병수씨도 아버지 김무환씨도 김수옥이가 죽은 줄로만 알고 세상을 떠났다 것이 못내 아쉬움을 되씹으면서…….

　여기까지 그녀의 이야기를 듣는 동안 김지훈 팀장도 내색은 하지 안 했지만 뒤틀리는 감정으로 가슴을 저리기도 했고 간간 긴 한숨을 토해내기도 했다. 수옥이 말을 잇는 동안 힘들어 할 때는 로비에 설치해 놓은 자판기에서 커피도 뽑아다 주기도 했다.

　아무튼 이 여인이 바로 얼마 전에 세상을 떠난 아버지가 그토록 아쉬워도 했고 그리워했던 김무환의 여 동생이요 김지훈 팀장의 친 고모가 아니던가? 우연치고는 너무도 기막히지 않던가? 하필 이런 장소 이런 사연을 앞에 놓고 말이다.

　─수옥이가 죽었다고 진작 찾기를 포기하고 지금까지 살아오

기는 했다만 왠지 내 느낌은 어느 하늘 아래선가 살아있을 것만
같은 아련한 예감이 아직도 잊혀 지질 않는다. 기회가 된다면 너
라도 살펴 보거라. 지랄 같은 세상에서 불상하게 태어나자마자
아버지 품에 제대로 한번 안겨보지도 못하고 떠난 네 여동생 수
옥을 생각하면 너무 불쌍하지 않더냐? 너하고는 고모 벌이다. 그
리고 피붙이가 귀한 집안이 아니더냐? 네 할머니는 수옥이가 죽
었다고 그렇게 이야기는 했다지만 앤지 나는 그 소리가 믿어지질
않는단 말이다. 비감에 젖을 때마다 김무환 씨가 늘 유언처럼 하
던 말이다.

선고 재판

　누구든 마찬가지 범죄 앞에서 의연한 사람이 어디 있을까 만
은 김지훈 팀장도 왠지 남다른 느낌으로 수사를 하지 않았던가?

　김지훈 팀장은 인천지검에 사건의 전말을 조사 살인 및 사체
유기혐의로 검찰에 송치를 했다. 어쩔 수 없는 일이었다. 뿐만 아
니라 구속여부가 결정된 후 심의위원회를 거쳐 신상을 공개도 했
다. 인천노래방 살인사건에 범인은 허승규로 각 방송과 신문에
이르기까지 각종 메스콤에서 일제히 포문을 열었다.

　－법적으로나 사회적으로 절대 용서받지 못할 사건이라는 것
모르는바 아니지만 보고 듣던 대로 사건은 중형으로 진행될 것이

다.

건드리기만 해도 쓰러질 듯 한 그녀는 김 팀장의 얼굴을 건너다보며 웃는 건지 우는 건지 알 수 없는 표정을 지으며 가만히 고개를 떨 군다. 세상 모든 것을 다 포기한 듯 그녀의 참담한 얼굴은 마구 일그러진 상태가 아니던가?

─너무 실망할 일은 아닙니다. 수형생활에서 착실하게 반성反省을 하다보면 감형도 있으니 무기형이라 해도 20년이면 출소할 수 있습니다.

고모에게 김 팀장은 이말 말고 뭐라 위로에 말이 없었다. 막연하지만 허승규가 출소할 때가지다. 모진세상에서 태어나 모질게 살아온 고모를 이제부터라도 아버지 대신 자기가 편히 모셔야겠다는 다짐을 했다. 그리고 내 사촌 동생 허승규의 옥바라지도 자기 몫이라 다짐도 한다. 허승규를 면회를 시킨 다음 경찰서 정문 밖으로 시름시름 걸어 나가는 고모의 뒷모습을 창문 밖으로 내다보는 김지훈 팀장의 두 볼에서도 주르르 눈물이 쏟아진다. 하늘에서 내리는 무거운 업보를 누가 거슬린단 말이냐!

세월의 촉觸

그랬다. 2019년 7월 11일 영시쯤이다. 김종민의 운명을 관통하는 세월 촉觸은 너무도 매서웠나 싶다.

—당신을 절도범으로 체포하겠습니다.

정복 경찰관 두 명이 느닷없이 종민을 제압하지 않던가. 예상치 못했던 일 너무도 황당했다. 설마 쇠(수갑)까지 채우지는 않았지만 위협적인 정복 경찰관들의 행위는 아주 당당했다. 현행범이라 하더라도 아직은 범죄가 성립되지는 않았으니 더 이상은 어쩔 수 없었던 모양이다. 같이 출동한 여경女警은 취기로 길바닥에 쓰러진 취객의 팔을 억지로 흔들어 깨운다. 인사불성인 취객도 푸시시 몸을 지탱한다.

인천지방경찰청 112상황실에서 지령을 받고 출동을 했다는 관할지구대 소속 경찰관들의 현장집행 상황이다.

─당신도 같이 파출소로 가줘야 하겠습니다.

일단 범인으로 체포된 종민과 함께 취객까지 파출소로 임의동행을 요구한다. 주위가 어수선한 분위기에 정신이 번쩍 드는지 조금 전 골아 떨어졌던 취객 역시도 말없이 순응한다. 범인으로 체포한 종민과 취객을 태운 순찰차가 지구대로 일단 연행했다.

파출소에는 세 명의 경찰관들이 내근을 하고 있었다. 그들에게 종민을 연행한 경찰관은 부축배기 아리랑치기 절도범이라고 떠벌린다. 그러자 경찰관 한 명이 선 듯 나서서 종민을 지구대 안쪽 구석으로 몰아넣는다. 도주를 우려한 철저한 감시 체제다.

─당신이 잠든 사이 돈을 훔친 나쁜 사람입니다.

종민을 연행한 경찰관은 먼저 임의 동행한 취객에게 종민을 가리키면서 연행의 동기를 우선 설명해준다. 왜 경찰관서에 연행되었는지 그때까지도 상황파악이 안 되는 취객은 어리둥절하다.

불시에 절도범으로 체포된 지금부터의 종민은 경찰의 수사권에 묶인 채 모든 자유권이 박탈된 상태가 아니던가? 이제부터 종민은 직무집행을 수행하는 경찰관 박노윤의 통제를 받으며 이리왈 저리왈 수사권에 끌려 다녀야 할 판이다. 그야말로 서슬이 퍼랬다.

종민 역시도 마찬가지다. 불시에 부축배기 아리랑치기 범죄이라니 황당하지 않던가? 영업소 미니마트에서 당장 눈이 빠지게 기다리고 있을 아내에게 종민은 우선 연락을 해주어야 할 것 같은데 마침 종민에겐 휴대폰이 없었다. 집에다 빠뜨리고 왔던 모양이다. 답답한 나머지 전화 한 통화를 빌려달라고 담당 경찰관 박노윤 경위에게 요청을 했다.

ー안 돼요. 일단 경찰관서에 들어오면 피의자들 마음대로 행동을 할 수가 없습니다.

단호한 거절이다.

ー생사람 잡아도 놓고 날 어떻게 하겠다는 겁니다?

종민도 강하게 맞섰다.

ー절도범으로 당신을 경찰서 형사계로 이첩할 겁니다.

ー그건 당신들이 할 일이고.

ー당신의 전화기를 사용하면 될텐데 왜?

ー나는 지금 휴대폰도 없고 준비된 게 아무것도 없어요?

ー뭘 어떻게 해주면 되겠어요?

ー전화만 빌려주면 되요.

ー우리가 걸어줄 테니 연락처를 불러요.

ー032−887−633x입니다.

전화번호를 다 찍은 경찰관이 묻는다.

ー거기 미니마트 맞아요?

경찰에서는 관내 업소들의 전화번호를 이미 다 꿰차고 있었다.

ー예, 맞습니다.

ー영업주세요?

─그렇습니다.

─잠깐 기다리세요.

그때서야 경찰관은 종민에게 수화기를 건네주고 또 수화기를 건네받은 종민은 눈이 빠지게 기다리고 있을 아내에게

─나야.

─당신 웬일이야? 저녁 먹으러 간 사람이 왜 파출소에 가 있어?

파출소에 있다고 하니 아내는 깜짝 놀란 표정이다.

─그럴 사정이 있었어.

─무슨 일이야 도대체?

─그건 나중에 설명하고 우선 집에 가서 내 휴대폰하고 위에 걸칠 옷 한 가지쯤 가지고 파출소로 와 줘.

─휴대폰은 당신이 가지고 갔잖아?

─아냐, 깜박하고 집에 두고 나왔어.

그렇게 통화를 끝 낸 잠시 후 아내는 휴대폰과 남방셔츠 한 벌을 가지고 Y지구대로 왔다.

─집으로 식사하러 갔던 사람이 왜 갑자기 여기에 와 있는데?

아내 역시도 황당했던 모양 재차 묻는다.

─설명하기가 조금 복잡해, 그러니 가게 문 닫고 오늘은 그만 집에 가 있어.

─도대체 무슨 일인데….

아내는 재차 다구치 듯 묻는다. 몹시도 의아 했던 모양이다.

—설명하기가 그저 그래….

—알았어, 가게에 있을 테니 무슨 일이 있으면 연락해?

종민는 영문을 모르겠다고 걱정하는 아내에게

—나중에 알게 될 거야.

그날 새벽 한 시경이다. 담당경찰관 박노윤 먼저

—이 사람을 지금 경찰서로 데리고 갈 것입니다. 경찰서 강력계에서 증인으로 한번쯤 부를 거예요. 그때 가서 본 대로 당한 대로 빠짐없이 진술하면 됩니다. 자 그럼 이젠 집으로 돌아가세요.

내내 상황을 치켜보고 있던 취객을 이렇게 집으로 보내면서 경찰관이 이르는 말이다.

—지갑을 도로 가지고 왔다면 돈을 훔칠 생각은 어쨌든 없었던 게 아닙니까?? 난 상관없으니 저 사람도 보내주면 안되요?

처음부터 상황을 예의 주시하던 취객이 그때야 경찰관에게 자기 생각을 건넨다. 생각보다 취객은 상황을 세밀이 판단하고 있었다.

—안 돼요. 이 사람은 절도법으로 처벌을 받아야 할 사람입니다.

경찰관은 단호했다.

그러면서 경찰관들은 검거보고서를 작성하기 위하여 종민의 성명, 주민번호, 거주지, 직업 등의 인적 사항과 취객의 인적 사항을 묻고는 육하원칙六何原則의 논리에서 언제, 어디서, 누가, 무엇을, 어떻게, 왜? 범위 내에서 심문審問하고는 자기 의견 사항을 이렇게 적었다. '위자는 현장 부근에서 미니마트를 운영하는 자로서 취객을 보호는 해주지는 못할망정 본인 스스로 부축배기 아리랑치기를 서슴없이 자행했다는 것은 극히 파렴치한 행위었기에 사회적으로 용서받지 못한 자이므로 검거함.' 간단하게 사건 내용을 컴퓨터에 작성 프린트까지 마친 경찰관은 증거로는 취객의 지갑에서 나온 오만 원권 지폐 서른다섯 장 일백칠십오만 원을 테이블 위에 짝 펼쳐놓고 사진을 찍은 다음 스캔해서 첨부하는 것이 아닌가? 경찰은 그게 기본 초동수사라 했지만 종민이 보기에 너무도 유치했다.

종민은 변명조차도 제대로 못한 채 졸지에 부축배기 아리랑치기 절도범으로 M경찰서 강력계 형사 팀으로 연행되었다. 진실 여부는 검찰 조사과정이나 재판부에서 다툼은 하겠지만 지금의 처지로서는 너무도 어처구니가 없었다.

자영업

우연이라 하겠지만 불행은 항상 겹쳐 온다는 했다. 영겁회귀 永劫 回歸의 매서운 세월촉歲月觸에 종민의 인생도 위기를 맞고 있다 하겠다.

종민이 이곳에 자영업으로 둥지를 튼 지 5년여가 경과 되었다. 그동안 마음고생 할 만큼 했다지만 아직도 크고 작은 불길한 일들이 끊임없이 겹쳐 오는 것으로 보아 순탄할 것 같지가 않다. 앞으로 닥쳐올 영겁회귀永劫 回歸의 가혹한 세월촉歲月觸에 얼마를 더 찢고 찢어지는 상처와 함께 부대끼며 살아야 할지 이젠 두려움만 남았다 할까?

서울에서 생업에 실패한 사람들이 살림을 줄여오는 데는 인천이 적격이라 했다. 말이 쉬워 재테크이지 잘못짚으면 가족들과 함께 천 길 나락으로 떨어질 수도 있지 않던가? 신중에 신중을 거듭 그렇게 고심을 했었다.

내부순환도로다. 좌회전해서 석양을 바라보며 시속 100킬로미터로 20분 정도를 달리다 보면 빨간 신호등이 앞길을 막는다. 경인고속도로 끝 지점이 된다. 여기에서 녹색 신호를 받고 3킬로미터 더 직진하면 항구에 얽힌 사연들이 물씬 풍기는 연안부두가 있고, 좌회전 화살표를 받고 3킬로미터 쯤 가면 경관이 뛰어난 송도 유원지가 있다. 유턴하면 바로 낙섬이다. 경인고속도로에서 이어진 서해안 고속도로가 포근히 감싸고 있어 그 아늑함의 형태가 마치 닭이 계란을 품은 형이라 했다. 이곳이 바로 인천에서는 3대 먹 거리로 데이트 족에겐 이름만 들어도 호기심이 발동하는 낭만이 넘치는 거리이다.

낙섬은 인천 시가에서 서남쪽에 위치한 무인도 작은 돌섬인데 떨어지는 해를 바라보고 있다 해서 낙섬이라 했다. 평상시도 늘 그렇다. 서쪽으로 펼쳐진 수평선 넘어 엔 언제나 엷은 구름이 어른거린다. 여기에 넘어가는 해가 머물면 구름의 생김새에 따라 그 형태는 각양각색 달라지겠지만, 새털 같은 그림 속에 그려지는 자연스런 한 폭의 수채화는 그야말로 황혼에 붉고도 곱게 깃드는 아름다움은 그 어디에 비교가 되겠는가? 또 먹구름이 드리운 날엔 검은 연기를 내뿜는 성난 불길처럼 광열狂熱한 경란驚瀾의 세상을 온통 집어삼킬 듯 난폭하게 타오르기도 한다. 자연의 신비가 만들어주는 천연 경관이다. 인천 사람들은 이곳을 낙섬이라 이름을 부르고 있다.

왜정시대는 염전이었다. 1,5킬로미터 쯤 거리에 7미터가량의 높이로 둑을 쌓아 수문을 만들어 놓고는 바닷물을 담아서 절대 부족한 소금을 만들어 인천시민들의 밥상의 간을 감당했는가 하면, 망둥이 낚시꾼들을 비롯해 바다를 즐기는 시민들에게 유일한 산책로를 제공하기도 했다. 그랬던 염전이 60년대 말부터는 중국에서 값싸고 질 좋은 소금들이 산더미같이 들어오면서, 전매할 만큼 통제했던 소금들이 그 가치를 차츰 잃어가더니 끝내는 염전이 폐쇄되더니 신도시개발 차원으로 정착이 되었다.

간만의 차이가 9미터로 높은 탓은 아닐 것이다. 특성상 인천시가의 변두리에는 모래사장이라곤 한 평도 없으면서 서, 남향으로 광대하게 펼쳐진 갯벌들이 땅 모양들을 원초적으로 그리고 있지 않던가? 그래서 준설이 가능했던지 5,335만 평방미터 즉1,614만 평의 거대한 송도 국제신도시가 건설 되었는가 하면 538만평의 청라국제신도시가 개발, 가능하게 되면서 서, 남권의 인천 지도(땅)모양을 바꿔놓기도 했다.

굴, 조개를 캐다가 시장에 팔아서 생활에 보탬을 하던 아낙들이 생업의 터전을 잃었다고 한 때 피켓 들고 소란을 피우기도 했다지만 개발보상 차원으로 땅값이 천정부지로 오르면서 입막음이 되기도 했다.

이곳 낙섬은 거대한 송도신도시와 청라국제신도시가 개발되기 훨씬 먼저 70년대 말 개발이 되었던 곳이다. 한때는 탈도 많고 사연도 많았던 이곳이 인천에서 제일가는 먹거리 동네로 개발되었다니 이는 누구도 예측 못 한 경이로운 일이었다.

바둑판처럼 형성된 뿌럭은 ㅁ자로 되었다지만 전체 면적의 중심 부럭은 ㅐ자 형태로 먹거리로 자리 잡았다 하면 설명은 대충은 맞을 것 같다. 크기는 세로가 600미터 가로가 700미터의 127,050평 쯤 면적을 가지고 있다. 거기엔 길가마다 영업장들이 빈틈없이 꽉 들어차 있고 골목 안에는 단독 주택들이 역시 촘촘하게 들어찬 신도시 개발지역으로 안성맞춤이 되었다.

저녁 여섯기 퇴근 시간 무렵부터 몰려들기 시작하는 인파는 먹거리 답게 이튿날 새벽녘까지 불야성을 이룬다. 저마다 맛을 창조하는 수백 개의 각종 음식점과 술집으로부터 특히 아기자기하게 꾸며놓은 유흥업소들이 더욱 호기를 불어 일으키는가 하면 70여개의 노래연습장들과 주점들 그리고 18여 군데의 화려한 러

246

브호텔까지 요란할 만큼 화려한 편의시설들이 유흥을 즐기고자 하는 고객들에게 조금도 불편함이 없을 정도로 꽉 들어차 있어 조화를 이룬다.

남, 여 데이트 족들이 골목 안 주택가 적당 곳에 승용차를 바킹한 다음 먹고 마시고 얼근해진 상태에서 노래하고 춤추며, 취향대로 여기저기 옮겨 다니며 즐긴 다음에 러브호텔까지 골인하기 위한 데이트 족들이 어울려 즐기기엔 편의상 만사 OK다.

"우리 인천에 가서 바다 구경이나 하며 회 떠놓고 소주 한잔 할까?"

일천만 인구가 들끓는 빌딩들 틈새 서울에서 하루 일과를 끝낸 데이트 족들이 안성맞춤으로 찾아오는 코스로서 호감을 느끼기에 아주 적격이기도 하다. 연인들끼리 이층 창가에 마주 앉아 푸른 바다 넘어 황혼에 물든 작은 섬들과 갈매기 너울대는 수평선을 바라보며 회 한 접시를 떠놓고 매운탕과 함께 소주 한잔을 걸치는 식탐으로 추억에 흠뻑 젖어드는 곳이기도 하다.

처음 이곳으로 이주해 올 때 아내도 그랬다지만 종민 자신도 시장 조사에 여간 신중하지 않았다. 서울에서 실패한 후 남은 재산을 몽땅 정리한 돈으로 다시 시작해보자고 단단히 마음을 먹고 온 처지에서 신중하지 않으면 망한다는 두려움에 새로운 생활 터전을 마련하고자 새로운 다짐으로 피눈물을 흘리며 먹거리 중 먹거리 그중에서도 사거리 중심지 일층에다 아담하게 자리 잡고 있는 미니마트를 인수했다. 나이가 드신 아저씨 아줌마 내외가 오래도록 운영을 했지만 두 자녀들 공부는 다 시켰으니 이젠 쉬겠다고 사업을 접는 마당에서 물려 준 것이다. '큰돈은 못 벌어도 그저 밥은 멋을 수 있다'기에 인수를 했다. 처음부터 종민도 큰 기대는 하지 않았다. 음식집이나 유흥업소들은 아내의 기질도 그렇다지만 종민 역시 낮이 설다보니 엄두가 나질 않던가. 음식점은 맛을 내는 톡특한 기술이 있어야 하고 유흥업소는 주정뱅이들이 싫었으며 노래연습장은 당국의 규제법이 너무 강하다보니 양아치들이 득실댄다기에 이도 적성에 맞지 않아 망설이다가 포기를 했다. 대신에 마트는 24시간 영업을 하자니 신역은 고딜망정 대신 마음은 편할 거라고 하기에 선택을 했다. 세상사 모두가 일장일단은 있지 않겠는가 싶었다. 찬밥 더운밥 가릴 처지는 아닌 상 싶기도 하고 거기에 몸 고생하는 것쯤이야 왜 못하겠느냐 하는 마음 다짐도 했었다.

종민은 업소뿐만이 아니라 아예 살림집까지 이곳에 둥지를 틀었다. 영업장에서 2백 보쯤 거리를 두고 있는 5층 빌라다. 업소 (직장)와 아주 가깝게 살림집을 마련했으니 여러모로 편리한 점도 없지 않다. 우선 교통비에서 절감이 되고 출, 퇴근 전쟁에서 시간에 쫓길 이유 없는 편리함도 있었다. 서울 생활에서 전쟁을 방불케 하는 출, 퇴근 시간대에 무척 고생했던 직장생활을 감안 일부러 가깝게 선택을 했다.

이젠 종민에게 젊음의 웅지나 야망 같은 따위는 먼 기억 속으로 사라진 지 벌써 오래, 단지 재학 중인 두 자녀 호운이와 호경이 남매 무사히 졸업이나 시키면 다행이다 싶은 간곡한 여망을 가지고 시작을 했었다. 그랬다. 종민에게 남은 기대는 아무것도 없다. 호구지책이나 하면서 여생을 보내면 무난할 것 같지만 그런 기대조차도 여의치가 않았다.

영업만 조금 더 잘된다면 아쉬움 없을 테지만 요즘은 그렇지 못해 걱정이다. 호사마다好事多魔라 했던가? 영겁회귀永劫 回歸의 가혹한 세월의 범주를 벗어나지 못하는 우리네 삶은 언제나 그렇듯이 장, 단점에 얽혀 있으니 교통비가 절감되고 출, 퇴근 시간이 자유롭다고 좋아할 일만은 아니었다.

먹거리 인지라 각종 음식점들과 유흥업소들 특히 노래연습장은 같은 경우는 70여 개가 운집해있고 러브호텔들도 18여개가 된다. 24시 대형 편의점도 몇 군데가 있기는 할망정 중심 사거리라서 미니마트 쯤 하나 더 생긴다고 지장은 없으리라 믿고 선택을 했다. 그렇다. 손님들은 수도 없이 많다. 그런데 물건 값의 화폐 단위가 10원부터 시작하여 몇 천원에 불과하다. 만 원짜리 물건은 거의 없다. 그러다보니 드나드는 고객은 많아도 하루 매상은 기대만큼 여의치가 못하다는 것이다. 먹거리 골목이라고 영업이 다들 잘되는 것은 아닌가 싶다. 미니마트는 그래도 술과 담배를 많이 팔아야 매상이 오르는데 시대적인 3고의 불경기라서 최근에는 술 판매와 더불어 고급 양주들을 찾는 고객들이 훨씬 줄다 보니 그렇다. 그래도 매상을 올리는 것은 담배인데 이건 마진이 적어서 많이 판다고 큰 이익이 되는 것은 아니었다.

처음 오픈할 때보다 요즘은 손님발이 많이 떨어졌다. 미니마트는 술 때문이겠지만 사회경제 흐름에 아주 민감하지 않던가? 불경기는 제일 먼저 타고 호경기는 제일 늦게 회복되는 것이 마트인 듯도 싶다. 아무튼 고객은 계속 드나드니까 가계에서 쉴 사이가 없는 편이다. 물건은 진열은 찾기 좋게 차려놓아서 고객이 필요한 물건을 집어오면 업주는 계산하고 돈만 받으면 되겠지만 그것도 잠시도 쉴 틈이 없다.

종민의 전직은 D그룹 화재보험사였다. 대학 전공이 경영학이다 보니 그렇게 진로가 선택되었다. 순환보직으로 영업도 해보았지만 마지막엔 대인 보상 과에서 마지막 퇴직을 했다. 불명예스럽게도 권고 퇴직을 당했다.

4거리에서 직진과 좌회전 차량의 접촉 사고다. 좌회전 차량의 운전자가 죽었다. 레미콘 화물차량이다. 접촉 부분에서 직진 차량은 앞 범퍼 운전자 쪽이고 좌회전 차량은 조수 쪽 앞문이다. 레미콘 차량이 신호등을 넘어가려고 과속 패달을 밟아 황색 신호상태에서 빨간 신호로 바뀌는 순간에 좌회전 차량이 들어오면서 사고가 났다. 접촉 순간 직진 차량은 좌회전 차량이 너무 빨리 진입을 해서 사고가 났다는 것이고, 좌회전은 차량은 직진 차량이 신호를 넘으려고 과속을 했다는 주장이다. 좌회전 차량의 운전자가 처음은 의식불명이었으나 1개월 정도 있다가 죽었다. 그래서 사고처리를 하는 과정에서 말썽이 많았다. 당사자 간에 의견 차이가 크다 보니 다툼이 되었고 소송까지 갔던 사건이다. 보험사 대인 담당이 보는 관점과 경찰의 조사에 오차가 생겼다. 누가 가해자요 누가 피해자인지 분별하기가 아주 미세했다. 좌회전 피해자 차량 쪽에 대인 담당자였던 종민은 처음 6대 4로 주장했으나 경찰은 쌍방 5대5로 조사를 했다. 또 사고 당시에는 피해차량 운전자가 생존해 있었으니 사망 사건은 아니었지만 1개월 후 갑자기 뇌막에서 출혈이 생겨 사망했다. 사망하고 보니 재조사를 하는 등 사건이 커졌고 따라서 다툼도 커졌다. 미온적인 초동 조사로 사건이 더 복잡해졌다고 유족 측의 반발이 거셌고, 보상과 센터장의 권고도 있었기에 결국 종민도 무사하질 못했다. 여기 아니면 밥을 못 먹는 것도 아닐 진데 하는 생각으로 홧김에 사표를 던졌지만 막상 닥치고 보니 재취업의 현장 사정은 사뭇 달랐다. 수시로 들어가는 작은 아이 입학금에서부터 큰 아이 등록금이 당장 해결이 안 되는 지출사항들이 타불 타불 밀려오기 시작하면서 어려움이 겹치기 시작했다. 퇴직금을 비롯해 알뜰하게 저축한 예금 통장이 바닥날 정도로 어려움이 겹쳤다.

직장생활 20여 년 만에 고름을 짜내듯 장만한 목동 아파트를 매매할 때다. 계약서 매도인 란에 도장을 찍어야만 했던 아내는 평평 눈물을 쏟아내고야 말았다. 36평 아파트다. 이 아파트를 구입할 때 아내는 자기 생전을 이곳에 묻힐 것이라고 야무진 기대감으로 장만을 했다. 하지만 5년을 못 버티고 떠나야 했으니 아내뿐만 아니라 종민의 심정이라 좋을 리 있었겠는가?

─오늘도 매상 별루지?
한숨 꺼지는 소리 습관처럼 야참을 교대하러 나온 아내가 카운터에 있는 종민을 건너다보며 묻는 소리다.
─불황이라 그런 걸 어쩌겠어?
사회경기가 좋을 때 이 시간쯤이라면 매상이 아쉽지는 않겠지만 요즘은 그렇지 못해 유감이다. 매상이 오르지 않은 것이 종민이 영업을 잘못한 탓은 아니다. 그래도 종민 자신이 장사를 잘못한 양 죄책감이 없지 않다. 요즘 자영업자들 모두 살기 어려운 세상이다. 창업보다 폐업하는 업체들이 더 많아지는 추세다. 당사자들의 잘못은 아니다. 시대적인 불황이요, 우리나라 같은 경우는 시위문화 탓이 아니라고 누가 항변한단 말인가. 기업 운영이 어려우면 감원 선풍도 따르게 마련이다. 죽지 못해 가물(혼절)쓴다고 했다. 말이 쉬워 자영업이지 그게 녹록지 않은 현상 아니겠는가? 세상살이 뭐 만만한 게 있을까 만은 불가피한 사정도 없지는 않다. 재취업 정말 쉬운 게 아니었다. 사회 전반에 불황 사정이 그렇다.

생生의 법칙도 역시 자연의 섭리거늘 공평치 못한 사회적 입장이 자영업자들에게 더욱 어려움만 가중될 뿐이다.

업종 불문하고 체감경기가 2007년 글로벌 금융위기 당시 수준까지 최근 추락했단다. 현대문명의 중심지 거대 미국도 무너지는 경제에는 대책이 없었다 할까. 이는 정치 부재다. 세계의 인재들이 다 몰려있는 미국도 정치 부재에는 어쩔 수 없었던 모양이다. 주니어 부시를 잘못 선택한 미 국민들도 리먼브라더스 사태로 한때 고생들 많이 겪지 않았던가? 채권을 시장바닥에 제발 팔지 말라고 국무장관 힐러리가 중국을 찾아가 시진핑에게 사정을 했다니 역시 변수는 변수이었다.

미국이 기침만 해도 대한민국은 독감을 앓아야 한다고 했다. 미국의 리먼브라더스 사태로 우리나라 역시도 세계적 환율에 큰 변동을 가져오면서 시장바닥이 얼어붙는 불경기가 바닥을 모르고 추락을 했었다. 그때도 기업 무너지는 소리가 요란했었고 대기업에서는 감원 선풍에 실직자들이 낙엽처럼 쏟아져 내렸다.

D그룹의 과장 자리도 수십 명 직원들을 거느리고 있다. 종민도 2008년 금융시장에서 그 칼바람이 몰아닥칠 무렵에 교통사고 처리를 잘못했다고 위 사람들이 책임을 추궁할 때 입사 동기들이 이사로 승진하는 판에 만년 과장급으로 한직으로 밀려다니던 종민은 찬밥신세라고 자신의 불만이 이만저만이 아니었다. '제기랄 여기 아니면 내가 밥 먹을 데가 없는 줄 아느냐'고 길바닥에서 자

리 떼기 펴놓고 노점을 하더라도 이 신세 보다 낫겠다고, 더럽다고 불평을 하면서 사표를 내던졌다. 하지만 막상 실직을 당하고 보니 발이 닳도록 열심히 쫓아다녀도 재취업은 고사, 인력 시장의 자리도 차례가 오질 않을 정도라니 포장마차 자리 하나도 구할 수가 없었다.

제조업은 수출기업을 중심으로 하락세가 두드러졌고, 비 제조 서비스업의 체감경기도 두 달 연속 역대최저치를 기록했단다. 한국은행이 발표한 2019년 1·4분기 기업경기 실사지수(BSI)에 따르면 전 산업경기는 전년 대비 3포인트 내려간 54로 나타난 수치란다. 외환위기 영향이 컸던 2008년 12월과 같은 수준이란다. 이번 조사는 전국 3,696개 법인을 대상으로 이루어졌다고 연합뉴스에서 분석한 경제동향이다.

그렇다. 요즘 매상이 찬 서리에 낙엽 떨어지듯 저점이 없다. 개업 5년 만에 처음 느끼는 체감경기다. 경기가 나쁘다고 이렇게까지 매상이 떨어질 줄이야. 마진은 불구하고 적자폭이 점점 커지는 판에 네 가족이 목숨을 걸고 있는 자영업이다.

매달 다가오는 월말 결산이 걱정스럽다. 공과금을 비롯 월세가 그렇다. 벌써 3개월째 접어들면서 밀린 것들은 이달에는 어떻게라도 메꿔야 할 텐데 마련이 안 되고 있으니 걱정스럽다.

어제도 그랬지만 오늘도 심상치 않다. 벌써 자정이 가깝지만 매상이 늘지를 않는다. 매상이 떨어지다 보니 아르바이트생 김

군도 더 이상 버티지 못하고 스스로 떠났다. 등록금 때문에 걱정하던 김 군의 처지를 모르지 않지만 연락도 못 하고 있다.

소득주도성장과 최저임금 제도에 원전 폐지까지 정부가 경제를 망친다고 언론에서 연일 보도한다. 국가 채무 역시 내년에만 108조가 불어나 전체 1,064조 원에 이른단다. 이런 추세라면 부채비율은 GDP 대비 50%를 돌파한단다. 이런 속도라면 2029년에는 국가 빚이 2천조가 넘어 설 전망이란다. IMF에서 전망하는 향후 5년간 한국의 부채증가 속도가 OECD 35개 국가 중 가장 빠를 것이란다. 빚은 가속으로 불어나는데 다음 세대가 맞을 한국경제는 비관적이고 우울한 전망만 기다린다. OECD는 한국의 1인당 잠재 GDP 성장률이 2030년 이후 0.8%로 허락 카나다와 함께 선진국 38개 나라 중 꼴찌가 될 것이란다. 불구하고 문재인 정부는 거꾸로 간다는 것이다. 경쟁력 강화를 위한 규제, 노동개혁 등엔 손 놓고 온갖 반 기업 논리로 성장잠재력만 키우는 정책만 폈다. 그렇게 나라 빚 1천조 원의 빚장만 열어놓은 꼴로 계속 시장경제가 얼어붙으면서 거리의 손님들 발길이 뚝 끊어진다. 촛불 시위로 문재인 정부가 들어서면서 보도 듣도 못했던 소득주도성장이라는 경제정책이 느닷없이 등장하고 거기에 따른 최저임금 제도와 원전 폐지를 강행하면서 갑자기 경기가 얼어붙었다. 소상공인들을 죽이는 정책이 되었다. 매상이 반으로 떨어지더니 요즘은 난데없는 코로나19 바이러스가 발생하면서 또 절반이 떨어졌다.

이게 바로 재앙이다. 머지않아 굶어 죽을 판이라고 자영업자들의 아우성이 요란하다.

경제개발 2차 5개년 계획에 따라 67년 원년에서부터 중공업 프로젝트로 구로공단을 시점으로 포항제철 등이 창업했다. 근로현장이 활기를 띠면서 근로자들이 모이기 시작한 지 벌써 50년째이다. 일자리에 급급했던 그 시절 그 사람들이 이젠 근로기준법에 따른 최저 임금제를 도입해야 옳지 않겠느냐고 고개를 들기 시작한 지 벌써 오래전 이야기다. 저점을 모르고 나락으로 빠져들던 경제가 노사 관계의 갈등 속에서 반전에 반전을 거듭하면서도 세계경제 10위권에 돌입했으니 기적이 아닐 수 없지 않는가. 이처럼 고공으로 타오르던 경제가 외환위기로 비틀거리기 시작하더니 요즘은 가속까지 붙어 곤두박질하는 판이다. 이제 고속 전성시대는 물 건너가지 않았나 싶다.

미니마트 업주들은 밤에는 물론 24시간 일하는 사람들이다. 단체권도 결속권도 없이 살기 위하여 그저 주어진 대로 자신의 일에 열중하는 군상들이다. 이들은 국가 보호권에서도 멀게 방치되어있다. 남들이 곤히 잠든 시간대에 저들은 밤을 새워가며 고객을 기다리고 있다. 박쥐처럼 세상을 거꾸로 매달려 사는 사람들로 저들은 식사시간도 다르다. 아침 여섯시에 퇴근을 한다. 집에 들자마자 잠자기 바쁜 사람들이다. 저들이 일어나는 시간대는 남들이 점심식사를 할 때다. 그때야 일어나 아침식사를 한다. 밤에 영업을 하자면 재료 구입을 비롯한 준비도 해야 한다. 종민은 오늘 세무서에 가서 2기 부가세 신고도 했다. 그러고는 남들이 직장에서 퇴근할 무렵인 저녁 여섯시 경에 점심식사를 하고 영업소로 나왔다.

종민은 길게 하품을 한다. 졸음이 찾아오려는가 보다. 이 시간 대면 허기와 졸음은 버릇처럼 영락없이 찾아온다. 시장기가 아니면 졸음이다.

종민은 벽시계를 올려다본다. 시계 침은 24시가 막 지난 시간대를 가리키고 있다. 수억만 년의 거대한 세월 촉이 연속되는 낮과 밤의 범주에서 무음無音상태로 무한의 역사 속에서 자전의 조화로 2019년 7월 13일이 다가오고 있다.

업소 상가건물엔 여러 개의 카메라가 설치되어있다. 좌편과 우편 그리고 정면 층계이다. 3개의 CCTV 화면에 뜨는 거리엔 휘황찬란하게 번쩍이는 네온들이 대낮처럼 불야성을 이루고 있다. 와자지껄 삼삼오오 몰려다니는 행인들의 발길은 불경기라 하지만 다름없이 이어지고 있어 먹거리 거리다운 밤거리의 풍경이다.

－요즘 왜 그렇게 손님이 없어?

한숨을 길게 내쉰 아내는 종민을 건너다보며 근심 어린 표정으로 상품들을 정리한다. 가슴이 무너지는 듯 한 독백이다. 종민 혼자 겪는 게 아니라면 인내를 갖고 견뎌야 할 일이 아닌가?

종민의 살림집은 업소에서 2백 미터쯤 되는 지점에 있다. 집이

가까우니까 편리한 점도 있다. 아내는 늘 이맘때가 되면 야참 교대를 하러 가게로 나온다. 뭐라도 배를 채워야 밤을 새우지 않겠는가?

종민이 거리에 나오자 삼복더위의 훈기가 후끈 숨통을 휘감는다. 손님용이라지만 에어콘이 펑펑 돌아가는 업소는 그래도 천국이 아니던가? 먹거리 다움게 거리의 인파는 여전하게 북적인다.

―아침에 먹던 코다리 찌개 덥혀 놨어요. 따로 챙긴 반찬 없으니 그냥 그거하고 들어요.

요즘 반찬타령 할 때는 아니라지만 아내는 항상 밥상을 챙긴다. 식탁 위에서는 야외 텐트처럼 생긴 상보가 차려놓은 밥상을 덮고 있다. 이젠 도시 생활에서 파리 떼 따위는 거의 박멸되었다지만 혹시 쓰레기통에서 날 파리 따위가 생겨날 수도 있어서인지 아내는 꼭 상보를 이용 밥상을 덮어 놓는다.

종민은 식사를 마치고 커피까지 마셨다. 양치질도 하고 등줄기에 흘러내리는 땀을 씻어내기 위하여 샤워도 대충 했다. 고객들 앞에서 언제나 몸을 단정해야 하는 것은 기본이다. 아내가 03시까지는 업소에서 있을 테니 좀 늦장을 부려도 된다. 손님이 많이 들면 아내에게서 전화가 올 텐데 아직도 연락이 없다.

사워까지 마친 종민은 그때서야 밖으로 나왔다. 후끈한 더위가 종민의 몸뚱아리를 휘감는다. 네일샵 앞이다. 옆에는 MP3 노래연습장도 있고 그 옆에는 김밥집도 있다. 향촌미니마트를 가는 길목이다. 길바닥에 행인이 쓰러져 있다. 아까부터 있던 취객이 아직도 쓰러져 있다. 자기네 안방으로 착각하는 듯 팔자 좋게 긴 잠을 자고 있음이다.

먹거리 거리답게 유난스럽게도 음식점들과 술집들이 운집한 동네인지라 저런 취객들은 흔히 볼 수 있다. 아까는 저 꼴을 보고도 그냥 지나치고 말았었다. 길바닥에서라도 저렇게 한숨 늘어지게 자고나면 술도 깰 터이고 그럼 제풀에 꾸역꾸역 일어나 보통들 제집을 찾아갈 것으로 믿고 그냥 지나치고 말았었다. 취객들은 취기가 깨야 일어난다. 그냥은 못 일어난다. 겨울철에도 술에 취하여 제 몸을 가누지 못하고 저렇게 쓰러져 있는 사람들도 있는데 요즘이야 동사할 염려까진 없지 않던가.

몇 년 전의 일이다. 꽁꽁 얼어붙는 혹한에 저렇게 길바닥에 쓰러져 잠에 취해 있다가 얼어 죽었던 사건도 있었다. 이 동네서 장사를 시작한 지 벌써 5년여 동안 영업을 하면서 숱하게 보아온 거리의 풍경이다. 하지만 지금의 상황은 아까와 조금 달랐다. 손 전화와 지갑이 네 활개를 벌리고 벌렁 자빠져 있은 주정뱅이 오른쪽 옆에 노출 흩어져 있지 않던가. 누가 부축빼기 아리랑치기를 해도 취객은 모를 일이다. 하긴 요즘 지갑에 현금 가지고 다니는 사람이 어디 있다더냐. 모두 다들 카드를 사용하는 시대적 흐름이 아닌가?

혹시 몰라 종민은 주정뱅이의 어깨를 잡고 잠시 흔들어 깨워

봤다. 길바닥에서 누워있으면 평상시보다 술도 잠도 쉽게 깰 수도 있다는 생각이다. 땅속에서 찬 기운이 올라와 몸체로 냉기가 스며들어 혈관을 자극 체온을 떨어트리기 때문이다.

혼들기를 몇 번 반복 하지만 취객은 무반응 상태 깨어나질 못한다. 종민은 경찰에 신고라도 해줄까 했지만 손에는 마침 전화기가 들려있지 않았다. 대개 사람들이 그렇겠지만 종민도 전화기를 항상 손에 들고 다니는 버릇은 여전하다. 일상생활에 휴대폰은 언젠가부터 한 몸이 되어 따라 다니지 않았던가? 그런데 실수라 할 것까지는 없지만 종민은 밥을 먹고 난 다음 깜빡 전화기를 식탁 위에 올려놓은 채 그냥 나왔던 것이다.

어떻게 할까 잠시 망설임 끝이다. 종민은 언뜻 취객 지갑 속에 명함이라도 있을 거란 생각이 들자 가족에게 연락을 해주는 것도 좋을 듯싶었다. 당장 종민의 손에 전화기는 없었지만 50미터 전방엔 공중전화도 있고 종민의 영업소도 있다. 무심중 고객의 지갑을 들고 종민은 우선 공중전화 쪽으로 가면서 지갑을 열어보았다. 당연히 명함이나 연락처 정도는 있을 거란 생각이었다.

고급 브랜드도 아닌 지갑은 보통 시장바닥에서 파는 흔한 종류이었다. 취객의 명함을 찾고자 무심중 지갑을 열어본 종민은 깜짝 놀랐다. 첫눈에 띠는 지갑 속에는 5만 원권 지폐만 두툼하게 상당량이 들어있지 않던가? 명함이 있는지 조차도 생각할 겨를이 없었다. 이럴 수가! 종민은 겁이 덜컥 났다.

영업을 하면서 겪어본 일이지만 보통사람들 90%가 카드를 사용하기 때문에 현금 결제는 사실상 10%도 안 되는 편이다. 누가 요즘 불편하고 위험스럽게 현금을 가지고 다닌단 말인가. 전철이나 버스에서 소매치기들이 사라진 일도 벌써 오래되었다. 경찰의 단속이 무서워서가 아니라 현금을 가지고 다니는 사람들이 없다 보니 그들 역시도 자연스럽게 같이 사라졌다. 현금은 잊어버리면 몽땅 손해를 보지만 카드는 100% 되돌아오지 않던가? 또 카드는 소지하고 다니기도 간편하고 사용하기도 간편하다. 그래서 현금과 다르고 또 현금은 신체상 위험을 내포하기도 한다.

기겁을 한 종민은 얼른 발걸음을 돌려 현장으로 되돌아 왔다. 그리고는 먼저 취객이 쓰러져 있는 자리에 지갑을 내려놓고 막 돌아서려고 하는 순간이다. 아직도 취객은 깊은 잠속에 빠져있지 않던가? 그런데 지갑 속 거액의 현금이 들어있다는사실을 알고도 취객 앞에 지갑을 그냥 놓고 간다는 것도 어딘가 심적으로 개운치가 않았다. 순간 그는 약 3백 미터 쯤 떨어진 파출소에 신고를 해야겠다는 언뜻 생각이었다. 지갑에서 우선 현금을 빼든 다음 빈 지갑을 쓰러져 있는 취객 앞에 내려놓고 막 돌아설 무렵이다.

오해의 소지小志는 종민에게도 없진 않았다. 첫 번째는 만약의 경우 종민의 손에 손전화기가 있었다면 이동할 필요 없이 현장에서 바로 통화를 할 수 있었을 것이다. 두 번째는 지갑에서 현금을 빼지 말았어야 했다. 세 번째는 부축배기를 당하는 말든 남 일에 상관했다는 것이 실수였다. 배나무 밑에서는 갓끈을 매지 말라고 옛 선조들은 가르침을 주었다. 아무튼 오해의 소지는 그렇게 발생이 되었다.

2차선 도로 건너편 칼포니 호프집이다. 그 건물은 4층 상가로 신축 건물 앞에다 주차장을 냈다. 점포를 효율적으로 이용하기 위한 건축법이다. 점포는 앞면이 넓어야 효율적 이용가치가 있지 않던가. 요즘은 그렇게들 주차장을 빼는 것이 추세다. 건물 앞에 주차장을 두면 대개들 마당으로 사용할 수 있으니 공간 이용이 편리하지 않던가? 여름 같은 때는 파라솔을 펼치고 장사들을 하니 이용하기 더욱 편리하다.

약간의 야외 기분도 없지 않을 터 그렇게 테이블마다 술을 마시던 패들이 여럿 있었다. 그중 젊은이들 세 명 중 한 명이 오래도록 쓰러져 있는 취객을 보호한다는 의미에서 112신고를 했던 모양이다.

"아저씨 우리가 신고했어요. 경찰이 곧 올 거예요."

순간 종민은 멈칫하고 그들을 바라보는 순간이었다. 마침 경찰 순찰차가 막 도착하고 있지 않던가. 경찰들은 신고자들과 몇 마디 대화를 나누고는 취객 쪽을 향해서 길을 건너오기에 종민은 별다른 생각 없이,

"이 돈은 이 사람 지갑에서 나온 거예요."

하면서 돈을 경찰에게 건너 주자, 돈을 받아든 경찰들은 대뜸

말했다.

"당신을 절도범으로 체포 하겠습니다."

너무 황당한 종민은 왜 내가 절조 범이냐고 항의했다.

"당신이 지갑에서 돈을 뺐잖아. 점유이탈 죄에 해당도 되고요."

"점유이탈 죄란 주운 물건을 가지고 장소를 이동했을 때 이야기가 아닙니까?"

"이동 하려고 했잖아요?

"지갑에서 돈을 뺐다고 전, 후 사정도 모르면서 무조건 도둑놈 취급입니까?"

처음 종민은 강력하게 항의를 했지만 막무가내 경찰들은 파출소 가서 이야기하자며 종민을 순찰차에 강제로 밀어 넣는 태도가 아니던가. 출동한 경찰관은 남자 1명에 여경 1명이었다. 남자는 경위 박노윤과 여자는 순경 정명진으로 종민에겐 영원히 잊지 못할 악연으로 이름을 가진 경찰들이었다.

나는 아니라고 아무리 항변을 해도 소용이 없었다. 어처구니가 없었지만 종민은 경찰에게 체포되어 파출소로 잡혀갈 수밖에 없었다. 야식을 교대해준 아내는 업소에서 눈이 빠지게 기다릴 텐데 엉뚱하게도 종민은 절도범으로 경찰관서에 잡혀 온 신세가 되었다. 자유권이 박탈된 종민은 이젠 내 몸이라고 내 맘대로 활동할 수가 없다.

경찰관들은 종민을 파출소로 끌고 들어가면서

"부축배기 아리랑치기 절도범이야."

라고 개선장군처럼 당당하게 목소리를 높인다. 지구대에서는 서너 명의 정복 경찰들이 있었다. 종민이가 잡혀 들어가자 경찰들은 우르르 몰려들어 우선 종민을 예의주시하고 문단속을 하더니 종민을 구석에 몰아넣고 행동을 제지하는데 서슬이 퍼렇다.

출동했던 경찰들은 역시 민첩한 행동으로 컴퓨터 자판기를 두드리기 시작한다. 성명 주소 연락처들을 묻더니 전과 조회를 한다. 아무 이상이 없다는 것을 확인했을 것이다. 전과자가 아니라서 약간은 실망하는 듯한 표정이더니 곧 사건 경위를 묻는다.

한편에서 또 한 명의 경찰이 취객의 지갑에서 나온 5만 원권 지폐를 한 장 한 장 테이블 위에 펼쳐놓더니 찰칵찰칵 사진을 찍는다. 증거물 압수 차원이다. 완전 범죄로 씨줄 날줄을 엮고 있었다.

'억울하다. 정황 파악이 필요한 사건이 아니냐. 나는 쓰러진 취객의 보호 차원에서 그런 행동을 했을 뿐 다른 뜻은 없었다. 절도범이라니 천만의 말씀, 추호도 그런 생각은 없었다. 만약에 경우 절도를 할 생각이었다면 내가 왜 지갑을 가지고 현장으로 되돌아왔겠느냐'고 아무리 변명을 해도 막무가내 경찰은 견물생심 점유이탈 죄란다. 물론 죄가 되느냐 안 되느냐의 여부는 추후 검찰 조사과정이나 법원 재판 과정에서 밝혀지겠지만 당장은 절도범이라 하니 잡혀갈 수밖에 어쩔 방법은 없었다. 국가에서 경찰관에게 부여한 권력과 고유의 책무를 가지고 본연의 업무를 집행한다고 하니 피의사실을 오해받고 있는 종민으로서 어찌 피해갈 수 있다는 것인가?

만감이 교차하는 순간이었다. 절도범이라니 너무도 터무니가 없었다. 범죄 사실을 놓고 앞으로 수사관들과 다툼을 해야 할 일이겠지만 만약의 경우 진실을 밝혀내지 못한다면 그땐 절도범으로 수감 될 일이 아니던가? 그렇다면 파렴치범으로 가족들은 어떻게 볼 것이며, 이웃들에게 무엇으로 해명을 하고, 사회적인 입장에서는 어떻게 변명할 것이며, 또 그들 앞에서 어떻게 얼굴을 들고 다닐 것인가 만감이 교차한다. 졸지에 사회적으로 매장이 될 수도 있다는 생각이다.

두 시간가량 보고서를 꾸민 다음 박노윤 경위와 정명진 순경은 한 건 했다는 의기투합으로 종민을 순찰차에 태우고는 인천 M 경찰서 형사과로 연행했다. 순찰차 안에서도 절대 나는 그런 의도가 아니었다고 주장도 했고, 또 당신들도 파출소에서 일을 하다보면 먹거리 동네에서 길바닥에 쓰러진 취객들을 하룻밤에도 몇 명씩 만나게 될 텐데 그렇다면 어떻게 해서 내가 절도죄가 되느냐고 항변도 했지만 경찰들의 신념을 깨기란 역부족이었다. 흑심이 없었다면 왜 지갑에서 돈을 뺏느냐는 경찰관들의 한결같은 주장이었다.

역시 취객도 지구대까지 연행이 되었었다.

—나는 저 사람을 의심하지 않아요? 더 이상 문제 삼지 않았으면 좋겠어요.

상황을 주시하던 취객도 경찰에게 요구했지만 박노윤 경위는 취객에게

—아뇨 이 사람은 분명 절도죄에 해당됩니다. 그냥 풀어줄 수는 없습니다.

목소리까지 높혀 답변하면서 덧붙여

—나중에 경찰서 수사과에 불려가 참고진술을 하게 될 터이니 그때 분명하게 사실을 밝히세요?

하면서 취객에게 다짐까지 한다. 아주 작정하고 집행하는 경찰에게 취객도 더 할 말을 잊고 포기할 수밖에 없다는 태도이다. 어쨌든 종민을 잡아넣기 위한 경찰들의 태도에 더 이상의 항변은 통하지 않았다.

새벽 한 시가 조금 넘은 시간대다. 종민을 경찰서 형사실 당직자에게 연행 사건경위서와 함께 인수인계를 마친 다음 경위 박노윤과 순경 정명진은 지구대로 되돌아갔다. 그들의 임무는 여기까지다. 한 건 했다고 당당한 모습으로 갔다. 근무일지에도 절도범 김종민을 검거했다고 기록할 것이다. 그러면서 쾌감을 느끼고 있을 것이다.

어떤 화재사건

오래전 인천G경찰서에서 일어난 사건이다. 한모 강력계 형사의 경험담이다. 인천항부두 외곽 철조망 부근에서 불이 크게 났다. 바로 철조망 안에는 미군 PX(군수물자) 물품들을 임시 보관되어있는 창고도 인접해 있었다. 만약의 경우 그 불이 창고로 번지는 날에는 상상할 수도 없는 큰 사고가 유발할 수 있기에 관계 당국을 비롯해 그 책임자들이 초긴장 상태였다. '이곳은 위험지역 무단 접근 자는 발포한다.' 나무판에다가 붉은 글씨로 큼직하게 경고문까지 써 붙여 놓고 관계자 외에 출입을 금하는 지역이다. 이렇게 특수지역으로 지정된 곳이기도 하다. 관계 당국에서 이처럼 철저하게 관리하는 지역이라서 일반인들은 접근이 금지되었을 뿐만 아니라 일반인들은 절대 왕래를 할 수 없는 특수지역이다. 따라서 무시무시한 경고문까지 있어 아예 접근을 피하는 지역이다.

다행히도 소방당국에 의하여 불길은 큰 피해 없이 진압되었다. 하지만 관계 당국의 상황분석은 상당한 의문점을 부풀리고 있었다. 상급기관에서 더욱 그랬다. 청와대까지 보고가 되었단다.

평상시 이곳은 사람의 접근을 금지하는 지역인데 왜 불이 났느냐 하는 의문점이다. 건축물이 없으니 전기 누전도 아니고 일반인들의 출입도 없는 곳이라 불이 날 이유가 전혀 없지 않느냐?

누구의 계획적인 소행이라면 불순분자들이 중요시설물을 고의로 파괴하기 위하여 접근한 것이 아니냐는 분석이다. 더구나 야간에는 타인들이 접근할 이유가 없는 곳이다. 항만의 철조망 밖에 있는 야외 하역장이라서 인도네시아에서 수입된 원목들을 임시 쌓아두는 곳이기도 했다. 전혀 불이 날 곳이 아닌데 불이 났다는데 관계 당국 특히 정보당국에서는 예사롭지 않다 여겼다. 후방교란을 위하여 중요시설물을 선택 폭파하는 특수 무장간첩들의 소행이 아닌가, 확대 해석까지 문제가 부풀렀다.

그렇게 확대 해석을 하자 범인들을 꼭 검거 원인을 밝혀야 한다고, 지휘관들은 특별한 관심을 보였다. 경찰관서가 초긴장 상태로 발칵 뒤집혔다. 관서 장들이 직접 진두지휘하는 수사본부가 발동되었고 수사 진척 과정을 시간마다 본청에 보고할 정도였다.

강력계 한 형사다. 그는 강력계로 보임을 받은 지 얼마 되지 않는 수사경력 초임자다. 경찰이라며 누구에게나 수사권을 국가에서 부여하고 있다지만 강력계 형사는 직접 수사권을 부여받는 직책이다. 범죄와의 전쟁에서 사나이라면 누구나 한번 쯤 해볼 만한 스릴 있는 직업이다.

－열심히 해, 아니면 쫓겨날 수도 있으니 명심하라－구.

보임 임명장을 들고 신고할 때 형사계장의 첫 번째 당부다. 평상시 선호하던 강력계 외근형사로 발령을 받던 날 살아남기 위해서라도 열심히 할 거라고 한 형사는 다짐했던 차다.

비상 출동 명령이다. 하루 24시간 어느 때든지 긴급을 요하는 사건이 발생하면 종종있는 일이다. 깊은 야밤 연락을 받고 부랴 부랴 경찰서로 출동을 하면서 한 형사는 '범인아 제발 내 손에 잡혀다오.' 속으로 간절히 소망까지 했었다. 범죄 현장에서 범인을 잡는다는 것도, 범인이 잡힌다는 것도 그게 쉬운 일은 아니다. 쫓고 쫓기는 사건의 현장은 언제나 날 선 작두날 초긴장이다. 큰 피해 없이 불길은 잡았으나 원인과 흔적이 불충분한 상태에서 범인을 잡기란 어려움이 많았다. 며칠을 쫓아다녀도 단서 하나 발견하지 못한 채 타서로부터 인력 지원까지 받고도 오리무중이다. 청와대에서도 수사 진척과정을 수시로 보고를 하란다. 중요시설물이라 하면 나라 안 곳곳에 설치되어있다. 지역적으로 없는 곳이 없다. 한전의 변전소가 폭파되면 서울은 암흑세계 될 것이고 소양강댐이 폭 파되면 서울은 물바다가 된다. 어쨌든 중요시설물은 전쟁보다도 더 큰 파괴력을 가지고 있다는 것이다. 인천항에도 중요시설물이 곳곳에 산재해 있다. 그중 하나라도 폭파된다고 했을 때 모든 해로가 차단된다. 초긴장 상태가 아닐 수 없다. 당시에는 CCTV도 없던 시절이다. 도대체 단서를 잡을 수가 없는 사건이다. 꼬투리가 없는데 어떻게 몸통을 찾는단 말인가. 불을 지른 자리에 단서가 없다니 귀신이 놀랄 일이다. 증거가 될 만한 것들이 모두 불에 타버렸기 때문이다. 청와대에서까지 주목하고 있으니 누구보다도 수사본부 상급자들이 더욱 긴장하고 있는 사건이다. 강력사건일수록 초등수사는 사건 해결에 성패를 가름한다. 단서를 못 캐내면 미궁에 빠질 가능성이 크다는 것 왜 모른다 하겠는가?

한 형사는 제발 범인이 내 손에 잡혀달라고 소망도 했다지만 그게 쉬운 일은 아니었다. 역시 단서가 잡히질 않았다. 축구에서 공격수가 꼴을 집어넣는 것 보다 더 어렵은 행운이다.

화재 발생지 항만관할 치안지역은 인천G경찰서 S동지구대다. 강력계로 인사 보직 발령을 받기 전에 한 형사도 S지구대에서 정복으로 2년간 근무를 했던 경험이 있다. 그래서 골목골목 관내 약도에 낯설지는 않다. 격일제 당번 근무로 하루에도 몇 번씩 관내 순찰을 했으니 그럴 만도 했다. 항만의 제반 행정 타운도 S지구대 관할인지라 항만 내에서 발생하는 많은 사건들도 한 형사가 취급도 했었다. 그래서 항만 내부 어디에 무엇이 있다는 정도의 지리적인 여건과 건축물에 대하여서도 대충 알만도 했다.

한 형사에게 아주 희미한 안테나 하나가 머릿속에 잡힌다. 인천G경찰서 S지구대에 있을 때다. 순찰 근무 중에 항만 주변 울타리까지 야간순찰을 했었다. 그때 가출 청소년 남녀 아이들 대여섯 명이 행인들의 눈을 피하여 후미진 원목 야적장을 은신처로 모여 어울리고 있지 않던가? 우연히 목격하게 되었다. 인천항에는 업체에 따라 크고 작은 야적장들이 항만 울타리(철조망) 주변에 삥삥 돌아가며 수도 없이 많다. 들어오고 나가는 화물들이 위낙 많다 보니 항내에서 모두 관리가 안 된다. 컨테이너를 비롯 원목들과 목제들은 모두 야적장에 유치한다. 그런 야적장에서 가출 청소년들이 은신처로 이용하기도 했다.

출입 통제구역인지라 한 형사는 그 아이들을 단속했었다. 그중 계집애 하나가 S지구대 관내에서 살고 있었다. 다른 아이들은 모두 집으로 돌려보내고 미순이란 아이는 한 형사가 선도善導 직접 집에까지 데리고 가 엄마에게 인계해준 사실이 있었다.

학교에서 불량학생으로 퇴학 처분을 받아 가출한 길바닥 아이들이었다. 수인역(수원 인천 간 열차) 주변 판자촌이었다. 한 형사는 언뜻 그런 생각이 미치자 혹시나 하는 생각으로 그 아이 집을 찾아갔다. 마침 집에 있었다. 한 형사의 예측은 적중했다. 화재가 난 그날도 아이들이 그곳에서 모여 놀던 중 담배를 피우다 쓰레기더미에 잘못 버린 담배꽁초가 불씨가 되었단다. 불씨가 갑자기 확 번지자 감당이 안 된 아이들은 질겁해서 각자 도망쳐 뿔뿔이 헤어졌단다.

한 형사에겐 뜻밖의 행운이었다. 사건 발생 한 달여 만에 아이들을 모두 찾아 검거 연행함으로 사건이 종결되었다. 특진까지 걸며 중대 사건으로 취급했던 사건이 종결되었으니 한 형사는 상도 받고 특진의 개가를 올렸다. 그렇다. 경찰들은 큰 사건에 해당하는 강력범을 검거하면 근무 평가에도 반영된다. 공명심이라 하겠지만 초임 형사의 개가凱歌로 한 형사는 수사과에서 유능한 형사로 인정을 받아 반장으로 보직도 승급했다. 그런 사례들이 과잉 충성을 유발케도 한다. 박노윤 경위라고 그런 생각이 없지는 않았을 것이다. 화성 연쇄살인 사건 이춘재 같은 사건도 그러했다.

종민을 인계받은 인천M경찰서 형사계 담당 형사는 당직실 으슥한 구석에 놓여있는 의자를 가리키며 잠시 앉아 기다리라고 했다.

이럴 수가? 종민은 너무나도 황당했다. 먹거리 동네에서는 흔히 발생하는 사건들이다. 이 동네의 행정명은 용현동이다. 인천시에서 서, 남쪽으로 펼쳐진 바다와 인접해 있다. 도시개발 차원이다. 인천시 건축과에서는 이곳을 처음부터 주택 시범단지로 개발하기 위하여 건축 규모를 당국에서 지정해 주지 않았던가. 반지하를 비롯해 3층 건물로 허가 조건을 제한했다. 한 채 두 채 건물이 늘어나면서 도로가에 가게가 하나둘씩 생기더니 지금은 인천 제일의 먹거리로 형성되었는가 하면 재래시장까지 들어섰다.

나대지들이 주변에 많다 보니 삥삥 둘러 아파트들이 들어오면서 인구가 부쩍 늘어나니 상인들도 저절로 모여들기 시작했다. 물론 택지를 바둑판처럼 조성했다고 온 동네가 다 먹거리로 형성된 것은 아니다. 전체 단지는 ㅁ형으로 구성되었지만 그 속에는 여러 개의 블록이 있다. 인구가 집중되다 보니 근처에는 인하대학교 병원도 들어왔는가 하면 내과를 비롯해서 안과 이비인후과까지 모든 과가 다 들어왔고, 한국은행 인천지점을 비롯 KB은행에서 농협에 이르기까지 은행지점들이 모두 들어왔다. 부동산 중개업도 한 동네에서 60여 곳이 되고, 음식점과 술집들은 수백 개였다. 특히 70여 개 노래연습장들의 호화찬란한 네온이 번쩍번쩍 불꽃놀이를 하듯 불야성을 이룬다. 조그만 골목 안에 그토록 노래연습장이 많이 집중되기는 아마 전국에서 으뜸이 아닌가 싶다. 그리고 먹거리 옆 400미터 쯤 되는 골목에는 양쪽으로 20여개 러브호텔들이 쫙 줄지어 있다. 그래서인지 데이트 족들이 반경 200미터 안에서 밥 먹고 술 마시고 춤추며 노래를 부르며 한껏 흥에 겨운 기분으로 놀다가 마지막으로 러브호텔로 직행할 수 있으니 유락 시설로는 안성맞춤 이용에 편리하다. 또 이곳은 경인고속도로와 서해안 고속도로의 시발점이기도 하며 김포 강화로 뻗어 나가는 지하차도까지 사통팔달 교통 시발점이어서 인프라 구축이 잘된 지역이다. 그래서 송도 유원지와 연안부두로 이어지는 먹거리에서 싱싱한 생선회로 소주 한잔을 걸치며 식탐을 즐긴 다음 러브호텔을 즐겨 찾는 곳으로 데이트 족들의 단골이 되었다. 퇴근 시간인 저녁 6시부터 사람들이 꾸역꾸역 모여들기 시작하면 아침 6시까지 호화찬란한 간판들과 함께 거리의 행인들이 불야성을 이룬다. 웃고 떠드는 젊은이들이 주류를 이룬 가운데 고성방가도 있고 곧잘 싸움판도 있는가 하면 길바닥에 쓰러진 취객들도 한 몫을 한다 할까? 가지각색의 풍광들을 한눈에 볼 수 있는 그림 속의 파노라마다.

먹거리를 이용하는 행인들이 늘어나고 보니 치안 수요도 또한 늘어날 수밖에 없다. 파출소라 하지만 지구대 규모로 조직이 짜여 있다.

범죄 컨트롤 박스는 112신고 센터다. 일사불란한 지구대 순찰 체재가 전국으로 연결되어 있다. 112지령에 따라 가동력이 신속히 발동하고 치안 질서가 확립된다. 경찰은 군 다음으로 힘과 조직을 가지고 있으면서 그 위력도 대단하다. 강력범 검거 율도 세계적 성과를 가지고 있단다. 국민의 안위를 지켜주는 안보의 보루다. 범죄를 쫓기란 어디든 망라하고 지구촌까지 국민의 안전을 해치는 범죄들은 발본색원한다.

그런 경찰들의 수사 과정에서 1986에서부터 1991년까지 5년여에 걸친 화성연쇄살인사건의 이춘재 여덟 번째 사건이야 말로 옥에 티라 할까. 거기에 연유된 윤성여 씨는 무려 20여 년간 억울하게 살인 누명을 쓰고 옥살이를 했다. 상상을 초월하는 사건이 아닐 수 없다. 그런 까닭으로 그 사건은 연일 텔레비전 방송 채널마다 톱뉴스로 방영되기도 했었다.

막상 검거하고 보니 이춘재는 너무도 황당했던 인물이었다. 1989년도 전국 경찰의 수사망을 뚫고 희대의 탈옥 범으로 907일 동안이나 잡히지 않고 용케도 도피 생활을 했던 절도 탈주범 신창원 같이 신출귀몰하는 인물도 아니었고, 그런 행동으로 연쇄살인을 한 것도 아니었다. 또 험상궂고 우람한 체격의 소유자도 아니었다. 오히려 작고 가냘팠다. 누구나 비틀면 꼼짝도 못 하고 꺾여버릴 그런 체격을 가진 빈약한 신체소유자였다. 그런 자가 14번씩이나 잔혹한 여성들을 살인하며 화성 일대를 휘젓고 다닌 사건이었다. 엄청난 시간과 엄청난 경력(인원) 동원에 엄청난 비용을 들여가며 경찰수사력을 총동해 검거하고자 했건만 끝내 검거치 못한 채 억울한 윤성여 사건을 낳고야 말았다. 윤성여는 분명 조사하는 경찰관 앞에서 자기는 아니라고 길길이 뛰며 주장을 했을 것이다. 그런 그가 범인이 되기까지 얼마나 많은 고문에 시달렸기에 엉뚱한 살인사건에 자기가 했다고 시인을 했을까? 끔찍한 일이 아닐 수 없다. 자그마치 20여 년 동안 옥살이를 했던 사건이다. 요즘이야 하루가 다르게 국토가 개발되기에 10년이면 강산이 변한다는 말이 무색하겠지만 결코 20년이면 짧은 세월은 아니다. 또한 자기 몸 하나도 건사하기 어려운 성치 않은 몸을 지탱하고 보행해야만 하는 장애인이기도 했다. 경찰의 맹점 수사가 아닐 수 없다. 그를 잡아넣은 경찰관들은 이미 퇴직을 했거나 연령상 사망했을 가능성도 배재할 수 없는 현직을 떠 난 요인들이었다. 공소시효도 이미 멀찌감치 지나버린 지 오래되었다. 그렇다면 그런 큰 과오는 누가 책임을 질 것인가? 어쨌든 누구든 책임을 져야 할 일이다. 그게 누구냐? 국민들은 묻고 있다. 개구리소년단 사건도 미제사건으로 지금껏 해결이 안 되고 있다. 1991년도에 대구에서 살고 있던 소년 다섯 명이 한꺼번에 실종된 사건이다. 개구리 잡으러 간다고 나간 아이들이 흔적도 없이 사라진 지 30년의 세월이 흘렀건만 아직도 돌아오지 않고 있다. 세월이 너무 많이 흘러 이젠 국민들의 관심 속에서도 사라져 가고 있다. 아마 범행을 저지른 자도 이젠 살아있는지 죽었는지 생사를 가름하기 어려울 지경이다. 막연하고 딱한 일, 꼬리를 물고 일어나는 강력사건들이 시도 때도 없이 발생하는 현장에서 경찰이 다 예방하고 검거한다는 것이 쉬운 일은 아닌 반면에 어려운 일이기도 하다. 전 국민이 나도 당할 수 있다는 공포에 치를 떨었던 사건이다. 전국 경찰이 수사력을 총동원 하지 않았던가? 그리고도 윤성여 같은 사건이 발생했다니 어처구니없는 일이었다. 다시 그런 일이 재발생해서는 아니 될 일이다. 너무나 끔찍한 일이었다.

경찰이 제일로 싫어하는 업무는 안하무인격으로 대드는 취객들을 상대하는 것이다. 보호를 해주려는 경찰관들에게 말려도 듣지 않고 욕지거리와 더불어 행패를 부리는 패들과 몸까지 부대끼며 실랑이까지 하자니 취급하기에 만만치가 않다. 인사불성으로 깨워줘도 곱게 일어나지 못하는 길바닥에서 쓰러진 취객들을 감당하는 것에 경찰들도 골머리를 앓는다. 이들은 제정신이 아닌 사람들이니 그렇다. 잠을 깨지 못해 계속 늘어지는 취객들은 어떤 경우엔 보따리까지 내놓으란다. 그래서 대개의 행인들은 아예 모른 척 지나치지만 그게 능사는 아닐 거란 생각이 든다.

276

부축배기 아리랑치기들에게 취객들은 보기 좋은 먹잇감이 아니던가? 쥐새끼를 노리는 고양이 앞에 취객은 함부로 노출되어 있으니 언제나 위험이 따르기도 한다.

또 길바닥에서 올라오는 냉기가 몸속으로 파고들기에 특히 겨울철 같은 때에는 동사도 있다. 그렇다고 취객만이 길바닥에 쓰러져 있는 것은 아니다. 혈압에 뇌졸중도 있고, 저혈당도 있으며 심근경색증도 있다. 초간을 다투는 생명선에 노출된 경우에서 어찌 남 일이라고 이를 외면만 할 수 있을까 싶다. 설령 깨워만 주어도 그런 위급한 상태에서 피할 수도 있고, 또 수사의 컨트롤 박스 경찰의 112 신고나 119에 구급신고만 해주었어도 위험에 처한 생명을 구할 수 있다는 아쉬움도 있지 않던가?

먹거리 이색지대에서 5여 년 동안 영업을 하다 보니 그런 일들이 때로 눈에 띄는 경우도 흔하다. 그럴 때 종민은 112경찰 컨트롤 박스에 신고를 해준 사실도 있고, 119소방 컨트롤 박스에 연락해 병원으로 이송을 시켜준 사실도 있었다.

마침 그날은 경찰서 형사 실에 끌려온 사건 피의자들이 몇 명 안 되었다. 종민은 조사실 한구석에 쭈그리고 앉아 있노라니 별생각이 다 들어온다. 사태가 어쩌다 이렇게까지 뒤틀렸는지 종민은 만감이 교차한다. 부축배기 아리랑치기 절도범이라니? 만약의 경우 경찰의 조사과정에서 절도범으로 기소된다면 이건 완전 파렴치범 취급에 사회적으로 매장이 되는 게 아닌가 싶다. 복잡다단하게 흘러가고 있는 인생사에 그래도 나만은 고고하게 살아보겠다고 항상 자신과 타협도 하고 양보도 하면서 살아온 인생이 한꺼번에 무너지는 기분이다. 이렇게 참담할 수가?

두 시간 정도가 지나서였다. 단순 시비 끝에 이빨이 부러졌다는 폭행 사건 조사를 끝마치고 난 후 담당 형사가 종민을 부른다. 불시에 절도 범죄로 끌려온 종민을 담당 형사는 피의자 신분으로 컴퓨터 앞에 앉혀 놓고 인적 사항 확인하는 절차부터 심문을 시작한다.

─왜 취객의 지갑을 가져갔습니까?

─지갑 속에 명함 종류라도 있다면 그의 가족에게 연락해줄까 했습니다.

─지갑 속에 돈이 있을 거란 생각은 안 해봤습니까?

─업소를 운영해 봤던 경험이라 할까요. 요즘 사람들은 90% 정도가 카드를 사용하기 때문에 그 지갑 속에 그토록 현금이 많이 들어있을 줄 미처 생각지 못했습니다. 기껏 2─3만 원 정도 비상금으로 현금을 가지고 있을 뿐 그 이상은 아니란 생각에서 그랬습니다.

─그럼 그 지갑 속에는 돈이 얼마나 있었습니까?

─지구대에서 경찰들이 확인한 바에 의하면 5만권, 서른다섯 장 1백7십5만 원이었습니다.

─그럼 경찰 112에 신고를 하면 될 일이 아니었습니까?

─마침 손전화가 없었습니다.

─그렇다면 지갑을 어디로 가져가려고 했습니까?

─50미터 전방에 위치한 공중전화 부스로 가려고 했습니다.

─그럼 동전은 있었습니까?

─예.

종민은 주머니에서 동전을 꺼내 조사관에게 보여주었다. 손바닥에 백 원짜리 동전 두 개를 확인한 조사관은 다시 물었다.

─그런데 왜 전화를 걸어주지 않고 사건 현장으로 다시 왔습니까?

─공중전화 부스로 가는 동안에 연락처를 찾아보려고 지갑을 열어보았더니 의외로 5만 원짜리 지폐가 잔뜩 들어있기에 벌컥 겁이 나서 취객에게 돌려주려고 왔습니다.

─그렇다면 왜 지갑에서 돈을 뺐습니까?

─처음에는 그 지갑을 취객 앞에 놓았지만 역시 취객은 정신 모르고 잠들어 있기에 현금이 들어있는 지갑을 그냥 그 자리에 놓고 가면 혹시 다른 어떤 사람이 나쁜 마음을 가질 수도 있을 거란 생각에서 경찰에 신고하려고 그랬습니다.

─그런 다음은 어떻게 했습니까?

─사전에도 말씀드렸듯이 손전화가 없어서 Y지구대로 직접 가져다주려고 막 발길을 돌리려고 했을 때입니다.

—그런데요?

—그때 왕복 2차선 도로 건너 맞은편 칼포니 주점 앞에서 젊은이 3명이 인도에 테이블을 놓고 술을 마시다가 '신고를 했어요. 경찰이 곧 도착할 것입니다.' 소리를 질렀고, 그 무렵 마침 경찰 순찰차가 도착했습니다.

—그랬더니요?

—그래서 저는 경찰이 건너오기를 기다렸고, 경찰은 신고자들과 몇 마디 말을 주고받은 다음 사건 현장으로 왔습니다.

—다음은-요?

—저는 곧바로 오른손에 쥐고 있던 돈을 경찰관에게 건네주었고, 경찰관은 그 돈을 받자마자 대뜸 부축배기 아리랑치기 절도범으로 체포한다는 것이었습니다. 그리고는 취객과 같이 저를 절도범 용의자로 즉시 지구대로 연행했습니다.

—그런 다음은?

—경찰들은 저를 파출소 한구석에 '꼼짝 마라' 하는 식으로 옴짝달싹 못 하게 완전 절도범으로 취급해 사건 경위를 조사하는 것이었습니다.

—그럼 취객이 그 모습을 다 보았을 텐데 무어라고 하던가요?

—잃어버릴 뻔했던 돈을 찾게 해주었는데 그렇다면 오히려 고마운 분이 아니겠습니까, 보내주시지요 했습니다.

—그랬더니요?

―그러자 지구대 경찰들은 아닙니다. 절도범이 맞습니다. 그냥 놔줄 수가 없어요. 그러면서 여기까지 연행했습니다.

―김종민씨는 그때 현장에서 손전화가 없었다고 했는데 그걸 어떻게 증명할 수 있습니까?

―아내에게 절도 피의자로 파출소에 끌려왔다는 사실과 집에 빠뜨리고 온 손 전화를 가지고 지구대로 오라고, 지구대 전화를 빌려 저희 업소에 있는 아내에게 전화를 걸었던 사실, 또 20분 정도 후에 제 아내가 손 전화를 가지고 파출소로 왔던 사실을 파출소 경찰 5~6명이 모두 목격했던 사실이 입증되었습니다.

―더 하고 싶은 이야기가 있습니까?

―예! 저는 길바닥에 쓰러진 취객들을 돕고자 했을 뿐 다른 의도는 결코 없었다는 사실을 말씀드리겠습니다.

―경찰에서 내사 종결할 수 있는 사건이 아니기에 검찰에 송치할 것입니다. 집에 가서 기다리다 보면 검찰에서 곧 연락이 올 것입니다.

잔뜩 긴장했던 탓이다. 종민은 긴 한숨이 순간 터져 나오는 것이 아닌가. 우선 귀가를 허락하니 당장은 다행이다 싶었다. 물귀신에 끌려갔다가 구사일생으로 빠져나온 기분이다. 십 년을 감수했다는 생각이 든다. 경찰의 종결 사건이 아니란다. 어쨌든 검찰에 기소를 한다니 기다려 보기로 했다. 검찰에서 다시 조사할 것으로 믿어졌다. 누가 뭐라 하든지 나는 결백하다. 어떠한 경우에서든지 억울한 꼴은 당하지 않을 것이란 다짐은 수없이 한다지만 화성 사건에 윤성여처럼 걸려든 수사망에서 빠져나온다는 것도 쉽지 않을 것이란 생각도 든다. 혐의를 입증한다는 것이 어디 그게 쉽던가? 일단은 불구속 상태로 조사를 받게 된 사실에 종민 자신은 다행으로 여겼다. 하지만 절도범으로 경찰에 잡혀가서 직접 당해봤던 청소년 시절의 사건이 다시 생각난다.

절도혐의 사건

종민이 고3 때인 4월 초 어느 일요일이었다. 아직도 꽃샘추위가 극성을 부리며 옷 속을 파고드는 쌀쌀한 기온은 여전했다. 유행을 앞서가는 행인들의 옷차림이 가볍게 거리를 활보할 때다. 친구인 덕규가 전화를 걸어왔다. 일요일 같은 때 덕규로부터 전화가 오는 것은 보통 있는 일이었다.

덕규와는 같은 동네에서 가깝게 살고 있으니 다른 친구들보다 더 가까운 편이었다. 덕규네는 전통 한식집을 경영한다. 종업원이 30여 명이나 되는 영업 규모가 꽤 큰 업소다. 그 집에서 특식으로 내놓는 주요 메뉴는 소고기 해장국과 생갈비 숯불구이다. 특히 해장국 같은 경우는 전국에서도 으뜸가는 집이다. 음식이 맛있다고 소문난 호남지방에서도 그런 해장국은 별로 찾아보기 어렵지 않던가. 호남지방에서의 해장국은 대개 콩나물국과 선

지국이나 북어해장국이지만 그 집은 갈비뼈 옆 부분에 붙어있는 하얀 물렁뼈에 살점이 붙어있는 고기를 주재료로 조선된장을 풀어서 밤새도록 고아 내놓는 우거지 해장국이다. 미식가들이 즐겨 찾는 이름난 음식점이다. 아침 해장 손님만 해도 일천여 명이 드나들 정도로 숲으로 몰려드는 참새 떼처럼 이름난 전통 한식집이다.

하루 매상이 1천만 원이 넘는다. 과장된 표현이지만 근처에 현금은 다 그 집으로 빨려들어 간다고 소문이 날 정도다. 그 집 아들 덕규와 종민은 같은 학년 같은 반 친구 중에서도 항상 옆자리 친구다. 집이 한 동네라 자주 만나고 그러다 보니 각별한 사이가 되었다. 하긴 둘 사이에 늘 옆자리 친구가 된 것은 우연이라기보다는 가끔 담임선생님을 찾아가는 덕규 엄마의 입김이었다.

대개가 덕규가 종민을 자기네 집으로 불러준다. 120여 평 되는 대지에 80여 평 건물로 호화로운 단독주택이다. 음식집을 하다 보니 덕규네는 간식용 주전부리도 늘 집안에 떨어지지 않는다.

종민은 덕규네를 갈 적마다 고기반찬으로 융성하게 대접을 받는다. 서로 필요로 하기 때문이다. 덕규는 종민으로부터 공부를 종민은 덕규으로부터 음식 대접을 받는 이를테면 상부상조다. 덕규도 입시 공부를 열심히 하고 있다. 덕규의 부모들도 종민을 좋아했다. 공부에는 덕규가 종민의 도움을 받는 편이니 그렇다. 그걸 알기에 부모들도 종민을 극진하게 대접한다.

때가 되면 생갈비 숯불구이를 비롯해 식사도 언제나 푸짐하다. 공부하면서 심심풀이 간식으로 과일 종류는 기본으로 챙긴다. 파출부 할머니까지 성의껏 대접하는 것은 덕규 어머니의 특명이다. 종민도 덕규네 가서 공부하는 것을 손해라 생각해본 일한 번도 없다. 더불어 산다는 생각이었다.

그날도 덕규의 전화를 받고 갔다. 부모들은 다 가게로 나갔고 언제나 그렇듯이 덕규는 늘 집에 혼자 있다. 조용해서 공부할 수 있는 분위기도 딱이다. 이층은 전체가 덕규 생활공간이다.

파출부 할머니는 덕규네 집에서 숙식을 함께 한다. 10년 이상을 가족같이 지내왔단다. 덕규의 어머니가 언제나 가게에서 카운터를 보니 평상시 집안 살림은 파출부 할머니에게 떠맡겨 왔다. 시장도 할머니가 볼 정도로 신임이 두텁다. 보통 신임을 받지 않고는 불가능한 일이다. 따질 것 없이 한 가족의 일원처럼 예우를 받아오며 생활하여 오는 터다. 덕규 어머니로서는 그렇게 착실하고 정직한 할머니를 만나기도 쉽지 않다고 여기며 칭찬도 아끼지 않던 분이다.

그날도 오전에 전화를 받고 종민은 온종일 덕규와 같이 공부를 했다. 덕규와 떨어져 있었던 시간은 잠시 화장실에 다녀온 일밖에는 없다. 단독 주택이다. 현대식 철근 콘크리트 슬라브 건축물이다. 오래되지 않았고 화단 조경도 잘 꾸며놓았다. 여건이 된다면 한번 이런 집에서 살아보고 싶다는 생각이 절로 나는 그런 집이다. 그런데 딱 한 가지 불편한 점이 있었다. 이층에 화장실을 놓지 않았다. 집은 호화롭고 크고 훌륭하지만 그게 단점이다. 30평대 아파트도 화장실을 두 개씩 놓은 판에 저택이라 칭하는 집에 화장실이 일층에 하나밖에 없다. 2층은 덕규 혼자 쓰고 있으니 부득이 화장실을 놓을 필요가 있느냐는 것이다. 어쨌든 종민이가 신경 쓸 일은 아니고 온종일 이층 방에서 같이 공부를 했다. 가끔 덕규의 질문에 설명도 해주지만 종민은 자기 공부도 열심히 했다.

늘 그러했듯이 그날도 종민이 그 집을 나왔을 때는 밤 11시경이다. 덕규 네를 가면 대개가 헤어지는 시간이 그 무렵이다. 덕규의 부모들이 영업을 끝내고 그 시간에 퇴근한다. 그날도 친구가 대문 밖까지 나와서 배웅을 했다.

―종민아 잘 가, 내일 보자.

―알았어, 갈게.

이튿날이다. 수업을 마친 저녁 무렵이다. 학교에서 보충수업을 할 아이들만 남고 나머지는 귀가를 하던지 아니면 학원으로 갈 아이들은 모두 하교들을 하고 있을 때이다.

―김종민! 교무실에 잠깐 다녀가거라.

수업을 끝낸 담임선생님이 교무실로 호출을 했다. 분위기가 전에 없이 서먹하다. 종민을 대하는 선생님은 언제나 인자하고 다정하지 않았던가. 그런데 오늘따라 느낌이 서먹하다. 덕규는 볼일이 있다고 정기 수업만 마치고 귀가를 했다. 이유는 모른다. 다른 때 같으면 귀가도 같이한다. 기사가 데리러 오는 때도 있다. 그럼 종민까지 태워다 주는 때도 있다. 오늘따라 덕규는 종민에게 조퇴 이유도 말하지 않고 귀가했다. 무슨 사정이 있었겠지 여겼다.

종민이 교무실에 들어서자마자 이상한 사건이 기다리고 있었다. 종민을 맞는 사람은 선생님 말고도 또 다른 낯선 두 사람이 있었다. 말만 들어도 소름이 돋는 사복경찰관 강력계 형사다.

─종민 군 맞아요?

종민에게 가까이 다가온 경찰관은 이미 알고 있으면서 확인하는 자세다.

─네 맞습니다.

몇 가지 물어볼 말이 있으니 경찰서까지 동행하자 한다. 전혀 감정도 없이 자연스러웠다.

─가봐, 네가 모르는 일이라면 별일이야 있겠니?

상황을 주시하고 있던 담임선생님도 영문을 모르겠다는 표정으로 관망하는 자세다. 조사할 것이 있어 경찰서까지 동행하잔다.

종민은 섬뜩했다. 석연치는 않으나 경찰관이 임의동행을 요구하는데 어떻게 거절할 수가 있겠는가. 이미 경찰관에게 체포된 상태다. 종민이 동행을 거부한다면 경찰관들은 수갑을 채워서라도 강제 연행할 것이다.

아무리 경찰이라 해도 잘못한 게 없는데 두려울 게 무엇이겠느냐고 가슴은 떨려도 영문도 모른 채 종민은 사뭇 기분은 찝찝했지만 따라갔다. 조사실까지 끌고 간 경찰관은 갑자기 인상이 굳어지면서 안면을 바꾼다. 이제부턴 범인 취급이다.

—너, 바른대로 대답해. 아니면 너 여기에서 못 나간다.

느닷없이 다그치는 경찰관에 종민은 벌컥 겁이 났다. 그랬다. 경찰관의 말대로 꼼짝없이 경찰에 잡히는 신세가 되었다. 이제부터는 종민이가 절도 혐의를 벗는다면 모를까 아니면 조사를 받고 재판을 받는 과정부터 만약에 실형을 받는다면 절대 귀가를 할 수 없는 신세가 되었다. 몇 년의 실형을 받을지는 몰라도 그 기간이 얼마간이든 출소를 하는 날까지 형무소에서 수감생활을 해야 할 판이다. 엄청난 일이 아닐 수 없게 되었다. 아무튼 멋모르고 경찰에 끌려왔지만 간단한 문제가 아니었다. 그런데 막상 종민은 현재 상황이 어떻게 돌아가는지 죽을 지도 모르는 입장에서 어떨떨할 뿐이다.

—뭔 대요?

갑작스레 당하는 일이라서 어이가 없다.

—너, 어제 덕규네 집에 갔었지?

덕규는 친구의 이름 아닌가.

—네 갔었어요.

—너 거기서 무슨 짓을 했어?

—무슨 짓이라니요?

—너, 덕규네서 돈 훔치지 않았어?

뚱딴지같은 소리에 종민은 아연실색했다. 돈을 훔치다니 10원
짜리 동전 하나도 구경 못 한 사람을 가지고 무슨 개 같은 경우인
가, 도대체 엉뚱했다.

—그게 무슨 소리예요?

—시치미 떼지 말아. 이 자식아, 뻔한 걸 가지고….

—아니에요, 전….

종민은 펄쩍 뛰었다.

—아니긴 뭐가 아녀 임마. 여기가 어딘지 모르겠어? 경찰서 강
력계 형사실이란 말이다. 니가 거짓말 한다고 통하는 허술한 곳
이 아니란 말이다.

—글쎄 아니라니까요 저는.

—개수작하지 말아 이 자식아. 사내새끼라면 쿨 하게 솔직해야
되는 거 아냐?

너무나도 어처구니가 없었다. 아닌 밤중에 홍두깨라 이런 경
우를 두고 하는 소리인가 싶다.

그날 덕규네는 종민 말고는 아무도 온 사람이 없었다. 그건 종
민도 인정한다. 그런데 돈이 없어졌다는 것이다. 그도 자그마치
3천육백만 원이란다. 1/4분기 소득세를 내려고 챙겨둔 돈이란다.
그 돈이 감쪽같이 없어졌다는 것이다. 작은 돈이라면 불심상관

하겠지만 액수가 크다 보니 그냥 넘길 수가 없단다. 처음에는 그럴 리가 없다고 종민을 믿어주었지만, 나중에는 덕규까지도 의심을 하는 판이다. 아무도 온 사람은 없는데 돈은 없어졌다.

기가 막힐 노릇이다. 아무리 아니라고 주장을 해도 도무지 담당 형사는 믿어주질 않는다. 항상 현금을 가지고 있는 집이라 외부로부터의 문단속은 철저했다. 캡스 경비구역이기도 했다. 섣불리 월담을 하다가는 비상벨이 울릴 수도 있다. 방범 망까지 설치했으니 도둑놈들이 접근하기도 쉽지 않다. 없는 일을 꾸밀 덕규네도 또한 아니라는 걸 종민도 인정한다. 돈이 없어졌다니 종민의 생각도 귀신이 곡할 노릇이다. 경찰 조사에 의하면 외부침입에 대한 흔적이 전혀 없단다. 내부 소행이라고 확신하는 조사 담당자는 그런 방향으로 수사의 가닥을 잡고 간다.

―그럼 그 돈이 날개가 있어 하늘로 올라갔다는 거냐, 아니면 땅으로 꺼졌다는 거냐. 이상하잖아. 그날 타인으론 너 밖에 그 집을 다녀간 사람이 없단 말야 이 자식아.

―그래도 저는 아닙니다.

―잔소리 말고 너 그 돈 내놔. 3천육백만 원 중에는 100만 원권과 10만 원권 수표들이 여러 장 섞여 있기 때문에 절대 그 돈을 쓸 수가 없단 말이다 인마. 누구 소행인가 수표를 추적하면 대번에 밝혀진다는 거 너도 잘 알고 있잖아?

―정말 사람 잡네, 저는 절대 아니라고요.

-돈만 찾으면 덕규 어머니도 처벌은 원치 않는다 하니 용서를 받을 수 있을 거다. 물론 그분들도 너 착하다는 것 모르지 않아. 그러나 견물생심 아니겠느냐. 솔직히 말해 봐 인마. 아니면 너는 형무소에 가서 몇 바퀴 돌고 나와야 한다. 솔직히 털어놓으면 덕규 엄마도 너를 용사해준다니 또 절대 처벌해서는 안 된다고 봐 달라고 하니 우리 경찰에서도 너를 용서 바로 귀가를 시킬 것이다. 알겠어 임마.

-아저씨 왜 그러세요?

-그럼 아니라는 증거를 대봐라.

-아니면 아닌 거지, 증거가 어딨어-요.

-너 증거를 못 대잖아, 그럼 범인은 너 아냐.

정말 엉뚱했다.

-그럼 증거를 어떻게 대야 되는데요?

-이 자식이 경찰관을 가지고 노네. 증거는 니가 대야지 내가 가르쳐 주란 말이냐 인마. 그런 수사도 있다더냐?

-나는 그날 덕규하고 내내 같이 있었단 말이예요.

-이 자식이 거짓말까지 하네. 너 화장실 간다고 아래층에 내려갔다가 한참 만에 올라왔잖아?

-그래요, 화장실은 한번 다녀왔어요. 그런데 화장실 다녀온 것하고 무슨 상관이 있어요.

-화장실을 다녀오는데 왜 그렇게 오래 걸렸어?

―대변을 보려면 그 정도 시간은 필요한 거 아니 예요.

―이 자식 놀고 있네, 니가 머리 굴린다고 속아 넘어갈 내가 아니란 말야.

―누가 머리를 굴려요.

―이 자식 보자보자 하니 가관이구먼.

형사는 종민의 머리에 지끈 꿀밤을 준다.

'착한 아이니 심하게 다루지 마세요, 절대 고문 같은 것은 금물 참고로 드리는 말씀입니다.'

덕규 어머니가 신신당부를 해서 그런지 다행히 우격다짐 고문 형식의 조사는 아니었다.

―정말이란 말이예요.

―덕규의 말에 의하면 화장실에서 20여분 정도 있다가 왔다는데 자식아. 그래도 할 말이 있어?

그날 종민은 아랫배는 거북한데 변이 잘 나오지 않았다. 전날 어머니가 시장에 갔다가 연시(감)를 사가지고 온 것을 세 개나 거푸 먹었던 것이 변비 증상을 나타낸 것은 아닌가 싶다. 그래서 평상시 보다 시간이 오래 걸린 편이라 종민은 여겼다.

―변비 증상이 약간 있어서 그랬어요.

―임마, 그게 변명이라고 하니. 네 변명 이젠 더는 못 들어주겠다.

조사 담당 형사는 종민을 아예 범인으로 기정사실화하고 있었다. 돈은 아래층 거실 응접세트 탁자 밑 전화번호 책을 놓아두는 중간층에 놓아두었단다. 내일 월요일 1/4분기 부가세를 은행에 납부하려고 고지서까지 같이 챙겨놓았던 돈이 감쪽같이 없어졌다는 것이다.

덕규네는 어머니가 가게 카운터를 보니 집으로 찾아오는 손님이 거의 없다는 분위기를 종민도 잘 알고 있다. 종민도 덕규와 가깝게 지내다 보니 그 집 사정을 대충은 안다. 종민이 화장실을 다녀온 시간은 오후 다섯 시경이다. 종민이 덕규 방에서 나왔을 때 거실에는 아무도 없었다. 경찰관의 말에 의하면 그 시간에 파출부 할머니는 시장엘 갔었다는 것이다. 그래서 그 시간에 덕규하고 종민 밖에 없었단다. 하필 그 시간에 돈이 감쪽같이 없어졌으니 의심할 사람은 종민 밖에 없다는 것이고, 종민이 아니면 누가 그런 짓을 할 사람이 없다는 결론이다.

─파출부 할머니도 있지 않습니까?

초동수사과정에서 파출부 할머니를 일단 의심도 해봤단다. 외부침입에 대한 흔적이 없었으니 범죄 사실은 가족부터 조사하는 것은 마땅했다.

─큰일 날 소리하지 마세요. 절대 할머니는 그런 분이 아니에요. 할머니의 신분은 우리가 보장합니다.

10여 년을 할머니와 같이 살아왔지만 이런 일은 처음이란다. 구리동전 하나도 건드리지 않고 지내온 할머니라는 덕규 어머니의 변명이다.

　할머니의 혐의점은 덕규 어머니의 두터운 신뢰 때문에 간단한 조사로 일단락되었다. 설령 돈을 못 찾는다 해도 할머니까지 의심하고 싶지 않다는 덕규 엄마의 태도는 완강했다. 이렇게 덕규 어머니가 할머니에 대한 신분을 보장하는데 더 의심할 바가 없었다. 비록 없이는 살아도 할머니의 착한 심성과 정직한 마음은 법 없어도 살아갈 분이란다. 벼락 맞을 일이라고 덕규 어머니가 두둔 하는 말이다. 그렇다면 꼼짝없는 종민이다. 기가 막힐 일이다. 어떻게 변명할 여지가 없었다.

　수사관에게는 예감이 없지는 않다. 늘 범죄와 생활을 같이하다 보니 형사의 눈에는 길바닥에 다니는 사람들까지 모두 범인으로 보이는 예감도 때로는 있고 따라서 적중할 때가 있다. 예감에 따라 쫓다 보면 꼭꼭 숨어있는 범인을 찾아내는 경우도 없지는 않단다. 그런데 그 예감이 생사람 잡을 때도 있어 위험천만한 일이다.

　경찰의 조사 결론이다. 그렇다면 종민 밖에 없다는 것이다. 그렇게 완벽하게 몰아붙이니 종민도 달리 변명할 여지가 없었다. 경찰에서 범인은 종민으로 결정이 난 채 검찰로 송치되었다. 범죄를 속이기도 어렵다지만 아니라고 입증하기란 더 어려운 노릇이었다. 경찰이나 검찰이 범인이라고 몰아붙이는 데는 달리 변명의 여지가 없었다. 이게 수사관들의 맹점이 아니던가? 어쩌다 걸려들면 빠져나올 수가 도저히 없었다.

돈은 구경도 하지 못한 채 종민은 혐의를 받게 되었다. 덕규까지도 방법이 없다며 종민을 의심하게 되었다. 이처럼 억울할 데가 있겠는가 복장이 터질 일이었다.

돈이 흔한 집 아들이라 덕규도 항상 지갑에 10만 원 정도는 두툼하게 들어있었다. 학생 용돈으로 10만 원이면 큰돈이다. 그런 지갑을 덕규는 잘 챙기지 않고 책상 위 같은 곳에 아무렇게나 놔둔다. 그런 걸 볼 때마다 종민은 민망했다. 덕규 용돈이 막 일을 하는 종민 엄마의 반 달치 품삯에 해당된다.

방안에 단둘이 있다가 덕규가 아래층에 볼일이 있다든지 아니면 화장실에 가고 아무도 없을 때는 아무리 여린 종민의 마음이라 해도 덕규의 지갑을 보면 마음이 흔들리기도 했다. 10만 원이면 종민에겐 6개월 용돈이다. 아니 교통비 말고 종민은 용돈이라고는 따로 써본 일 없다. 그런 거금을 덕규는 소중하게 여기지 않고 장난감 취급하듯 허술하게 관리하는 버릇이 있었다.

종민은 이런 생각도 해봤다. 만약의 경우 저게 없어지면 자기가 가져갔다고 의심을 하지 않을까 말이다. 그래서 덕규네 집을 나올 때는

─네 지갑 잘 챙겨.

일부러 이렇게 덕규에게 확인을 하고 나오는 경우도 있었다.

─괜찮아.

294

그럴 때마다 덕규는 아무렇지도 않게 대꾸하지 않던가.

사실 그렇다. 용돈이 필요해 부모 돈 훔치는 아이도 없지는 않지만 덕규는 돈에 대한 아쉬움을 모르고 자란 아이라 그런지 돈에 대하여 별 관심이 없다. 그러니까 물론 덕규의 행실도 아니라는 것을 종민도 인정한다. 그러나 종민은 할머니에 대하여는 아무것도 모르고 있다.

그러나 조사관 말대로 견물생심도 있다. 평상시는 몰라도 물건을 보면 욕심이 생기는 경우다. 돈에 대한 애착은 누구도 자유롭지 못하지 않던가? 그러나 덕규는 용돈에 대하여는 그만큼 여유로운 행동이었다. 펄펄 뛰던 종민의 어머니도

—정말 네가 한 짓이 아니냐?

하면서 아들을 의심도 해본다.

—왜 엄마까지도 나를 못 믿으세요.

—그러니 그런 집엘 왜 갔어?

—친구라고 믿고 갔지요. 이럴 줄 알았나요.

—큰일 났구나 이 노릇?

경찰의 수사 결론은 할머니를 비롯 가족들과 덕규까지 조사를 해봤지만 별다른 혐의점을 발견하지 못했으니 결국 범인은 종민이었다. 누가 침입한 흔적이 없으니 내부 소행으로서 종민이 밖에 의심할 사람이 없다는 결론이다. 덕규 엄마의 신임으로 할머니는 제대로 조사도 아니 한 채다.

−돈이 왜 없어졌는지 할머니는 모르는 일이지요?

이런 식 간단한 질문 몇 마디로 조사가 끝났다. 돈이 많은 집에서 일을 하다 보니 할머니 역시 도 돈에는 별 관심이 없는 듯 했다. 또 그런 돈뭉치를 할머니가 한 두번 보아왔던가. 그럴 때마다 지금껏 아무런 일이 없이 한 식구처럼 잘 지내오던 할머니다. 그런 할머니를 믿는 덕규 엄마도 공연한 말은 아니란 것을 종민이 모를 일이 아니었다. 이렇다 보니 경찰의 조사도 검찰의 조사도 종민을 범인으로 굳히는 단계로 접어들고 있었다. 대한민국 경찰의 태도나 검찰의 태도도 마찬가지 진실을 밝히는 수준이 이 정도라고 말하고 싶을 따름이다. 억울한 사람을 생각해서라도 반드시 진실은 밝혀져야 되는 거 아닌가.

종민은 드디어 구속되었다. 변명과 항변이 무죄가 될 수 없다. 억울하면 물증으로 증거를 종민 쪽에서 대야할 판이다.

폴리그래프(거짓말 탐지기)탐지

끝까지 종민이 억울하다고 펄펄 뛰니까 오리발을 내민다고 생각한 검찰은 폴리그래프(거짓말 탐지기)까지 동원했다. 종민은 천만다행이라고 생각했다. 기계는 무생물이니 거짓말을 못 할 것이 아닌가. 그러면 종민은 무혐의로 빠져나올 수 있다고 확신을 했다. 그럼 경찰에서 주장하듯이 아니라는 증거가 나올 것이다.

기계라고 하니 종민은 거짓말 탐지기를 믿었다. 거짓말 탐지기는 반드시 범인을 가려낼 대단한 기능을 가진 존재로 여겼다. 기계는 거짓말을 못 한다.

그런데 종민의 생각과는 천지 차이였다. 지방경찰청 거짓말 탐지기 감식 실은 네다섯 평 정도 될까 작은 사무실이었다. 테이블도 하나였고 담당자도 한 사람뿐이었다. 거짓말 탐지기가 설치된 곳은 옛날에 사진현상소 같은 캄캄한 암실이다.

담당 경찰관이 측정기를 놓고 맥박과 심장박동을 체크 하는 정도가 고작이다. 심리상태의 불안 성을 체크하여 그 상태가 보통사람보다 수치가 높으면 그게 범인이란다. 너무도 싱겁고 황당했다. 팔뚝과 가슴에다 측정기를 대고 심장박동과 호흡을 측정하는 식이다. 양의가 청진기를 가슴에 대고 진찰하는 식이고, 한의사가 손목에 맥을 짚어 보는 식이다.

죄를 저질렀으면 겁을 먹을 것이고 겁을 먹으면 심장박동과 맥박 그리고 호흡이 올라갈 것이란다. 그러면 그게 범인이 된다는 것이다. 폴리그래프(거짓말 탐지기)탐지가 생각보다 원리가 너무 단순했다. 그런 단순한 기계로 사람의 심리상태를 측정한다니 이런 엉터리가 어디 또 있을까 싶다. 그러니까 범죄 피의 사실을 놓고 당사자에게 잔뜩 겁을 주어서 심장박동이 뛰게 해놓고 뛰는 심장박동을 이용하여 거짓말을 탐지한다는 것이다. 그렇다면 심장이 강한 사람과 약한 사람의 차이도 있을 텐데 그런 것까지 가릴 정도로 기계는 정밀하질 못하다는 것이다. 어떻게 보면 단순 장비에 불과하다. 공갈 협박에 불과한 기계장치다. 겁을 주어서 심장이 많이 뛰는 사람을 범인이라고 단정하는 식이다. 평상시 겁이 많은 사람은 심장박동이 빨라질 것이고 겁이 없는 사람은 별다른 지장을 받지 않을 것이 뻔했다. 또 그런 기계의 원리를 아는 사람에게는 별다른 효과가 없다는 것이다. 범인이 걸려들 수도 있다. 진짜 범인이라면 겁을 먹을 수도 있단다.

폴리그래프(거짓말 탐지기)탐지에 걸려들어 억울하게 감옥살이를 하고 나온 어느 지인의 말이다. 살인사건이었다. 채권 채무 관계로 서로 간 감정이 악화할 대로 악화 된 상태였다. 마침 채권자가 채무자 집을 찾아갔었다. 그런데 채권자가 죽어있는 현장을 발견했다. 가족들도 없이 혼자 거실에서 피를 흘리고 죽어있었다. 국과수 검시 결과다. 칼에 맞아 죽었고 사망시간은 1시간 정도 경과 되었다는 것이다. 물론 경찰에 신고도 채무자가 했다.

그런데 경찰의 초동수사에서 칼도 발견 못 했고 DNA 검출에서도 증거가 될 만한 혐의점을 발견 못 했다. 철저하게 계획적인 살인으로서 흔적을 발견 못 했다는 것이다. 그러다 보니 범인은 경찰에 신고한 채무자 쪽으로 쏠렸다. 채무자는 극구 변명해도 경찰에서 믿어주질 않았다. 거짓말 탐지기 측정까지 해야겠다는 경찰의 조사과정에서 더 이상 버틸 수 없으니 끌려갈 수밖에 없었단다.

곰곰이 궁리를 해보지만 신통한 답은 없었다. 피의 혐의자가 너무도 완강하게 버티니 경찰도 신중했다. 며칠간 조사하다가 우선 피의자를 귀가시켰다. 영장이 떨어지기 전에 구속 조사 기간을 넘길 수 없어 일단 귀가시킨 것이다.

피의자는 너무도 불안했다. 거짓말 탐지기에서 빠져나오지 못한다면 결국 범인으로 굳어질 수밖에 없다는 결론이다. 극단적인 상황이다. 맨 정신으로 채무자는 도저히 거짓말 탐지기 앞에서 테스트를 받을 수가 없을 것 같았다. 마지막 기회라고 생각한 피의자는 불안한 감정을 해소하자는 심정으로 경찰 모르게 잠시 슈퍼에 가서 소주 반병을 들이켰다. 그랬더니 좀 힘이 나는 듯 자신감이 붙었다. 체질이지만 그는 술을 마셔도 얼굴에 표가 나지 않았다.

그리고는 측정을 했다. 그랬더니 웬걸 평상시 보다 심장박동의 수치가 훨씬 높게 나왔다. 소주를 마신 결과가 화약을 지고 불에 뛰어든 셈이다. 거짓말 탐지기가 심장박동을 체크하는 줄 피의자는 전혀 몰랐다. 소주를 마셔서 그랬다고 변명을 했지만 소주를 마신 저의가 범죄를 속이기 위한 방법이 아니냐고 하면서 그때부터 경찰은 곧바로 범인으로 단정하였다. 꼼짝없이 채권 채무에 얽힌 고의적 살인이라고 징역 15년을 선고받았다. 그것도 너무 완강하게 피의자가 버티고 증거가 뚜렷하질 않은 심증 수사라 다소 정상을 참작해서 그랬다.

본인은 비록 실형을 받고 구속되었을망정 진범을 찾기 위하여 가족들이 포기하지 않고 계속 찾아다닌 결과 진범이 가려졌다. 피해자에게 또 다른 채무자가 있었다는 사실이 드러났다. 피해자의 가족들이 숨기는 바람에 경찰들은 조사도 하지 않았다. 그가 사건 당일 미국 딸네 집으로 출국해 1년 만에 귀국했다는 사실을 찾아냈고 그를 조사한 결과 진범을 찾아냈다. 이렇게 사건의 진범이 검거되는 바람에 그는 감옥에서 풀려날 수가 있었다.

초등학교 선생님도 이런 식으로 도둑놈을 잡아낸다.

─누가 도둑질을 했는지 선생님은 다 알고 있다. 다 같이 눈을 감고 있어라. 그리고는 도둑질을 한 사람만 손을 조용히 들어라. 자수하면 용서를 해주겠다. 만약 자수하지 않고 있다가 선생님이 잡아내면 그때는 절대 용서 안 할 것이고, 그 아이는 즉시 퇴학처분에 감옥행이다.

이런 식으로 겁을 주어서 어린 초등학생에게 자수하도록 유도해 잃어버린 물건을 찾아내는 식과 거짓말 탐지기도 별반 다르지 않았다.

그랬다. 심장이 강한 사람과 약한 사람의 개인차도 분명 있다. 설령 범인이라 해도 심장이 대담하고 강하면 심장도 맥박도 정상으로 나올 수도 있다. 대신에 약한 사람은 죄를 저지르지 않았다 해도 심장박동이 빠를 수도 있고 맥박도 빨리 뜀 수도 있다. 그런데 그런 불확실한 측정기를 갖다 놓고 예산만 낭비하고 있는 우리나라 경찰의 행태가 너무 허술한 감이 없지 않다. 기계 값을 비롯해 거기에 종사하는 인력의 낭비 말이다.

하기는 국가 예산 낭비야 어찌 그뿐이랴. 그런 정도쯤이야 새 발의 피겠지. 어떻게 보면 그 정도는 낭비가 아니다. 국민들의 혈세를 수조 원씩 날리는 경우도 수두룩하다. 대우 김우중 회장은 공적자금 31조, 그중 11조 원을 부정 대출까지 받는 판에 그까짓 몇 억 정도야 낭비 측에 들지도 않는다. 그러니 별 사용 가치가 없어도 이왕 설치한 장비니 운영할 따름이란다.

생각보다 종민은 심적으로 무척 불안했었다. 어쩌자고 그런 곳까지 끌려 다녀야 했는지 한편 참담한 생각도 들고 비참한 생각도 들었다. 또한 기계작동 오류로 인하여 수치가 나오면 어떻게 하나. 그러면 꼼짝없이 도둑 놈이 되는 게 아닌가. 그런 생각에 흥분이 되어서 그런지 종민은 가슴이 뛰고 숨이 가쁘다. 심리적 안정이 되질 않았다. 만약의 경우 내가 범인으로 지목당하면 내 인생은 여기에서 끝장이 아닌가 싶었다. 어떻게 해야 얽히는 죄의 사슬에서 슬기롭게 빠져나갈 수 있을까, 두려움까지 느껴진다. 치안 행정을 감당하는 경찰이 어떤 범죄 소굴집단 같은 생각마저 들고 경찰이나 검사들이 모두 사람을 때려잡는 잔인한 포효동물 같이 여겨지기도 했다.

아니나 다를까, 이런 엉터리가 있나. 측정결과 종민의 심장과 맥박의 수치가 정상 수치를 넘었다는 것이다. 그렇다면 도둑질을 했다는 결론이다. 멀쩡한 사람을 잡아다 놓고 측정을 한다고 도둑놈으로 몰고 있으니 용해 빠진 종민이 이를 어찌 감당이 되겠는가.

사람은 생활환경에 따라 성격도 달라지고 인간 됨됨도 달라진다. 평탄하게 살아온 사람과 우여곡절을 겪어가며 살아온 사람과 어찌 같으랴. 천성적으로 나타나는 저마다의 성향이 개인차도 있겠지만 생활환경에 따라 후천적으로 나타나는 경우도 있다. 이런 점은 감안 하지 않은 모양이다. 흥분을 잘하는 사람과 침착한 사람과의 성격 차도 있을 것이다. 설령 심장이 약하기는 하지만 종민이 가져간 돈이 아니기에 측정을 한다 해도 별 탈이야 없겠지 기대는 하고 있었다. 그런데 수치가 나왔다는 것이다. 음주측정과 같은 원리라지만 이건 심리상태를 측정하는 일인데 기계가 어떻게 정확할 수가 있겠는가?

경찰이나 검찰로서 피의자들에게서 여죄를 캐내는 것도 물론 어렵지만 혐의를 받고 끌려와 무죄를 입증하기도 쉬운 일은 아니었다. 거짓은 언제나 진실에 파계 된다지만 파계 되지 않는 경우도 있다. 서로 못 할 일이다. 그러나 해야 할 일이기도 하다.

화성연쇄 살인 여덟번 째 이춘재 같은 경우가 그렇다. 수형생활 20여 년에 다른 사건을 조사하던 중에 진범이 밝혀졌고, 검찰에서 DNA 검시 결과 당시 경찰의 잘못된 수사로 밝혀졌다. 수사의 허점이고 경찰의 무리한 수사 결과이다.

그렇다. 설령 도둑질을 했다 해도 신경안정제 수면제 종류를 복용하고 거짓말 탐지기에 측정을 받으면 아무렇지도 않다는 것이다. 즉 흥분과 불안을 안정시키기 위하여 운동선수들이 곧잘 이용하는 약물복용이 아니겠는가. 그런 약물의 복용 여부에 대한 측정은 원래 경찰이 하지 않는다.

이럴 수가 없었다. 그날 종민은 덕규네 집에서 화장실에 다녀왔지만 소파 탁상 밑에 신문지로 둘둘 말아놓은 것을 어떻게 돈이라 알고 훔쳤겠는가? 돈이란 소중하다 보니 타인의 눈에 띄지 않도록 항상 깊숙한 곳에 챙겨두는 것이 상식 아닌가. 그런데 돈을 많이 취급하는 덕규네는 보통사람들과 같이 소중하게 여기지 않는 경우도 없지 않다. 삼천육백만 원이면 일반인에게는 큰 재산, 지방에서는 원룸 한 채 값이다. 그러나 덕규 네는 별거 아닌 것으로 취급한다. 액수가 크다 보니 수사를 의뢰하지 않을 수 없었단다.

경찰은 견물생심으로 몰아붙이지만 종민은 그 돈을 보지 못했는데 어떻게 견물생심이 되겠는가. 설령 그곳에 돈이 있다는 것을 알았다 해도 종민의 배포로 언감생심 그런 짓을 할 수 있는 기질도 못 되는 위인이라고 엄마는 여긴다.

─돈만 내놓으면 너를 용서해줄 테니 걱정하지 마라. 너는 덕규 친구가 아니냐. 그런 네가 처벌받는 것을 나도 원치 않아, 그러니 돈을 내놔.

덕규 엄마도 경찰처럼 아예 종민을 도둑으로 인정 하는 말이다. 덕규 어머니는 은근슬쩍 위선까지 부린다.

―내가 가져간 게 아닌데 어디서 돈을 내놔요.

종민은 펄쩍 뛰었다. 부인한다고 누명을 벗는 것은 아니었다. 사건은 속전속결로 진행되었다. 범죄 소굴로 종민은 점점 끌려들어 갈 판이다. 범죄 하고는 무관하게 살아온 종민에게 어쩜 이런 일도 있었다.

―우리 아이는 그런 짓을 할 아이가 아닙니다.

어머니가 그 댁에 가서 무죄를 주장하며 사정도 했지만 인정해주지 않았다. 변제 할 수도 없고 안 할 수도 없는 처지다.

―돈이 해결할 문제를 가지고 사람이 사정한다고 된답니까?

그만큼 사정을 했으면 부처님의 마음도 돌이킬 수 있을 테지만 덕규 엄마는 전혀 움직임이 없었다. 잃어버린 사람은 잘못이 없답니까? 항변도 해봤지만 아무 소용이 없었다. 종민을 구속시키지 않으려면 스스로 도둑으로 인정하고 변제하는 수밖에 없다. 돈이 있다면 도둑맞은 셈 치고 자식 사랑하는 마음으로 그까짓 것 변제해주고 싶은 생각도 없지 않았지만 당장 그런 돈을 종민네 형편으론 마련할 수도 없었다. 이렇게 시달릴 바에야 차라리 돈이 있으면 변제해주고 싶다고 엄마가 종민이 앞에서 탄식을 하자, 종민은 펄쩍 뛰었다.

―아니 내가 가져간 게 아닌데 무슨 돈을 내놔요. 변제 한다고

누명을 벗을 수 있는 것도 아니잖아요? 엄마 말대로 변제 하면 내가 도둑을 자처하는 게 아닙니까?

종민은 절대 자기는 아니라 했다. 아무리 변명을 해도 경찰 조사는 확신한다. 그날의 정황으로 맞아 떨어진다는 것이다. 정말 답답한 노릇으로 진심을 아무리 밝혀도 칼로 가슴을 째보일 수도 없고 해명할 길이 없다. 점점 조여 오는 수갑에 손목이 빠져나갈 길은 멀어져만 갔다.

가슴을 째 보인다고 밝혀진다면 그렇게 해 보이겠지만 그렇다고 진실이 밝혀지는 것도 아니잖은가. 자결을 해 보일까도 생각해봤지만 유치장 안에서는 그럴 방법도 없었다. 또 자살을 한다고 누명을 벗어나는 것도 아니다. 다만 결백만 혼자 주장할 뿐 누가 인정해주는 것도 아니다.

심지어는 담임선생님까지 찾아와서 종민은 정직한 학생이라고 진심을 설명하고 교장 선생님까지 나서서 덕규 어머니를 설득했지만 어림도 없는 일이었다. 그렇다. 모진 놈 옆에 있다가 벼락 맞는다는 옛말도 있다. 범죄 현장에서 오인 받아 엉뚱한 사람이 범인으로 잡혀 들어가는 억울한 경우가 수사 현장에서 한두 건이라 하던가?

무죄를 입증도 못 했거니와 변제도 못 했으니 종민은 징역형이 떨어질 수밖에 없었다. 자식이 구속되었으니 어머니의 가슴은 찢어진다.

구속 40여 일 정도 수사 끝에 검찰 구형이 드디어 실형 2년으로 떨어졌다. 절도사건으로 검찰의 기소에 따라 재판 중이다. 다음 변론기일은 언도 재판이다. 더 변명할 여지가 없다. 종민은 심신이 모두 지쳤다. 1년이 아니면 1년 반은 감옥에서 썩어야 할 판이다. 억울하다고 주장할 증거도 더 이상 없으니 실형을 받는다는 것은 자명했다.

열 명의 범인을 놓친다 해도 억울한 한 사람이 누명을 쓰고 범인으로 몰리는 경우가 없어야 하지 않는가? 검찰은 증거 위주로 최대한도로 공정한 수사를 한다지만 그건 위선이요 자기들 변명이다. 최고의 과학적 수사를 한다지만 그것도 터무니없는 위선이다. 범죄 권 밖에서 잠자는 권리는 보호받을 수 없단다.

앞으로 어떻게 해야 할지 종민은 막막한 고민에 빠졌다. 실형을 받는다면 얼마나 받을 것인가? 또 징역을 살면 사회적으로 매장된다는 것은 뻔한 일이 아닌가? 절도로 전과기록을 가진 자가 앞으로의 진로는 어떻게 개척해 나가야 하는가. 앞길이 막막했다. 모든 희망이 산산이 부서지는 순간이다. 경제학 전공 학도로서 오랜 세월 국가관을 비롯 사회경제와 가정 경제에 이르기까지 기여 해보겠다는 웅지가 모두 물거품이 되는 순간이다. 최선을 다해 낙후된 이 나라 서민경제에 기여 하고자 꿈을 키웠던 종민이다. 한꺼번에 인생이 완전히 무너지는 순간이다.

자율 경쟁력 유통시장이라 하지만 우리나라 같은 경우 유통과정이 잘못되어 공정한 분배가 안 된다는 종민의 논리와 이상이 모두 끝나는 순간이다.

　오직 종민이 하나를 믿고 고생하며 살아온 어머니 앞에서 어쩌다 이런 꼴이 되었는가 신세 한탄까지다. 누가 뭐라 해도 세상 욕심 부리지 않고 나만 정직하게 살아가면 우여곡절 같은 인생은 피해갈 수 있지 않겠느냐고, 그러면서 아버지 없이 독신으로 고생하면서 살아온 어머님께 대리만족이라도 시켜드리겠다는 소박한 꿈이 산산이 부서지는 순간이다. 미결수 감방에서 종민이 자포자기에 맥빠져 있을 때다.

석방

　―18X번 나와.

　간수가 감방 출입문 키를 따면서 외쳤다.

　―18X번 너 오늘 석방이다.

　확정 실형을 받기 하루 전이다. 고등학생이라 정상 참작해 2년을 구형한다고 인심까지 쓰면서 내린 검사의 구형다. 선고를 받은 종민은 온통 세상이 무너지는 듯했었다. 종민에겐 이제 죽고 싶은 심정뿐이었다. 여기에서 인생 끝나는 가 했다. 생사람을 잡고 절도범 운운한 경찰의 수사 과정이 너무 황당했었다.

그런데 뜬금없이 석방이라니 종민은 어리둥절 자기 귀를 의심했다. 나는 죄인이 아니라고 그렇게 소리 높여 발버둥 쳐도 잔소리 말라던 경찰에서 송치받은 검찰까지 막무가내 수사가 아니던가. 이젠 변명하는 것도 지쳐 인생 포기했을 때다. 달리 변명의 여지가 없었다. 헌데, 석방이라니 영문을 모르겠다. 종민에게 죄를 뒤집어씌우기 위하여 서슬이 퍼렇던 경찰이나 검찰들이 그동안 조사 과정에서 어떻게 했는지 꼭 도깨비장난 같았다.

석방이라니 어쨌든 영문도 모르는 채 출소를 했다. 지옥 불에 떨어졌다가 구사일생 빠져나온 기분이다. 지옥 같은 구치소 육중한 철문을 나오자 덕규가 정문 밖에서 기다리고 있었다.

－종민아 정말 미안해 이럴 줄 몰랐어.

종민의 손을 덥석 잡으며 덕규가 목을 맨다. 어안이 벙벙한 덕규를 물끄러미 바라보고 있는데 덕규가 설명한다.

돈뭉치가 나왔다는 것이다. 집이 크다 보니 살림살이들도 대부분 대형이다. 현관에 있는 덕규 내는 신발장도 역시 크다. 신발장 꼭대기 맨 위 칸에는 계절이 지난 신발들을 넣어두고 당장 신고 벗는 신발들은 중간층에 넣어둔다. 그 신발장 안에는 덕규 엄마 구두만도 50켤레 정도가 된다. 그중엔 단 한 번도 신어보지 않은 구두도 있다. 맨 꼭대기 칸에는 덕규 어머니의 겨울용 부스들이 있었다. 그런데 사용 안 하는 겨울 부스 속에서 돈뭉치가 나왔다는 것이다. 업소가 쉬는 날 덕규 엄마가 신발장 정리를 하다가 우연히 떨어트린 겨울용 부스 속에서 둘둘 말린 신문 뭉치가 들어있었고, 그 신문 뭉치를 펼쳐보니 돈다발이 나왔다는 것이다. 이럴 수가 너무도 어처구니가 없어 기가 찰 노릇이었다고 한다.

  ─혹시 모르니까 집안을 잘 뒤져보시지요.

  경찰이 만약의 경우를 생각해서 권고했을 때,

  ─집안 구석구석 다 뒤져봤습니다. 돈은 이미 내 수중을 떠난 걸요.

  신발장까지도 구석구석 뒤져보았다는 덕규 엄마의 진술이었다. 설마 꼭대기 칸까지는 뒤져보지 않았단다. 거기는 높아서 받침대를 놓지 않으면 손길이 닿지 않기 때문이다.

  아뿔싸, 돈은 찾았어도 범인은 못 밝혀냈다는 것이다. 할머니의 짓이라고 확신은 했지만 따져 묻지는 않았단다. 십여 년 이상을 가족과 같이 지내왔는데 돈만 찾았으면 되었지 밝혀봤자 할머니 짓이 뻔한데 도둑으로 몰수는 없었다는 것이다. 차라리 모른 척 덮어두고 말았단다.

  그동안 가족들은 파출부 할머니의 손주가 백혈병으로 병원에 입원했고, 수술 날까지 잡아놓았다는 것을 알고 있었지만 설마 했단다. 그때가 바로 돈이 없어지던 날이다. 그래서 돈이 많이 필요했을 할머니를 의심도 했었지만 거기까지는 미처 생각지 못했다는 것이다.

  ─누구든 그 돈을 훔쳐 갔다 하더라도 사용은 할 수가 없었다.

그 돈에는 수표가 섞여 있기 때문에 사용했다면 금방 추적이 가능해 범인은 꼭 잡히게 마련이다. 파출부 할머니도 알아듣게 아침 식사를 하는 자리에서 집안 식구들끼리 몇 차례 말을 나누기도 했었단다. 어쩜 파출부 할머니 짓이라는 것을 짐작은 했지만 어찌나 시침을 떼던지 의아했지만, 한편 그동안 허튼짓 안 하며 정직하게 살아왔고 같이 지내왔던지라 그냥 믿고자 했단다.

그러나 그건 엄포였다. 유감스럽게도 그 돈뭉치 속에 있던 수표에 대하여 번호를 알고 있는 사람이 가족 중에는 아무도 없었다. 은행에서 찾아온 수표라면 추적이 가능하겠지만 이미 유통된 수표는 또 십만 원권이 대부분이기 때문에 현금 왕래가 많은 업소라서 누구에게서 받은 수표인지 알 수 없기에 추적이 불가능한 수표들이었단다. 물론 은행에 분실신고를 하면 발행인을 찾아낼 수 있다지만 거래하는 과정에서 이서를 하지 않았다면 추적은 불가능했기에 그런 식으로 엄포만 했었다. 또 수표가 한두 장이 아니기에 추적이 불가능했다.

한편 수표 때문에 돈을 사용할 수가 없다니 돈을 가져간 할머니는 난처했다. 돈뭉치가 무용지물이 되었다니 오히려 난감하기까지 했다. 고심해봤지만 적당히 처리할 수있는 방법이 없었다. 궁리 끝에 신발장 속에 넣어둔 것이다.

너무도 엉뚱했지만 사건의 실마리는 그렇게 풀렸다. 언젠가 신발장 안에 돈뭉치는 발견이 되었겠지만 그래도 일찍 발견 되었으니 천만다행이었다. 그렇게 사건이 풀렸으니 망정이지 만약의 경우 할머니가 그 돈을 사용했다면 꼼짝없이 종민에게 범죄는 성립되었을 것이고 그렇다면 진실은 미제로 묻혀 버렸을 것이다. 대신에 종민은 실형과 더불어 수감생활을 했을 것이고, 그렇다면 전과자로 영원히 낙인이 찍혔을 것이다. 너무도 엄청난 일이었다. 이런 피해를 누구에게서 보상을 받아야 한단 말인가.

덕규 엄마도, 경찰도, 검찰도 너무 경솔히 다루었던 사건이었다. 신중히 접근했어야 하지 않던가. 악몽에서나 있을 사건이다. 종민은 그들을 어떻게 이해하면서 살아야 할지 판단이 서질 않는다. 종민의 피해보상은 국가 세금으로 배상을 해야 한다고 변호사들은 말하지만 막상 잘못을 저지른 담당자들에게는 별다른 제지 방법이 없다. 그것도 서민들이 하기엔 보통 까다로운 일이 아니었다. 덕규 어머니가 백만 원을 종민의 손에 쥐어주었다.

─종민아 미안하다. 덕규를 봐서라도 그동안 고생했던 일 그만 잊어버리고 작지만 이거 가지고 약이나 사먹어라. 고생했다.

─됐어요.

종민은 확 뿌리치고 말았다. 너무나도 뻔뻔스럽게 보였다. 절대 용서하지 않을 거라고 종민은 꼭 어금니를 깨문다. 문턱이 닳도록 덕규 엄마를 쫓아다니며 종민을 살려달라고 울며불며 사정했던 어머니의 그 초라했던 모습을 종민은 잘 기억하고 있다.

할머니가 처벌받아 마땅하지만 고령이어서 미수로 끝난 사건이기에 수사기관에서 불구속으로 처분을 내렸단다.

종민은 고교 시절에 이렇게 뜻하지 않은 액운을 만나 마음고
생을 했고, 그 고통은 겪어본 사람만이 알 거라고 했다. 종민은
비애감마저 들었다. 한 번도 억울한데 두 번씩이나 억울한 누명
을 쓰게 된 셈이다.

어쨌든 초조한 시간들이었다. 마음이 불안해서인지 아무것도
손에 잡히질 않았다. 사건 발생 후 40여 일이 지나서였다. 검찰청
으로부터 피의사건 처분결과 통지서가 특별송달을 통하여 우편
으로 날아왔다.

사건번호 2019년 형제65267호 김종민에 대한 절도 피의사건
에 관하여 아래와 같이 처분했음으로 알려드립니다.

담당검사 : 이헌

처분일자 : 2019. 08, 20

처분죄명 : 절도

처분결과 : 혐의 없음(증거 불충분)

만족한 처분은 아니었다. 종민은 무죄를 주장했었다. 무죄란
범죄와 아무런 연관성이 없다 할 때 내리는 처분이다. 범죄 사
실이 없으니 죄가 되지 않는다는 것이다. 그런데 '혐의 없음'이
란 범죄와 관련은 있는데 증거가 확실하질 않아 처벌할 수 없다
는 것이다. 즉 사건은 있으나 증거가 없어 처벌할 수가 없다는 것

이다. 어쨌든 경찰이나 검찰에 범죄 혐의로 걸려들었다가 무죄를 받고 나오기란 여간해서 쉽지 않다. 혐의 없음도 그렇다. 형법에서 그 위에 상위처벌법은 벌금에서부터 시작하여 무기징역에서 사형까지다. 누구든 범죄에 걸려들었다 하면 '혐의 없음'으로 빠져나오기도 바늘구멍이다. 또 법을 집행하는 자들 역시 법을 확실하게 알고 집행을 해야지, 범죄가 성립될 것으로 짐작하고 접근한다는 것은 많은 우려를 내포한다. 국민 인권에 관한 사항이기도 하다. 더구나 경찰 간부가 짐작만으로 함부로 범죄에 접근한다는 것은 위험천만한 일이 아니던가?

경찰은 경위부터 간부다. 4년 과정 경찰 대학을 졸업하면 경위 계급장을 달아준다. 대학교마다 경찰학과가 있다. 이 과정 4년을 이수하고 소정의 국가고시에서 합격하면 경위 계급장을 달아주기도 한다. 다음은 경사에서 진급시험에 합격하면 경위가 되고 심사에서 진급하는 경우도 있다. 국가에서는 소정의 과정을 검토해서 자격이 요건에 부합한다고 인정하는 자들에게 진급을 시켜 경위 계급장을 어깨에 달아준다. 그만큼 법의 지식을 알고 있고 경력이 있으니 실무에 충분 경찰 업무를 집행하는데 자격이 있다는 인증이다.

그런 자들이 섣불리 범죄에 접근하다 보면 자칫 실수도 있다. 이런 실수를 예방하기 위하여 수사 전문요원이 따로 있다. 국가 차원에서 자질 문제도 있다. 간부라고 수사 전문 지식을 갖추는 것은 아니다. 이런 사람들이 수사 과정에서 실수를 하는 경우가 있기에 때로 실수를 한다. 종민이 같은 경우가 이렇게 오해되어 검거되기도 한다. 또 조사과정에서 잘못 인식을 하면 범죄로 취급당할 수도 있다. 함부로 법을 집행하다 보면 오해도 된다. 이는 분명 범죄의 해당 직무유기도 해당된다. 종민을 절도범이라고 검거 체포한 박노윤 경위가 그런 경우가 된다. 자질 문제도 있다. 박노윤 경위는 수사 전문요원이 아니다. 전문 수사요원이 아닌 요원이 사건을 수사하다 보면 잘못 사건을 다룰 수도 있다. 비전문 요원이 함부로 사건을 취급하다 보면 오인하게 된다는 것이다. 전문가가 볼 때는 아닌데 범죄로 보는 것이다. 사고는 그래서 발생하는 것이다.

군은 소위부터 간부라고 하고 장교라고도 한다. 소위에서 대위까지는 초급 장교라 하고 소령부터 대령까지는 고급장교라고 한다. 별은 장성이라 하고 장군이라고도 한다. 소위는 소대장이다. 부하 장병이 38명 정도이다. 그들을 무장시킨다면 일만 명까지도 죽일 수 있다. 막중한 위력이다. 동학란이 그랬다. 기관총으로 무장한 일본군 병력 300여 명이 농기구로 무장한 동학도 10만여 명을 공주 우금치에서 사살하므로 난을 진압했다. 대단한 위력이었다. 중령이면 대대장이다. 700여 명을 거느리고 단독으로 작전을 구상할 수가 있다. 대령이면 2,800여 명의 부하를 거느린 연대장이다. 국가도 전복시킬 수 있는 능력과 화력을 가지고 있다. 이는 모두 국가에서 부여한 권력이다. 5·16혁명은 2천여 명으로 정부를 제압했다. 대단한 위력이 아니던가?

박노윤 경위는 팀장이다. 그는 함부로 국가가 부여한 권력을 남용했다. 마땅히 국가에서 책임져야 한다. 그래서 종민은 국가에서 부여한 권력을 남용한 박노윤, 그를 경찰 자체 감독부서 지방청 청문감사실에 진정을 했다. 진정의 취지는 혐의가 없는데 절도혐의가 있다고 시민을 체포한 직권남용에 대한 내용이다.

절도죄로 경찰관에게 체포 입건되어 조사를 받던 중 최종 검찰의 무혐의로 처분을 받기까지 극심한 정신적 불안과 고통으로 시달린 억울했던 사실이 경찰관 집무집행법에 정당했는가를 묻고자 했다. 만약 경우 담당 경찰관에게 직권남용이 적용이 된다면 거기에 따른 응분의 조치로 처분해 주기를 바란다는 취지도 내용에 있었다.

대개 요즘 사람들은 현금을 사용하기보다는 카드를 사용하는 추세에서 본 사건의 취객은 현금을 많이 지참했다는 특이한 경우에서 오해의 소지가 생겼다. 현금이 없었다면 견물생심 또한 없었기 때문이다. 진정인은 본 동내에서 5년여 간 영업을 하면서 겪은 경험을 설명도 했다.

행인이 길바닥에 쓰러져 있는 경우는 취객만은 아니다. 사람의 운명은 어느 때 어느 경우에서 누구도 모른다. 심근경색이나 저혈당과 뇌출혈 등 긴급을 요하는 위중 환자도 많다. 이는 먼저 보는 사람의 배려로 생사를 가름 할 수 있다. 겨울철 같은 혹한에서의 취객도 마찬가지다. 남 일이라 외면한다면 쓰러진 행인은 주검으로 갈 수밖에 없다. 엄청난 일이 아닐 수 없다. 책임은 없다지만 이는 간접살인 행위와도 같다. 작은 배려가 소중한 생명을 놓고 죽이느냐 살리느냐 판단도 뒤따른다. 우리나라 같은 경우 112나 119의 제도가 잘 되어있어 얼마든지 긴급조치에 대응할 수 있다. 전화 한 통화만 걸어주면 해결될 일이다. 저마다 휴대폰을 소지하고 있으니 쉽고도 편리하게 이용할 수도 있다. 종민의 사건과도 같은 경우다.

그런데 그 반대개념에서 범인으로 오해를 받을 수 있으니 안타까운 일이 아닐 수 없다. 자칫 엄청난 사건으로 비화 될 수도 있다. 사건이 미궁에 빠지는 경우가 그렇다. 남 일에 상관할 바 없다는 생각으로 지나쳐버리면 무해무덕할 일이다. 공연히 남 일에 간섭했다가 오해를 받는 경우를 말한다. 위급사항이라고 누구라도 쉽게 나서겠는가? 최악의 경우겠지만 강력사건에 진범 대신으로 철창신세가 될 수 있으니 아찔한 일이다. 물에 빠진 사람 건져주니까 보따리 내놓으라는 말과 무엇이 다를 것이며, 그렇게 오해를 받을 거라면 차라리 외면했어야 옳지 않았겠는가. 이런 경우 잘 되어봤자 본전이란 말도 있다. 아니면 인생 망칠 수도 있다. 화성 연쇄살인사건의 윤성여 같은 경우다. 20여 년에 걸친 옥살이를 했다.

열 사람의 범인을 놓치는 한이 있어도 엉뚱한 사람에게 억울한 누명을 씌우는 일이 발생해서는 안 된다는 이치 때문에 이런 경우 고도의 수사력이 필요하다. 범죄를 다루는 수사관들의 기본 자세이기도 하다. 국가가 부여해준 수사권을 기본자세도 되어있지 않은 수사관에게 맡겨 함부로 직권을 남용케 해서는 안 된다는 원리도 성립된다.

그런 맥락에서의 이야기다. 사건 앞에서 수사는 공정했어야 했다. 따라서 실수를 해서도 아니 된다. 실수 또한 용납해서도 아니 된다. 더구나 경찰 간부라면 최소한 경찰관 직무집행법은 제대로 인식하고 업무에 임해야 했다. 국민의 소중한 인권 앞에서 공정하게 업무를 수행했어야 마땅함에도 공명심이 아니라면 무지에서 그랬을까? 사건을 함부로 부풀려 파렴치범으로 체포해서야 되겠냐는 것이다. 그렇다면 남용되는 사법권에 억울하게 피해를 당하는 국민들의 설 자리는 어디란 말이냐고 종민은 주장한 바 있다. 그런 자로 하여금 또다시 이와 같은 사건이 발생해 억울하게 희생되는 사람이 있어서야 되겠느냐고도 했다. 혐의자에게도 소중한 인권이 있고 인권을 유린당하는 일은 없어야 한다는 것이다. 그러기에 진정인에게도 이 사건에 대하여 대면해서 진술할 기회가 주어진다면 서면으로 못다 한 사실에 대하여 상세하게 진술토록 하겠다고 지방청에 요청 했으나 답변은 간단했다.

일단 혐의점이 있다고 보이는 사건에 대하여 경찰관이 사건을 조사하는 것은 경찰관의 직무집행법에 보장되어 있는바 이를 두고 경찰관에게 책임을 추궁할 수는 없다. 때문에 사건에 접근할 때는 언제나 신중해야 하는데도 불구하고 이런 불상사가 발생했기에 경고로 일차 처분을 하겠지만 진정인의 주장처럼 범죄사건에 접근하는 과정에서 담당 경찰관이 월권행위를 했다든지 아니면 인권 차원에서 접근 방식이 잘못되었다면 이는 추후 신중하게 책임을 물을 것으로 사료 되는바, 귀하께서도 쫓고 쫓는 범죄와의 전쟁에서 불철주야 분망한 경찰관을 넓은 아량으로 헤아려 달라는 정도였다. 만족한 답변은 아니었지만 종민으로서도 더 이상 어쩔 도리는 없었다.

경찰서 형사실에서 조사를 받던 중에도 몇 차례 아내의 전화가 걸려왔지만 통화는 하질 못했다. 느닷없이 경찰서로 잡혀가다니 아내도 몹시 궁금했을 것이다. 경찰에 관계되는 일이라면 그게 보통 일이라던가? 경찰서에서 조사를 받고 종민이 업소로 왔을 때 아내는 놀라면서도 한편 반색을 한다.

—그래 무슨 일로 경찰서까지 갔던 거예요. 당신 무슨 죄졌어?

—별거 아냐.

종민은 차마 아내에게 내용을 전부 설명하기는 거북했던 점도 있었다. 부축배기 아리랑치기 사건으로 조사를 받았다고 하면 아내는 질겁을 할일이 아니던가? 사실대로 이야기한다면 아내의 걱정은 더욱 커질 텐데 그렇게까지 설명하고 싶지는 않았다.

―별 것 아니긴?

―취객 때문에 다른 사람과 약간의 오해가 있어서 해명 차 갔다 왔어.

―그래서 아무 일 없이 오해는 다 풀린 거야?

―그랬다니까.

아내에게는 이렇게 이해를 시켰다.

―그건 그렇고 손님이 없으니 어쩌면 좋아?

아내는 손님 타령을 한다.

―이렇게 장사가 안 되어 생활은 어떻게 해?

아내는 한숨을 토해낸다. 종민이 경찰서 갔다 온 사실은 이제 까마득히 잊은 모양이다.

―요즘이 최악 아냐? 차츰 나아지겠지. 설마 죽으라는 법은 아니겠지 뭐!

아내에게 종민이 그렇게 답변은 하지만 걱정되는 마음은 아내와 마찬가지다.

더 이상 희망이 없다는 생각에서 종민은 이제 업소를 접을 때가 되었다고 결론을 내린다. 부동산에 의례를 하고 나오는 종민의 발길은 한없이 무겁지 않던가?

해설
–「NLL은 알고 있다」
임헌영(문학평론가)

이 달의 『한국소설』에서 마침 거대담론에 걸맞는 작품 김동형의 「NLL은 알고 있다」를 찬찬히 읽었다, 화자는 김진우이나 사건 전개의 중심축에는 그의 어릴 적부터의 여친인 설은진이다. 소설은 후쿠시마 원전 사고(2011.3.11)가 터진 뉴스를 보다가 진우는 5년 전(2006) 설은진이 간 곳임을 알고서 그녀의 파란만장한 생애를 회고하는 형식을 취하고 있다.

둘은 울산이 고향인데, 유달리 은진은 진우을 따랐다. 유복자인 그녀는 다섯 살 위인 진우에게 의지했는데, 그녀가 중학교를 졸업하고 가출하면서 헤어지게 되었다.

은진의 아버지는 사관학교 출신이 아닌 일반 간부 출신 육군 중위로 수도사단 제26연대(혜산진부대)제3중대 부관으로 있을 때 월남 퀴논에서 소대장으로 "42명의 부하병사들을 데리고 수색

작전을 나갔다가 적의 기습을 받아 적과 치열한 백병전 끝에 장렬하게 전사한 역전의 용사다." 은진은 얼굴도 모르는 "아버지의 생일이나 현충일, 국군의 날 같은 때에는 엄마를 따라 월남파병 용사들이 잠든 동작동 국군묘지를 찾아 엄마가 시키는 대로 아버지 영혼 앞에 술잔도 올리고 절도 하며 엄마 따라 울기도 했다."

엄마는 전처의 두 자녀를 가진 남자와 재혼, 이에 견디지 못한 은진은 중학 졸업 후 가출하면서 진우와 헤어지게 되었다. 러브호텔에서 주인아줌마의 심부름이나 해주며 밥이나 얻어먹자는 조건이었으나 17살 때 건축업 일을 하는 아내가 있는 엄길준에게 농락을 당했지만 우여곡절을 거쳐 부부가 되었다. 열다섯 살이나 위인 서른두 살의 엄은 서울에서 건축과 집 장사를 겸해 안락한 삶을 누릴만 했는데, 폐암으로 죽고 말았다. 아들 형욱이 초등학교 5학년 때였지만 수십억 재산을 남편이 남겨주었기에 살아가는 데는 지장이 없었다.

아들 형욱은 아버지의 유지를 받들어 Y대 건축학과에 합격, 나름대로 단란했는데, 그가 해군에 지원, NLL에 근무하게 된다.

여기서 작가는 NLL이 형성된 역사적인 배경을 자상하고도 전문적으로 기술하는데, 이는 마치 〈레 미제러블〉에서 파리의 하수도 시설이나 워털루 전투 묘사처럼 장황하나 거대담론으로 받아들일만 하다.

"서해군사분계선 NLL은 북한이 주장하듯이 공평치 못하게 설정이 되었다. 옹진반도와 백령도 연안에 황해도 근해까지 점령하고 있으니 서해안은 어쩜 우리 아군이 거의 점령하고 있는 셈이다. 여기에 북한에서는 공평치 못하게 나눠진 군사분계선에 대하여 늘 불만을 갖고 트집이다." 라고 서두를 뗀 작가는 이를 이승만의 치적으로 일관한다.

바로 이 무대에서 "제2차 연평해전은 2002년 6월 29일 오전 10시 25분 서해북방 한계선 남쪽 3마일 연평도 서쪽 14마일 해상"에서 일어났는데, "화염에 휩싸인 참수리 357호는 형욱이가 소속된 함정이다. 형욱은 19명의 부상자 속에 포함하고 있었다."

바로 "온통 세계인들의 시선이 월드컵 경기장으로 쏠리고 있을 때"였다.

"교전당시 북쪽에 경비정을 향하여 형욱은 정신없이 함포를 쏘아댔다. 그 와중에 적의 포탄도 계속해서 날아들었고 그 포탄에 형욱은 파편을 맞았고 그게 두부 치명상을 입게 된 것이다."

남편과 아들을 전쟁에서 잃은 은진은 조국이 싫어졌다며 다시는 돌아오지 않겠다고 떠난 곳이 바로 육촌 언니가 살고 있던 후쿠시마였다. 육촌 언니의 아버지는 휘문고보 출신으로 후쿠시마 탄광에서 십장(현장감독)을 했기에 조선인 노무자의 원수여서 8 · 15 후 일본에 정착 했다. 거기서 은진은 2011년 3월 후쿠시마 원전 사고를 당하고서 김진우에게 전화를 걸었다.

―그렇다면 들어와야 되는 거 아냐?

―싫어! 아무리 힘들어도 부도덕한 정치인들로 질서와 도덕이 무너진 잔인한 그 땅엔 엄마의 품속 같은 내 조국이라 할지라도 다시는 안 갈 거야.

(중략)

지구상의 미아로 부초같이 떠도는 은진에게 진우는 할 말을 잊는다. 무슨 이야기를 한다고 은진에게 위로가 될까?

―오라버니 이만 전화 끊을 께요?

은진과의 대화는 이렇게 끝이 났다. 은진은 지금 세슘에 오염된 상태 하나하나 몸속에 세포가 죽어가고 있단다. 불쌍한 사람, 은진은 처음부터 불행과 함께 태어난 여인이었을까?

낯선 하늘 아래 낯선 땅에서 정처 없이 떠돌고 있을 은진의 남은 삶에 신의 가호가 함께하기를 오로지 진우는 빌 뿐이다.

―「NLL은 알고 있다」

작가는 NLL이 무엇을 알고 있다고 주장하고 싶었을까? 주제의식은 다양하지만 이승만의 정치적 활동에 대한 긍정적인 평가와 대조적으로 백범 김구에 대한 가차 없는 비판의식이 이 소설의 기조를 이루고 있다. 이 역사의식을 연장시켜 보면 김대중―노무현 시기의 민주화 조치에 대해 강한 비판의 투지가 번득이기도 한다.

8·15 전후의 현대사 개관은 작가의 해박한 전문지식에 바탕을 둔 견해가 스며있다. 이만큼 한국 현대사를 꿰뚫어보는 식견을

가진 작가가 오늘의 우리 문단에 몇이나 될까. 그리 흔치않기에 조심스럽게 정독하게 된다.

그러나 김구에 대한 비판의식과 반비례해서 이승만에 대한 긍정적인 평가가 민족사적 시각으로 볼 때 얼마나 객관성을 지닌 것인지에 대해서는 논란을 야기할 수도 있다. 특히 이승만의 평가에서 친일파의 집권 세력화와 독립운동 세력을 빨갱이로 몰아 극심하게 탄압한 점을 간과하고서 현대사를 논할 수 있을까.

한미동맹을 이승만의 치적으로 평가한 대목 역시 국제정세에 대한 논란의 쟁점이 됨직하다. 오늘의 미국은 아무리 물러가라고 해도 결코 철수하지 않을 만큼 오로지 자국의 이익을 위해 수단 방법을 가리지 않는 국가 이기주의의 화신임을 전제로 삼지 않으면 한국 현대사는 한낱 빈껍데기 논의가 될 것이다. 미국의 실체에 대한 객관적인 인식을 전제한 뒤라야 한미관계의 냉정한 이해가 가능하지 않을까.

적어도 세계사적 보편가치로서의 민주주의의 원칙을 수용하고, 국민국가로서의 민족적인 자주성을 국가존립의 가치기준으로 삼은 뒤에 보수와 진보는 서로 다른 주장을 펼 수 있지 않을까.

대장동 개발 5천억 비리 사건으로 한 때 뉴스를 뜨겁게 달구더니 작금에는 불법대북 송금 800만 달러가 언론계를 뜨겁게 달구고 있다. 그 중 300만 달러는 이재명이 직접 방북선물로 김정은에게 가져갔다 하니 어처구니가 없다. 달러에 엉갈 들인 북한에서는 그 돈으로 핵무기와 화성18호 ICBM 탄도미사일까지 제조했을 가능성이 100%란다. 한반도뿐만 아니라 세계평화까지 해치고 있은 꼴이다. 돌출 행위에 예측 불가능한 김정은같은 인물에게 직접 돈을 가져다 주었다니 간담이 서늘할 일이다. 어떠한 경우든 대북송금은 5천만 민족의 생존권을 위협하는 일이기에 하는 소리다.

돈을 가지고 오지 않으면 김정은은 누구도 만나주질 않는 인물임을 삼척동자도 다 알고 있는 사실 앞에 대신에 돈만 준다면 누구라도 만나주는 김정은에게 이재명은 대북성금에 대하여 검찰이 정치를 한다고 변명을 쏟아놓고 있다. 차라리 변명이었으면 좋겠다.

이재명이 누구든가? 지난 대선 때 민주당 후보로 대통령이 되겠다고 사자후 했고 지금은 정치적 전면에서 170여 명의 국회의원들을 진두지휘하는 제일야당의 대표로서 국정을 쥐락펴락 하고 있지 아니한가? 뿐만이랴. 대장동 5천억 비리사건과 성남 FC 불법 후원금 등 캐면 캘수록 고구마줄거리처럼 비리가 들어나는 판에 그런 말썽을 부린 것도 모자라 이제는 8백만 달러를 북한에 송금을 했다니 어찌 아니 놀랄 수 있겠는가? 대북 송금은 민주주의를 왜곡하는 세력들과 정치권 때부터 계속 이어지는 말썽뜰이다. 북한에게 지원해준 돈은 인도적 차원이라고 그들은 변명들을 한다지만 우리 국민들 누가 그 소릴 믿겠는가?

세력이 균형이다. 생존의 법칙애서 강자는 언제나 약자를 잡아먹는다. 그런 의미에서 우리도 한미그룹(NCJ)핵 협의체제에서 대북 핵우산 확장 억제로 히로시마의 위력 1600가량을 능가하는 전략핵잠수함(SSBM) 켄터키 함이 드디어 부산에 왔다. 아무리 돌출행동에 능한 김정은 일지라도 섣부른 도발은 경계해야 할 것이다. 김정은이 여차할 때 이게 즉각 발동할 것이란다. 안보불감증에 빠져있는 우리민족에겐 안성맞춤이다.

그렇다고 김정은의 돌출 행동에 안보 나인은 과연 보장될까? 좌파들이 주장하는 인물들과 이재명에 이르기까지 인도적 차원에서 북한에 지원해준 자금이 핵무기와 탄도미사일을 개발했다면 이는 심각한 문제가 될 것이다. 만약 한반도에서 변란이 일어난다면 이재명을 비롯한 그들 모든 행위자들에게 반듯이 책임을 물어야 할 일이다. 이는 적화통일뿐 아니라 5천만 민족의 생명을 위협하는 일이기에 그렇다. 천인공노할 일이다. 핵무기로 민족의 생명을 노리는 북한은 우리에게 적이 맞다.

동서고금을 통해서 부패한 나라가 망한다는 사실 우리는 역사 속에서 많이 보아왔다. 더구나 우리나라는 분단의 나라다. 세계적으로 분단된 나라들은 베트남을 마지막으로 모두 통일이 되었으니 그 중 독일만 자유진영에서 통일을 시켰을 뿐이다. 그렇다. 오로지 한반도만이 분단국가로 남아 있으면서 아주 극한적 이념 대결장에서 극민들 서로 맞서고 있다.

북한은 핵무기를 비롯한 화성18 ICBM 탄도미사일까지 개발에 이미 완성단계다. 시도 때도 없이 시험 발사를 하고 있으면서 우리나라뿐만이 아니라 미국까지 위협하고 있는 단계다. 어느 나라 누구도 이젠 무섭지 않다고 김정은은 독불장군이 되어있다. 또 저러는 북한을 섣불리 제지할 나라도 지구상에는 없다. 사실 무서운 존재로 부상했다. 물론 핵무기 때문이다. 그 핵무기를 사용하는 전쟁이라면 누구도 살아남을 수가 없다. 같이 모두 죽는다. 그러기에 누구도 북한을 건드리지 못한다. 그런 북한은 식량도 해결이 안 되는 나라다. 그런데도 핵무기에는 투자를 아끼지 않는다.

김정은 오직 핵무기만이 체재가 살고 자기가 사는 길이라 착각을 하고 있다. 사실 그 망상이 맞는 일인지도 모른다. 핵무기가 아니었다면 북한은 벌써 무너졌을지도 모르는 일이다. 핵무기는 체재를 유지하기 위한 방법이란다. 그걸 알면서도 좌파정부에서는 계속 지원을 해주는 까닭이 정말 무엇일까. 특히 식량부족에 경제적인 내분으로 언젠간 무너질 것이라는 예측 하에 북한정부에게 잘 버티고 있으라는 지원금일까? 아니면 더 늦기 전에 어서 빨리 핵무기를 개발하여 적화통일을 하라는 뜻일까? 도무지 그 저의가 아리송할 뿐 답이 나오질 않는다.

강대 강 대결이다. 섣불리 도발한다면 김정은도 죽고 한반도 전체가 쑥대밭이 된다는 사실 누구도 모르지 않는다. 생존의 법칙이다.

우리나라 경제가 세계 10위권이고 군사무기전략은 6위란다. 그렇다고 김정은의 핵과의 대결이 될 수가 있을까? 우리나라는 극한적인 좌,우파 이념갈등으로 몸살을 앓고 있다. 정치권의 권력욕까지 위험수위에 올라있다. 없는 죄도 만들어 대통령까지 끌어내리고 또 구속까지 시키지 않았던가? 정말 무서운 정치사가 아닐 수 없다. 권력다툼은 망국의 지름길이다. 정치가 부패할 때 나라는 언제든 망한다. 언젠가 우리나라가 그 꼴이 될 것이란다. 5백년 조선왕조가 왜 망했고, 분단은 왜 되었는지 그래서 민족상

전 6·25는 왜 겪어야 했는지 되돌아 볼 필요가 꼭 있다. 따라서 이재명 방북 지원금 8백만 달러에 대한 원인은 투명하게 밝혀야 할 일이다. 이게 나라가 살길이요 민족이 살길이다.

일제 36년과 분단 그리고 6·25 말고 또 그 어떤 비극을 이 땅에 몰고 오자고 그 처럼도 극성들인지 이게 작가만이 통곡할 일이던가? 활짝 핀 경제의 꽃을 양손 받들어 감격할 통일은 이 땅에 정녕 없을 거란 말인가.

그 여인의 탄원서

초판 1쇄 인쇄 2023년 12월 28일
초판 1쇄 발행 2024년 1월 1일

저   자 김동형
발행인 박지연
발행처 도서출판 도화
등   록 2013년 11월 19일 제2013-000124호
주   소 서울시 송파구 중대로34길 9-3
전   화 02) 3012-1030
팩   스 02) 3012-1031
전자우편 dohwa1030@daum.net
인   쇄 유진보라

ISBN 979-11-92828-40-4 *03810
정가 15,000원

도화道化, fool는
고정적인 질서에 대한 익살맞은 비판자,
고정화된 사고의 틀을 해체한다는 뜻입니다.